A marca FSC® é a garantia de que a madeira utilizada na fabricação do papel deste livro provém de florestas que foram gerenciadas de maneira ambientalmente correta, socialmente justa e economicamente viável, além de outras fontes de origem controlada.

O céu de Lima

Juan Gómez Bárcena

O céu de Lima

TRADUÇÃO
Paulina Wacht e Ari Roitman

Copyright © 2014 by Juan Gómez Bárcena
Copyright © Editorial Salto de Página, S.L. 2014

Publicado mediante acordo com The Ella Sheer Literary Agency juntamente com
Villas-Boas & Moss Agência Literária

*Grafia atualizada segundo o Acordo Ortográfico da Língua Portuguesa
de 1990, que entrou em vigor no Brasil em 2009.*

Título original
El cielo de Lima

Capa
Tereza Bettinardi

Preparação
Leny Cordeiro

Revisão
Angela das Neves
Renata Lopes Del Nero

Dados Internacionais de Catalogação na Publicação (CIP)
(Câmara Brasileira do Livro, SP, Brasil)

> Gómez Bárcena, Juan
> O céu de Lima / Juan Gómez Bárcena ; tradução
> Paulina Wacht e Ari Roitman. – 1ª ed. – Rio de
> Janeiro : Alfaguara, 2016.
>
> Título original: El cielo de Lima.
> ISBN 978-85-5652-014-2
>
> 1. Ficção espanhola. I. Título.

16-02408   CDD-863

Índice para catálogo sistemático:
1. Ficção : Literatura espanhola   863

[2016]
Todos os direitos desta edição reservados à
EDITORA SCHWARCZ S.A.
Rua Cosme Velho, 103
22241-090 — Rio de Janeiro — RJ
Telefone: (21) 2199-7824
Fax: (21) 2199-7825
www.objetiva.com.br

*Aos amigos que me acompanharam nesta viagem.
Sem eles, O céu de Lima seria um pouco menos
parecido com o livro que eu queria escrever.*

*A minhas irmãs Diana e Marta, que sabem tudo de
mim mas ainda não sabem nada destas páginas.*

I. UMA COMÉDIA

No início, é só uma carta muitas vezes ensaiada, caríssimo amigo, estimado poeta, meu prezado senhor; um começo diferente em cada folha de papel que acaba rasgada embaixo da escrivaninha, glória das letras espanholas, ilustre Ramón Jiménez, admirado mestre, companheiro. No dia seguinte a criada mulata varrerá as bolas de papel espalhadas pelo chão e as confundirá com poemas do *señorito* Carlos Rodríguez. Mas esta noite o *señorito* não está escrevendo poemas. Está fumando um cigarro atrás do outro com seu amigo José Gálvez e juntos avaliam as palavras precisas para dirigir-se ao Mestre. Antes disso procuraram o último título dele em todas as livrarias de Lima e só encontraram uma edição surrada de *Almas de violeta*, que já tinham lido muitas vezes e cujos versos são capazes de recitar de cor. E agora rabiscam uma série de palavras que pouco depois vão parecer ridículas, nobre amigo, pena insigne, nosso mais audaz renovador das letras, quem sabe o senhor, com infinita generosidade, não faria um gesto em favor dos seus amigos do outro lado do Atlântico, seus fervorosos leitores do Peru — porque o senhor tem que saber, don Juan Ramón, que seus versos são recebidos aqui com uma admiração da qual talvez não esteja ciente —, não seria muito inadequado da nossa parte pedir-lhe que nos envie um exemplar do seu último livro, das suas árias tristes que são impossíveis de encontrar em Lima; não seria, ah, um abuso esperar essa pequena gentileza sua sem remeter-lhe as três pesetas correspondentes ao preço.

Quando se cansam, bebem pisco. Abrem as janelas e se debruçam sobre as ruas desertas. É uma noite sem lua, corre o ano de 1904; eles são apenas meninos de vinte anos, com juventude suficiente para sobreviver a duas guerras mundiais e comemorar o troféu do Peru na Copa América, quase trinta e cinco anos mais tarde.

Mas, naturalmente, agora não sabem nada disso. Rasgam uma página depois da outra, em busca de palavras que sabem ser impossíveis. Porque, após a última carta jogada no chão, entendem afinal que não vão conseguir o exemplar autografado de *Árias tristes* por mais que o chamem de admirado mentor das letras e honra da Espanha e das Américas; não terão uma linha de resposta se confessarem que não passam de dois *señoritos* brincando de ser pobres num sótão de Lima. É preciso enfeitar a realidade, porque afinal é isso que os poetas fazem, e eles são poetas, ou pelo menos é o que sonham ao longo de muitas noites em claro como esta. E é exatamente o que estão a ponto de fazer agora, o poema mais difícil, um poema sem versos mas capaz de comover o coração de um verdadeiro artista.

Na primeira vez parece uma brincadeira, mas depois veem que não é brincadeira, um dos dois diz quase sem pensar: seria mais fácil se fôssemos uma mulher bonita, imagine só como don Juan Ramón se desmancharia todo para responder, com aquela alma de flor que tem, e então para de repente, os dois jovens trocam um olhar e, quase sem querer, a travessura já está tramada, eles riem, se parabenizam pela ideia, trocam palmadas e copos de pisco, e na manhã seguinte se encontram no sótão levando uma folha de papel perfumado que Carlos se lembrou de roubar da mesa da irmã. Quem escreve é também o próprio Carlos; no colégio muito zombaram da sua caligrafia de mulher, com letras redondas e suaves como uma carícia, e afinal chegou a hora de tirar algum proveito dela. Quando quiser, sr. Gálvez, diz contendo o riso, e os dois começam a recitar juntos as palavras longamente maturadas para as quais só necessitam de papel vergê e um escriba com letra de mulher; um poema sem versos que nenhum livro vai incluir, mas que há de fazer o que só a melhor poesia sabe fazer: nomear o que nunca antes existiu, e dar-lhe vida.

Dessas palavras nascerá Georgina, a princípio timidamente, porque é assim que eles escolhem que seja, uma mocinha de Miraflores que suspira com os versos de Juan Ramón e cuja candura faz os dois caírem na risada durante as pausas. Uma moça que de tão ingênua só pode ser bonita. É ela quem solicita um exemplar de *Árias tristes*; é ela quem está envergonhada de seu atrevimento; é ela quem pede ao poeta que a desculpe e compreenda. Falta a assinatura, e também um sobrenome sonoro e poético, que determinam depois de um longo debate durante o qual esgotam o estoque de bebida e de doces: Georgina Hübner.

E no começo Georgina é apenas isto, um nome e uma carta lacrada que viajará de mão em mão durante mais de um mês, primeiro no decote da criada analfabeta, mais tarde no bolso do garoto que pelo serviço cobra meio sol e uma beliscada na imensa bunda africana da empregada. Depois passará pelas mãos de dois funcionários dos correios, um estivador da aduana e um marujo de linha; daí ao vapor que faz a rota Lima-Montevidéu, numa saca de cartas onde geralmente o que não falta são más notícias. De Montevidéu, um desvio desnecessário até Assunção devido à negligência de um carteiro a quem faltam trinta dias para se aposentar e a visão necessária para entender letras miúdas. De Assunção mais uma vez a Montevidéu, de trem através da floresta, para embarcar no porão de um navio onde se salvará milagrosamente das mandíbulas de um rato que já havia deixado irreconhecíveis outras muitas missivas.

E nesse momento Georgina ainda não terá começado a viver; ainda será um papel de carta que já está perdendo seu último hálito de perfume na escuridão da saca do correio. Ainda lhe faltam três semanas de viagem transatlântica, na companhia de dois clandestinos que de tanto em tanto sussurram impressões num português dos subúrbios; e depois o desembarque em La Coruña, o trem, a agência postal, e de novo o trem, o funcionário do correio que não lê poesia e para quem o nome do destinatário não diz nada, Madri, finalmente Madri. E ocorre que em algum ponto de sua longa travessia Georgina começou a respirar e a viver; quando finalmente chega à casa do poeta já é uma mulher de carne e osso, uma mocinha lânguida que vibra em um arroio de tinta e agora espera a resposta na sua quinta de Miraflores. Um ser tão real quanto a carta sem aroma que Juan Ramón Jiménez vai abrir em seu gabinete de trabalho nessa mesma manhã, primeiro com mãos firmes e depois, trêmulas.

Dois funcionários do correio, um oficial aduaneiro que rasga um pouco a embalagem do pacote para verificar se não contém mercadoria de contrabando; outra saca onde as más notícias — falecimentos, abortos, internações imprevistas em balneários e casas de repouso; uma lua de mel que termina com as joias dela apostadas e perdidas no cassino do Estoril — voltam a ser mais numerosas que as boas — um viajante que chegou são e salvo; um indiano que aceita reconhecer seu filho mestiço. Por mar até Montevidéu num porão sem clandestinos nem ratos; do navio à agência postal e de lá novamente ao cais para embarcar rumo a Lima, dessa vez pelo caminho correto, pois o funcionário míope já se aposentou e goza seu repouso sem glória no bairro de Pocitos; do porto de Lima ao posto de correio, e oito mãos mais tarde na sacola do mesmo garoto de recados, que volta a cobrar meio sol e outro beliscão na bunda da criada. Só que dessa vez o pacote não cabe no sutiã e ela se limita a deixá-lo na escrivaninha do *señorito* José, sem se preocupar em olhar para aquelas garatujas que de qualquer maneira não seria capaz de entender.

... Recebi esta manhã a sua carta, tão bela para mim, e me apresso a enviar-lhe meu livro Árias tristes, *só lamentando que meus versos nunca hão de chegar ao que a senhora deve ter pensado deles, Georgina...*

Nessa mesma noite os dois comemoram nas tavernas o seu livro autografado e a carta de próprio punho do Mestre. Convidam os amigos, outros poetas tão pobres quanto eles, que vão chegando em seus coches, e enquanto os ajudam a tirar os capotes dizem, bebam, bebam quanto quiserem, esta noite é por conta de Georgina Hübner. Depois vêm as explicações, e os brindes, e a carta lida em voz alta; os que acreditam na história e os que não acreditam, sem graçolas, Carlitos, porque não é possível que o autor de *Nenúfares* e *Almas de violeta* tenha escrito estas denguices. Mas logo a seguir veem sobre a mesa a assinatura do poeta, e o livro que só pode ser encontrado nas livrarias de Puerta del Sol e nas Ramblas, e começam as palmadas nas costas e as gargalhadas.

A sua carta é de 8 de março, só a recebi hoje, 6 de maio. Não me culpe pela demora. Se a senhora me enviar sempre o seu endereço — no caso de mudar de residência —, eu lhe mandarei os livros que for publicando, sempre, naturalmente, com todo o prazer...

As opiniões são de que devem responder à carta, de que não devem responder à carta, de que Georgina tem que retribuir a gentileza do Mestre com uma fotografia ou ao menos uns cartões-postais de Lima; de que os grandes poetas não merecem ser alvo de galhofa e é melhor confessar a verdade o quanto antes, de que o que se ganha com a verdade, de que precisam parar com a brincadeira antes que a coisa acabe mal; de que a coisa vai mesmo acabar mal e daí. Afinal quem se pronuncia é José, dando um soco sonoro na mesa: pois acho que devemos responder, caralho. E respondem, mas só no dia seguinte, quando vão ao sótão sob o torpor da ressaca, armados com o papel perfumado de rosas que compraram especialmente para a ocasião.

Nessa noite preferem se divertir. Ensaiam respostas ao poeta, primeiro mais ou menos sensatas e depois cada vez mais mal-aconselhadas pelo álcool e a euforia. Saem pela madrugada de Lima recitando em coro as *Árias tristes*, que com uma moringa de chicha na mão já não parecem tão tristes. E depois — mas temos que perdoá-los, porque a essa altura já são muito mais bêbados que poetas — começam a tratar-se de madames e senhoritas; chamar uns aos outros de "Georgina!" aos gritos, e esganiçar a voz, e arregaçar as saias que não usam, e fingir vertigens e desmaios, e afinal urinar de cócoras, todos juntos e morrendo de rir, no roseiral dos Descalzos.

... Obrigado por sua delicadeza. E tenha-me à sua inteira disposição, aquele que lhe beija os pés,

Juan Ramón Jiménez

Suponhamos que tivéssemos que descrever José e Carlos numa única linha. Que só nos fosse permitido pronunciar sobre eles, digamos à guisa de exemplo, dez palavras; sua existência resumida no espaço de um telegrama. Em tal caso, provavelmente usaríamos estas:

São ricos.

Acreditam ser poetas.

Querem ser Juan Ramón Jiménez.

Mas felizmente ninguém nos pede que sejamos tão breves.

São ricos.

Os dois são ricos, mas isto, bem mais que uma coincidência, é quase uma obviedade. Em 1904 a amizade entre pessoas de classes sociais diferentes é como uma espécie de literatura fantástica; um gênero reservado para mentes particularmente ingênuas, como a mente de uma criança para quem se lê *O príncipe e o mendigo* antes de dar o beijo de boa-noite.

Existem, claro, circunstâncias em que se produzem modestos relaxamentos desse princípio. Todo mundo já ouviu falar, alguns mais, outros menos, de latifundiários que se distraem concedendo generosos favores aos seus camponeses, talvez recompensados pelo prazer de vê-los esperar longos minutos em suas salas de convidados, com o gorro apertado contra o peito e nos olhos o medo de manchar os tapetes com lama. Também existem viúvas ricas e bondosas que aconselham com doçura suas damas de companhia; que muitas vezes se preocupam até em conseguir-lhes maridos honestos e sensíveis entre os lacaios de suas parceiras de mesa no voltarete. Senhores que se vestem de operários para ir beber em tavernas pitorescas, abraçados com homens cujo nome vão esquecer mais tarde.

Em nenhum desses casos podemos encontrar sintomas de amizade. Só uma falsa camaradagem na qual o camponês — ou a mucama, ou o mordomo — fica com a pior parte: responder com monossílabos cautelosos às perguntas, que muitas vezes são ordens elegantemente abrandadas, e receber envergonhado a esmola de atenções que o patrão lhe oferece. Os amos, em contrapartida, consideram satisfatórias e edificantes essas pequenas palestras, convocadas e desconvocadas a toque de sineta. Em determinado momento o criado se vai — Alfredo, pode se retirar — e eles ficarão refestelados em suas poltronas, na mesa o copinho de conhaque intacto que o criado recatado não se atreveu a provar, e em suas consciências a satisfação de terem sido generosos e humanos.

Impossível não reconhecer, assim, que ambos são ricos. Mas não têm por que sê-lo da mesma maneira. A fortuna dos Gálvez, por exemplo, vem de muito longe, associada a uma ilustre genealogia de pais da pátria. E, se bem que muitos dos soles cunhados por esses ilustres antepassados já se dissiparam, em 1904 seus descendentes ainda contam com renda suficiente para levar uma vida confortável. Sem falar da sua reputação sem mácula, que afinal se revelará tão valiosa como o ouro perdido. Porque todo limenho sabe que o seu avô José Gálvez Egúsquiza morreu em 1866 defendendo o porto de Callao contra a esquadra espanhola e que seu tio José Gálvez Moreno foi herói na Guerra do Pacífico, e com tais cartas de apresentação, quem haveria de negar um cargo de responsabilidade ao jovem José quando tiver idade suficiente; talvez uma missão diplomática no estrangeiro ou mesmo o Ministério da Cultura em Lima.

A fortuna da família Rodríguez, em compensação, é vergonhosamente recente. O pai começou a acumulá-la há três décadas, quando tentou a sorte, durante a febre da borracha, sangrando da selva suas resinas e seus índios. Antes disso não era ninguém. Um simples vendedor ambulante de cera e sabão que na certa já nessa época sonhava tornar-se um daqueles senhores que nunca se dignavam a recebê-lo. Depois chegaria o ouro branco, e com ele a plantação de quatro mil trabalhadores, e as residências de inverno e de verão, e as caleças, e seus próprios serviçais, tão parecidos com aqueles criados miseráveis que tantas vezes lhe fecharam as portas. Até mesmo um jardim botânico de flores e animais insólitos, por cujas avenidas de cascalho o patrão passeava com suas muitas preocupações. Tudo, menos um passado ilustre que nem mesmo a borracha pode comprar: a árvore genealógica da qual tantos galhinhos indígenas deveriam ser podados. É essa linhagem sem glória que se torna intolerável em alguns salões, em certas recepções solenes; o que explica por que os cavalheiros inclinam a cabeça dez ou doze graus a menos quando ele passa e por que as senhoras oferecem o dorso de suas mãos com o nariz levemente contraído, parecendo perturbadas por um cheiro incômodo. Como se persistisse nos Rodríguez um ligeiro fedor de charco agreste, de sangue de campônio morto, de borracha vulcanizada, de parafina; a parafina que trinta anos antes ele vendia de porta em porta por três míseros quartos a onça.

Isto é o mais parecido com uma amizade entre classes que se pode encontrar. Um rico de genealogia ilustre e outro mais rico ainda cujos antepassados foram pobres. E talvez seja exagero dedicar tantas palavras à questão, pois os próprios protagonistas não parecem levá-la muito a sério. Não podemos esquecer que eles acreditam ser poetas, e esta fé lhes proporciona uma ligeira elevação acima do solo, um desapego distraído a tudo o que lembre a realidade e suas prosaicas convenções. Sendo assim, por que iriam se importar com o fato de que a família de Carlos não tem mortos ilustres e a de José tem muitos; a Poesia, a Arte, a sua amizade, principalmente a sua amizade, estão acima de tudo isso. Pelo menos é o que responderiam se alguém se desse ao trabalho de perguntar. Estamos pouco ligando para isso, diriam, nós somos é poetas; e essa resposta deveria ser suficiente.

Deveria ser suficiente, mas sem convencer. Porque é evidente que também se importam com as ressonâncias do sobrenome e da linhagem — já dissemos que estamos em 1904, não poderia ser diferente —, embora não o reconheçam; e possivelmente nem saibam disso. E talvez seja por essa razão que as opiniões de José, o sobrinho do ilustre José Gálvez Moreno, sempre parecem um pouco mais sensatas que as do amigo, e seus poemas, mais perfeitos, e suas piadas sobre peruanos, chilenos e espanhóis, mais engraçadas, e suas namoradas, mais bonitas; e até daria para pensar que em certos momentos também parece mais alto, não fosse porque faz tempo que uma fita métrica imparcial revelou que Carlos o ultrapassa em quase dois centímetros. Foi José quem criou Georgina — Carlos, sorridente, maravilhado, perfeitamente bêbado, só assentia — e também há de ser ele quem vai decidir sua morte se algum dia, Deus a proteja, tiver que acontecer-lhe alguma coisa. E o que mais Carlos pode fazer nesse momento além de assentir, queira ou não queira. Tomar outro copo de pisco e brindar pela excelente ideia do amigo; de que adiantam as opiniões do filho de um seringalista se todos os defuntos ilustres de um país discordam dele.

As cartas seguintes exigem mais rascunhos que a primeira. Está em jogo algo mais decisivo do que conseguir um livro de poemas: se Juan Ramón não responder, a comédia acaba. E, por algum motivo, essa comédia de repente parece aos seus autores uma coisa muito séria. Talvez seja por isso que eles quase não riem mais, e Carlos fica com um ar grave ao empunhar a caneta.

Mas na verdade não há por que supor que a correspondência possa ser interrompida tão cedo. Juan Ramón sempre responde de imediato; às vezes até duas ou três cartas na mesma semana, que mais tarde viajarão juntas aproveitando o mesmo transatlântico na volta para Lima. Ele também parece interessado em que a brincadeira continue por ainda muitos capítulos, nem que seja à custa de cartas breves e um tanto cerimoniosas. Missivas às vezes francamente tediosas, mas no final das contas tão juanramonianas quanto as *Árias tristes* ou suas *Almas de violeta*, o que basta para que José e Carlos as decorem e venerem ao longo de muitas tardes de culto. Às vezes as cartas vêm salpicadas de manchas de tinta ou erros de ortografia, mas até isso eles perdoam, com indulgência, com prazer. Juan Ramón, tão perfeito em seus versos, tão intelijente — com jota —, às vezes também borra o papel com a pena; e também se confunde, troca gê por jota e xis por esse, e até agá pelo seu próprio som, quer dizer, por nada.

De que falam essas primeiras cartas?

O fato é que ninguém se importa muito. Nem eles mesmos. Dedicam muito tempo a redigi-las, envelopá-las, enviá-las; tempo gasto em trocar remédios para gripe ou falar do frio e do calor de Madri, ou dos noturnos de Chopin, ou do desconforto das viagens de automóvel. É um tempo inútil, que deve atrair nossa atenção o mínimo possível. O que importa, e muito, são os cabeçalhos e os finais dessas cartas. Seu discreto fluir de sr. don Juan R. Jiménez e srta. Georgina Hübner a querido amigo ou amiga, em apenas catorze cartas. Sem falar das despedidas: sua fidelíssima criada; cordialmente; com afeto; com carinho; com ternura. Essa transição, realizada em setecentas e quarenta e duas linhas de correspondência, que equivalem a cerca de uma hora e cinquenta minutos de conversa num café, pode parecer uma virada brusca demais. Mas se levarmos em conta que o trajeto Lima-La Coruña só é feito por dois navios por mês e que cada navio raramente transporta mais que duas ou três de suas cartas, consideramos que se trata de uma relação bastante lenta, bem de acordo com a época. Eles lembram um pouco esses amantes que levam meio ano até conseguirem permissão para se falar através da cerca, e pelo menos um ano inteiro para dar um primeiro e casto beijo nos lábios.

Claro que a palavra amor ainda não foi pronunciada entre eles.

Toda vez que vê em sua correspondência o carimbo do envio transatlântico, José vai correndo procurar Carlos. Eles combinaram de ler as cartas sempre juntos — afinal de contas, os dois são Georgina —, e Gálvez cumpre escrupulosamente sua promessa, embora às vezes ceda à tentação de arranhar um pouco a aba do envelope. Recitam as palavras do Mestre nos bancos da Universidade ou na sala de bilhar do Clube da União, e depois vão ver a tarde morrer no sótão, discutindo cada uma das palavras de sua resposta. Nesse processo, muitas vezes acaba anoitecendo e, enquanto eles arrematam o rascunho definitivo, os mosquitos orbitam em círculos cada vez menores em volta do lampião a querosene, até se deixarem torrar pela chama.

Ambos pensam constantemente em Juan Ramón, mas só Carlos dá atenção à própria Georgina. Para José ela é apenas um pretexto; uma ferramenta para encher de relíquias a gaveta da sua escrivaninha. Por exemplo, um retrato com dedicatória. Por exemplo, um poema inédito do poeta. É isto que o preocupa em cada carta: como conseguir mais exemplares, mais autógrafos, mais Juan Ramón. Carlos, por sua vez, procura dar uma personalidade e uma biografia a Georgina. Parece que começa a desconfiar que o personagem vai acabar se tornando protagonista da sua história. Por isso escolhe com cuidado as palavras que enuncia em cada carta, com o mesmo esmero com que floreia a caligrafia. Também se encarrega dos advérbios, das reticências, das exclamações. Diz: Deixe que eu cuido disso, você é filho único e não entende a linguagem das mulheres; por sorte eu tenho três irmãs e aprendi a escutá-las. As mulheres suspiram muito, e toda vez que suspiram usam reticências. Exageram muito, e quando exageram põem uma exclamação. Sentem muito, e por isso todos os seus sentimentos têm um advérbio. José ri, mas o deixa intervir, riscar, maquiar suas frases excessivamente viris. Às vezes faz um gracejo, é natural. Chama-o de Carlota, diz que está muito bonita nessa noite. Vá à merda, murmura Carlota — murmura Carlos —, sem tirar os olhos do papel.

Ele não vai, é claro. Nenhum dos dois sai dali. Precisam discutir antes as respostas a muitas perguntas. Georgina vai ser órfã? Terá algum traço de sangue indígena, ou a cútis marmórea das brancas? Qual é sua idade exata e o que quer de Juan Ramón? Eles não sabem, como tampouco sabem o que ainda estão fazendo lá, ou por que é importante que Juan Ramón responda de novo. Por que não esquecem tudo aquilo e voltam para as suas obrigações; estudar as matérias de direito perdidas e arranjar uma mulher de carne e osso para levar ao baile da primavera.

Mas por algum motivo continuam escrevendo por muito tempo depois de anoitecer. Não parecem saber o porquê, e se sabem, não dizem.

Acreditam ser poetas.

Eles se conheceram nas salas de aula da Universidade de San Marcos, naquela idade crucial em que os estudantes começam a cultivar suas próprias ideias e com elas os primeiros fios de bigode. Para os dois, um desses primeiros pensamentos — o bigode renitente viria muito mais tarde — foi a poesia. Até então todas as decisões de suas vidas tinham estado nas mãos das suas famílias, desde o ingresso na Faculdade de Direito até as cansativas aulas de piano. Ambos usavam ternos comprados por catálogo na Europa, repetiam em coro as mesmas fórmulas de cortesia e nas reuniões aprenderam a opinar em termos parecidos sobre a guerra do Chile, a indecência de certos bailes modernos e as desastrosas sequelas do colonialismo espanhol. Carlos ia ser advogado para cuidar dos assuntos do seu pai e José, bem, bastava que José se formasse em qualquer coisa para que os contatos de sua família fizessem o resto. O amor à poesia, em contraste, não era imposto por ninguém nem servia para absolutamente nada. Era o primeiro desejo que lhes pertencia por completo. Apenas palavras, mas eram palavras que lhes falavam de um outro lugar, um mundo que fica além da sua confortável prisão de biombos e guarda-sóis, de charutos cubanos no quarto de hóspedes e jantares servidos às oito e meia.

É verdade que não são poetas, pelo menos ainda não, mas aprenderam juntos a se comportar como tal, o que já é quase como ser poeta de verdade. Participam das tertúlias de Madame Linard às terças-feiras e das do Clube da União às quintas; tiram de armários empoeirados uns xales, chapéus e casacas centenárias para se vestir de Baudelaire à noite; estão cada vez mais magros, escandalosamente magros, na opinião de suas mães. Numa taverna do Jirón de la

Unión escrevem, junto com três outros estudantes, um manifesto solene no qual juram não voltar às aulas de direito enquanto viverem, sob pena de mediocridade. Às vezes até escrevem: poemas ainda bastante ruins, versos que parecem uma péssima tradução de Rilke, ou, o que é mais grave, uma tradução ainda pior de Bécquer. Não importa. Escrever bem é um detalhe que sem dúvida virá depois, com a ajuda da indumentária de Baudelaire, do absinto de Rimbaud ou do bigode de pontas rígidas de Mallarmé. E em cada verso vão se desmanchando pouco a pouco as convicções que herdaram dos pais; começam a pensar que na guerra do Chile talvez o Chile tivesse razão, e que talvez fosse mais indecente continuar dançando as danças dos avós em pleno século xx, e que o colonialismo espanhol, bem, no caso do colonialismo espanhol têm de confessar que continuam pensando igual aos pais, ainda que doa.

Desde quando se consideram poetas? Eles mesmos não têm muita clareza. Talvez desde sempre, sem saber disso, e essa possibilidade os entrega ao prazer de rever com outros olhos os episódios corriqueiros de suas infâncias. Não teria recitado Carlos seu primeiro poema em certa excursão ao campo em que perguntou à sua governanta logo de manhã se as montanhas também tinham pai e mãe? E o olhar de José, que gostava de sentar-se e contemplar os crepúsculos de Tarma quando mal havia articulado suas primeiras palavras, não era já um olhar de poeta? Nesses momentos de revelação eles se confessam que sim, que de fato sempre foram poetas, e então passam horas e horas esquadrinhando nas próprias biografias os sinais de genialidade que sempre afloram nas vidas dos grandes gênios, dão-se tapinhas nas costas ao encontrá-los, confessam-se admiradores dos versos um do outro após longas noites regadas a pisco. De repente são o futuro vivo da poesia peruana, a tocha que há de iluminar o caminho das novas tradições literárias. Principalmente o neto do ilustre José Gálvez Egúsquiza, cuja luz por algum motivo sempre parece brilhar um pouquinho mais.

O sótão pertence a um dos muitos edifícios que a família Rodríguez possui no bairro de San Lázaro; imóveis velhos que eles não se dão ao trabalho de restaurar e que parecem prestes a ruir, com sua carga de inquilinos nas costas. Os outros andares estão alugados para uns trinta imigrantes chineses empregados na fábrica de macarrão, mas o sótão é miserável demais até para isso. Nem esses amarelos, que dormiam na amurada dos navios em que atravessaram o Pacífico, o querem. E por isso José e Carlos podem ir para lá quando bem entendem.

As janelas estão quebradas e há espaços entre as tábuas por onde passaria uma moeda de um sol. As madeiras estão muito deterioradas devido ao abandono, e em algum canto sobrevive milagrosamente um gato, embora corram boatos de que os chineses comem gato e seja bastante evidente, por outro lado, que os chineses em questão passam muita fome. Em suma, é o lugar dos sonhos para jovens entediados das camas com dossel e de criticar as criadas por não limparem os galheteiros de prata. A sensação de pobreza os excita, ficam rondando entre os sacos de aniagem e a sucata empoeirada como dois felizes sobreviventes de um naufrágio.

Foi ali que nasceu Georgina. Um parto cheio de palavras e risadas, vagamente iluminado pelas garrafas que serviam de castiçais improvisados.

Eles vão ao sótão todas as tardes. Gostam de andar pelos bairros pobres, e mais tarde ir para esse prédio que parece saído de um romance de Zola. Chegam lá de dentro ruídos baixos, abafados por cortinas puídas e toldos de papel-arroz. Duas mulheres disputando uma ração de sopa. Um longo monólogo recitado numa língua estranha, que evocava o discurso de um louco ou uma prece. O choro de uma criança. Eles recebem essas coisas com uma mistura de avidez e prazer, procurando os rastros de poesia que Baudelaire tinha encontrado, ou talvez se limitando a procurar na pobreza os rastros do próprio Baudelaire. Essas visitas alarmam o zelador do edifício, que quando lhes abre a porta sempre repete: *señorito* Rodríguez, *señorito* Gálvez, tenham muito cuidado pelo amor de Deus. Ele teme que as madeiras do sótão desabem e os dois se machuquem, claro, mas se preocupa mais, de uma forma vaga e misteriosa, com a ameaça que os próprios chineses representam.

José e Carlos riem. Sabem muito bem que os chineses são inofensivos: homens e mulheres de rostos tristes, que não se atrevem sequer a levantar o olhar quando cruzam com eles nos corredores. "Mas são gente muito tranquila, homem", respondem ainda rindo, já subindo a escada. O zelador estala a língua. "Tranquilos demais", diz antes de despedir-se. "Tranquilos demais…"

Algumas tardes sobem do sótão para o telhado. Afrouxam os cachecóis e bebem da mesma garrafa. Lá embaixo se aglomeram as casas, as pracinhas humildes, as torres da catedral. Mais além, a silhueta sombria da Universidade de San Marcos, à qual faltaram mais uma vez. Veem os limenhos andando apressados e meio curvos, quase sempre oprimidos por algum tipo de peso cuja natureza não entendem nem julgam. Certamente eles compõem um estranho espetáculo, à beira do abismo, com seus ternos de linho branco sujos de poeira e suas bengalas, como se fossem milionários arruinados ameaçando pular no vazio. Mas ninguém olha para eles. Nos subúrbios pobres todos andam olhando para baixo e só levantam o olhar em raras ocasiões, para pedir a Papai do Céu alguma graça que este raramente lhes concede.

Sentados nesse telhado, praticam suas brincadeiras favoritas. A primeira consiste em esquecer que estão em Lima e usando ternos de cinquenta soles. Num piscar de olhos apagam os campanários de estilo colonial, as paredes de adobe, os morros amarelos, as pessoas, sobretudo toda essa gente miserável que tem a mania de jogar fora as próprias fantasias. De repente estão em Paris. São dois poetas arruinados, sem ter o que comer. Escreveram os melhores poemas do século, mas ninguém sabe. Versos incríveis, abrindo-se como flores exóticas e mais tarde murchando em meio à feiura de todas as coisas. Na semana anterior haviam gastado os últimos níqueis numa resma de papel. Ontem levaram sua pena e sua mesa à casa de penhores. Nessa mesma manhã venderam os últimos livros para um sebo, e com o franco que receberam, ah, com esse franco formularam um último desejo na Pont Neuf e depois o viram afundar sem esperanças no Sena. Plof. Imaginam que está fazendo frio. À noite a neve irá cobrir Paris novamente e eles terão que enfrentar o drama de queimar seus poemas um por um para sobreviver ao inverno.

A sua miséria os enternece enquanto dura, ou seja, muito pouco, pois é um devaneio trabalhoso, que exige um esforço imenso para sustentar. Lima é um lugar impermeável às fantasias, e mais cedo ou mais tarde sentem o calor do seu eterno verão, ou veem brilhar uma abotoadura de ouro numa das mangas. Ou simplesmente o coche dos Rodríguez irrompe com estrépito pelas ruas de terra e o cocheiro aparece na boleia para gritar: "*Señoritooo*! Seu pai está chamando para jantar!". O sonho vai então por água abaixo como a moeda que nunca jogaram no Sena, e de repente voltam a ver-se como o que são: dois *señoritos* contemplando a miséria lá do alto.

"Que cidade de merda", murmura José, preparando-se para descer.

Mas a favorita é a brincadeira dos personagens. Começou por acaso durante uma aula de direito comercial, quando José notou que o professor era idêntico ao sr. Scrooge de *Um conto de Natal*, incluindo os óculos. Riram alto o suficiente para que don Nicanor — o sr. Scrooge — interrompesse a aula e lhes mostrasse a porta da sala, um limiar que, aliás, eles atravessavam pouquíssimas vezes. No pátio, continuaram imersos no jogo. O mestre de direito romano era o marido cornudo de Ana Ozores em *La Regenta*. O velho e quase mumificado reitor era Ivan Ilitch antes de morrer — ou talvez, disse José com maldade, Ivan Ilitch *depois* de morrer. A viúva do magnata Francisco Stevens, fenomenalmente gorda, era uma Madame Bovary de certa idade. "Mas Emma se suicida ainda jovem", replicou Carlos. "Pois é isso", contra-atacou Gálvez. "Esta é uma Bovary que não se suicida. Uma que teve o mau gosto de sobreviver à sua beleza para ficar gorda e ridícula."

Com o tempo, a brincadeira atinge a todos: amigos, parentes, rivais literários, desconhecidos. Até animais, porque mesmo sem nunca terem visto o gato que mora no sótão — às vezes o escutam miar em algum lugar, talvez felizmente consciente de sentir-se entre compatriotas —, os dois são unânimes na convicção de que se trata de um personagem de Poe.

Lá de cima do telhado decidem, com uma caprichosa parcimônia, quem, entre os seres humanos que pululam como formigas aos seus pés, é obra de Balzac, ou de Cervantes, ou de Victor Hugo. Dali é fácil sentir-se poeta: olhando a praça e as ruas vizinhas como se fosse um imenso cartão-postal pelo qual circulam os personagens de todos os escritores imagináveis. As primeiras fantasias das colegiais e das internas que fazem fila na entrada do colégio da Imaculada, por exemplo, são escritas por Bécquer. A vida dos burgueses que atravessam a praça rapidamente é narrada por Galdós, que vida mais enfadonha, coitadinhos, ninguém menos que Benito Grão-de-Bico. Se você for uma das putas de Panteoncito, as mil cachorradas que enfrentar serão escritas por Zola, e se for freira, por San Juan de la Cruz. Quem sonha os pesadelos dos bêbados que saem cambaleando das tavernas é, naturalmente, Edgar Allan Poe. Dos loucos? Dostoiévski. Dos aventureiros? Melville. Dos amantes? Se a coisa acabar bem, Tolstói, e se der errado, Goethe. Dos mendigos? Fácil, porque a miséria é parecida em toda parte; a vida dos mendigos limenhos é escrita por Dickens, mas sem névoa, por Gógol, mas sem vodca, por Mark Twain, mas sem esperança.

Uma sorte implacável também distingue os personagens em principais e secundários, e às vezes os dois brigam durante longos minutos para determinar se uma mulher bonita ou um mendigo de aspecto pitoresco são protagonistas ou não de uma história. É algo que não pode ser tratado com leviandade, porque protagonistas, na realidade, escasseiam; têm que descobri-los, rastreá-los com paciência no meio da turba de figurantes que entram e saem de uma mesma página do livro de suas vidas.

O que pensariam de si mesmos se pudessem ver-se andando por aquela praça? A que escritor fariam corresponder os seus passos? Iriam considerar-se personagens secundários ou protagonistas? São perguntas naturais; perguntas que deveriam ter formulado sozinhos, sem precisar de ajuda. Mas, por estranho que pareça, até o momento não o fizeram. Talvez porque nunca lhes ocorreu pensar nisso. Ou talvez porque sentem que de alguma forma seu lugar é ali, não no nível da rua, e sim lá em cima, sobre os telhados da vida dos homens.

É uma brincadeira estranha. Também se pode dizer que é uma brincadeira estúpida mas, afinal de contas, própria para jovens como eles, acostumados a ver literatura em toda parte; a deixar que as coisas aconteçam à sua volta tal como já as viram acontecer nos livros que leram. Na verdade, não nos surpreenderia descobrir que esta mesma cena, dois homens num sótão sonhando controlar o mundo, também saiu de um desses romances.

Lima, 26 de junho de 1904

Sr. Jiménez:

Depois de haver enviado pelo correio a carta pedindo-lhe seu livro *Árias tristes*, quis retirá-la, destruí-la. Por quê? Explico: concluí que o passo que dei não era muito próprio, nem muito correto, para uma senhorita. Sem conhecer o Sr., sem nunca tê-lo visto, eu lhe escrevi, dirigi-lhe a palavra. E me atrevi a comprometê-lo pedindo um favor incômodo, ao Sr., que é tão bondoso e não me deve nada...

Tudo isto eu me dizia, mais de uma vez, até doer. Quando se tem, como eu, vinte anos... se pensa rápido e se sofre muito!

Mas, felizmente, todos os meus desassossegos se acalmaram, todas as minhas dúvidas desapareceram ao receber sua atenciosa carta e seu lindo livro.

Seus versos cheios de tristeza falam ao coração e ao cadencioso vibrar das notas melancólicas de Schubert. Recordarei essas estrofes em que paira o perfume delicado e suave da alma do seu autor.

Se lhe dissesse que gostei de uma parte do seu livro mais que de outra, estaria mentindo. Cada uma tem seu encanto, seu lado cinzento, sua lágrima e sua sombra...

Sim, posso dizer-lhe que a partir de então não consigo tirar da cabeça muitos dos seus versos. Tenho a impressão de reconhecer à minha volta os jardins, as árvores, as nostalgias de que o Sr. fala em seus poemas. Como se tivesse sido aqui, deste lado do oceano, que padeceu e desfrutou tantos belos sentimentos.

Não lhe acontece também de olhar para o mundo e sentir que ele é feito com os ingredientes dos livros que lê? Não tem a impressão de reconhecer nos passantes os personagens de certos romances, as criaturas de certos autores, os entardeceres de certos poemas? Não sente às vezes que é como se pudesse ler a vida, da mesma forma que se viram as páginas de um livro...?

Querem ser Juan Ramón Jiménez.

Numa gaveta da escrivaninha José transforma cada carta, cada selo lambido pela preciosa saliva do poeta, em tesouro. Cinco poemas manuscritos. Dois retratos autografados. Um livro com dedicatória em tinta púrpura, "com o mais sincero dos afetos", à jovem srta. Hübner, de Lima. Felizmente Carlos não quis disputar nenhum desses troféus, pois José os necessita ter sempre por perto. Não pode mais sentar-se para escrever um poema sem antes apalpar a folha onde, por um instante, pousaram os dedos de Juan Ramón. A pena que rascunhou *Almas de violeta*, exatamente com a mesma idade que ele tem agora. Tão jovem! É agora, pensa, apalpando o papel vergê como se estivesse acariciando a pele de uma mulher. E depois aguarda, sentado em frente à escrivaninha. Segura a pena com força, esperando que algo aconteça. Mas esse algo não chega.

Carlos acha graça na veneração com que Gálvez coleciona qualquer minúsculo retalho da vida de Juan Ramón, com uma paciência filatélica. Que fique claro: acha graça, mas naturalmente não debocha. Isto é um privilégio que só cabe ao próprio José. Simplesmente pensa que ele próprio não escreve as cartas para conseguir nenhuma dessas relíquias. Nem uma antecipação do próximo livro do poeta, *Jardins longínquos*, que ele prometeu enviar na carta seguinte. Carlos finge ser Georgina por uma razão muito diferente; mas se alguém lhe perguntasse qual é, não saberia responder.

Aquela gaveta de tesouros provoca inveja em seu círculo de amigos. Se bem que chamá-los de amigos, e até mesmo chamá-los de círculo, talvez seja um exagero. Não são amigos, porque antes de amigos são poetas; uma profissão em que as boas intenções são tão escassas quanto os bons poemas. E por certo não constituem um

círculo, pois sua forma tortuosa de se aliar para mais tarde destruir-
-se mutuamente, de criar revistas e gazetas literárias guiadas tão só
pelo prazer de excluir os poemas de certas pessoas, tudo isso tem
menos a ver com a pureza dos círculos e mais com a geometria tortu-
rada e cheia de arestas dos poliedros. Mas, enfim; vamos chamá-los
de círculo, e com um pouco de imaginação também vamos chamá-
-los de amigos. E o caso é que nesse círculo admiram Juan Ramón
e, portanto, também os admiram, com uma paixão fria, desumana.
Fingem ter interesse em seus poemas de principiantes, mas só como
forma de se aproximarem do Mestre. Surge até, durante algum tempo, a moda de escrever para grandes figuras das letras fingindo ser
outra pessoa, quase sempre lindas noviças ou donzelas a ponto de
morrer de tísica. Cartas a Galdós, a Rubén Darío, à gorda de Pardo
Bazán, a Echegaray. Até uma comovente carta a Yeats, escrita num
inglês duvidoso, que aliás o patife do Yeats não se digna responder;
quanta sensibilidade para escrever "A rosa secreta" e tão pouca para
satisfazer a última vontade de uma pobre menina moribunda.

Antes de ser poeta, Carlos quis ser muitas outras coisas. Buscador de ossos de dinossauros. Lobo do mar curtido no insuperável cabo de Hornos. Missionário entre os selvagens índios jivaros. Domador de elefantes. Granadeiro imperial. Pescador de pérolas no mar do Japão. Com seis ou sete anos quis até *ser* judeu, uma profissão pitoresca que a seu ver consistia em usar o cabelo e a barba muito compridos. Mas não se lembra de alguma vez ter desejado ser advogado. Esse foi apenas o primeiro dos muitos desejos que só pertenciam ao seu pai, e que pouco a pouco iriam tomando forma nele.

Nessa época moravam nas proximidades de Iquitos, em plena selva amazônica. Ao longo da infância ele morou em muitas casas diferentes, sempre construídas por perto do acampamento de seringueiros do pai, que ia sempre se deslocando. Centenas de índios com as costas nuas e arrebentadas de feridas, entre os quais circulavam uns poucos capatazes brancos. Às vezes se ouviam os assobios dos facões abrindo trilhas no mato, mesclados com gritos de homens que pareciam estar sofrendo dores terríveis em línguas desconhecidas. São os mosquitos, explicava o pai quando Carlos lhe perguntava a origem daquela gritaria. Esses selvagens que trabalham para nós não suportam picada de mosquito.

Foi uma época solitária, porque suas irmãs ainda eram muito pequenas, e não havia por perto um único menino com quem brincar. Ou, para sermos exatos, o acampamento estava cheio de meninos que não eram meninos propriamente ditos, porque eram filhos dos trabalhadores indígenas e por isso não podia brincar com eles, nem sequer olhá-los de frente. Nem uma palavra, por mais divertidas que suas travessuras parecessem e mais sozinho que ele se sentisse. Faz de conta que são invisíveis, advertiu seu pai. E de tanto tentar, de tanto ver nada onde na realidade havia algo, também aprendeu a ver companheiros de folguedos onde outros não viam nada. Foi assim que nasceu Román, seu amigo imaginário. Já que podia escolher, escolheu que Román tivesse onze anos, como ele. Também que fosse branco e não índio, naturalmente; branco como só os alemães ou os ursos-polares podem ser, e assim podia brincar com ele de sol a sol. Era, ademais, um garoto que inspirava muito respeito; tanto, que Carlos só o tratava de senhor: do que o senhor acha que devemos brincar hoje, Román, e cedia mansamente aos seus caprichos, porque além de branco também era um garoto meio tirano. Se depois das aulas não se brincava do que ele queria, saía com seus próprios amigos imaginários; meninos que Carlos não via por mais esforço que fizesse, como havia aprendido a não ver os meninos indígenas que fabricavam espadas de bambu ou disputavam uma bola de borracha dando risadas.

Tinham, sim, muitas coisas em comum. Tantas, que chegaram a ficar muito amigos. Os dois preferiam brincar nos saguões ou nos quartos, nunca ao ar livre. Os dois se entediavam muito nas aulas de matemática de don Atiliano, o professor particular, com a diferença de que Román podia sair e brincar quando quisesse e Carlos tinha que ficar até o final, resolvendo os exercícios de trigonometria. Os dois odiavam o trabalho do pai, aquela eterna procissão de carregadores levando fardos de borracha, e às vezes também coisas mais estranhas, como uma carroça que viram passar certa noite com uma dúzia de índios dormindo empilhados na caçamba, mal disfarçados sob folhas de palmeira e de bananeira.

Imaginação demais. Foi esse o diagnóstico do médico do acampamento. "Não se preocupe, don Augusto, é que seu filho tem muita imaginação." Mas don Augusto não se tranquilizava: "Até demais, porra. Outro dia ficou falando sozinho durante horas, parecia um maluco". Mas o médico insistia que não havia motivo para se preocupar. Contra a imaginação, receitou: mais carne na dieta e mais aulas de trigonometria.

"E o resto, doutor?"

O resto eram muitas coisas. Era que nos últimos tempos ele passava o dia todo lendo poesia na biblioteca do pai; versos cujo excesso poderia acabar transformando-o, como todo mundo sabe

— aqui baixa o tom de voz; cobre a boca com o punho fechado —, num invertido. Era que às vezes chorava e perdia a respiração sem motivo, principalmente quando don Augusto lhe falava dos planos para o seu futuro: o internato do curso secundário em Lima e o curso de advocacia, e a borracha. Era que quando foi lhe explicar que um dia ele iria assumir todas as plantações, o menino disse muito baixinho e muito sereno, com a mesma cortesia que usava para falar com Román: Então prefiro morrer. Era sua letra de mulher. Mas o médico tampouco achou graves essas coisas. Contra as crises de choro e a respiração agitada, receitou: exercício, clima seco e certos azeites que fortaleceriam o fígado. Contra a poesia, receitou: cascudos e mais ar livre. Contra a homossexualidade: dois anos de paciência até completar treze, e depois, putas. Contra a morte: não dar crédito às ameaças de um menino, mas, por segurança, e só por algumas semanas, esconder as facas da casa.

Era um bom médico. Capaz de imobilizar uma perna quebrada, de combater a malária e neutralizar o veneno de uma mordida de cobra. Mas não entendia nada de psicologia. Nem esses conhecimentos podiam ser muito úteis na última década do século XIX, quando a mente humana era considerada quase como um apêndice da biologia. É por isso que ele não identifica as crises de choro como transtornos de ansiedade: porque ainda não tinham sido inventados, e até as doenças existem menos, ou existem de outro modo, quando não têm nome. Também não entende que o tirano Román seja uma projeção do nascente complexo de inferioridade do menino, inspirado por um pai autoritário em combinação com uma mãe passiva; a mãe um zero à esquerda, quase insignificante. Tem tão pouca importância essa mãe que ainda nem havia aparecido neste livro.

De maneira que Carlos cresce com ataques de ansiedade que são um problema do clima úmido do Amazonas. Com complexos de inferioridade que são uma fraqueza congênita do fígado.

Mas as receitas do médico que não sabe nada de psicologia cumprem seu objetivo. Pelo menos é o que pensa don Augusto. Pouco a pouco Román deixa de visitar a casa, porque além de branco e de tirano, é um garoto muito pragmático que prefere arranjar outros amigos a ter que brincar com Carlos às escondidas. A vontade de morrer é aplacada advertindo as criadas que não deixem o menino entrar na cozinha. A homossexualidade, aos treze anos num bordel de luxo para seringalistas, com uma prostituta polaca que também é virgem, mas isso é outra história. E o problema do clima úmido só é resolvido um ano depois, quando inauguram a mansão que mandaram construir em Lima, para onde se mudam para que Carlos curse o secundário.

O da poesia, porém, não se soluciona nunca. Ele é obrigado a dar passeios intermináveis, sim, mas sempre consegue levar um livro de Hölderlin enfiado nas calças. E quando o vício parece ter acabado, uma tarde don Augusto entra no quarto do filho e acha sob o colchão as provas encadernadas de infinitas traições: livros de poemas de Rilke, de Mallarmé, de Salaverry, de Gustavo Adolfo Bécquer; tantos livros da sua biblioteca cuja falta ele não sentiu porque a comprou a peso de um lorde arruinado, e não sabe um único título. Nessa mesma noite don Augusto lhe aplica muitas doses do remédio que o médico receitou. Uma chuva de chibatadas com o cinto da qual Carlos se defende como pode, jogado na cama e chorando. Isto é pela poesia francesa, e isto pela inglesa, e estes dois bofetões aqui pela poesia espanhola, traidor até nisso, ainda por cima precisava ser espanhola. Dá para ver que é invertido, e além do mais um invertido pouco patriota, mas ele vai lhe tirar todos os resquícios do corpo nem que tenha que bater a noite inteira. É o que diz. Porque ele, don Augusto, já tem três filhas e não quer uma quarta, uma garotinha boboca que fica lendo poemas com os olhos vazios, mas um homem de verdade. Agora chega, diz, de ser essa garotinha; chega de ser a menina sensível de quem se tem que esconder que os trabalhadores não gritam por causa de mosquitos e sim de chicotadas, e que as carroças que entram na selva não estão cheias de índios dormindo e sim de índios mortos. Ele não quer mais uma menina em casa. E muito menos que uma menina, um chupador de pau, isto ele diz bem claro, coincidindo com a chibatada final; pau não é para chupar, pau se usa para empalar mulheres sem tanta metáfora, entendeu? E Carlos entende, e diz que sim, mas com a voz deformada num tom agudo ridículo; voz de invertido que é e sempre será, pensa desolado o pai. E enquanto isso a mãe insignificante, a mãe zero à esquerda ouve a surra em seu quarto, rezando ao mesmo tempo um rosário interminável.

Às vezes, quando não está escrevendo cartas em nome de Georgina, quando não está gastando as tardes em cima do telhado de um sótão, Carlos também faz poemas. Com o tempo, don Augusto acabou aceitando. Que alternativa lhe resta se o seu filho, tão mulherzinha para certas coisas, por azar se mostrou tão homem para outras, como suportar estoicamente surras em nome da poesia. Enfim: pelo menos não está sozinho nesse vício das metáforas. Ele é secundado pelo primogênito dos Gálvez, ninguém menos; uma companhia da qual só se podem esperar coisas boas. Começou até a convencer-se de que afinal de contas talvez não haja perigo, pois verificando em segredo os rascunhos dos seus poemas encontrou referências a muitas mulheres, cada qual com seu belo par de mamas. Embora seu filho tenha usado tantas e tão complicadas palavras para vesti-las.

A verdade é que os poemas não são muito bons, às vezes até o próprio Carlos sabe disso, mas não se importa. Afinal faz tempo que perdeu a ambição de ser um grande escritor. Isto, que se diz tão rapidamente, na verdade é um grande segredo. Não o confessaria a José por nada deste mundo. Sabe que iria decepcioná-lo, porque para o amigo não existe nada além da poesia, ou, para ser exato, das suas glórias circundantes. É José quem fala o tempo todo de resenhas, de prêmios literários, de receber flores naturais, de conspirações secretas para que eles, os melhores poetas jovens do país, não publiquem seus versos. Para ser sinceros, passa muito mais tempo falando essas coisas que escrevendo poemas. Carlos ouve em silêncio. Não tem interesse em publicações ou prêmios, mas tem menos interesse ainda em contrariá-lo. Então acaba concordando, com a mesma expressão que fazia dez anos antes ao aprovar cada um dos caprichos de Román. Como o senhor quiser, Román, quer dizer, José.

O que pretende, então? Ele mesmo não tem muita certeza. Acha que escreve pela mesma razão pela qual o pai acumula toneladas de borracha ou a mãe reza há trinta anos o mesmo rosário ininterrupto. Porque não sabe fazer outra coisa. Porque quer estar em outro lugar. Então, toda vez que tem que assinar um documento como herdeiro dos seringais de don Augusto Rodríguez, toda vez que estuda para uma disciplina dessa faculdade que na verdade nunca quis começar, ou que escuta os amigos do pai competindo na hora do cafezinho para ver quem matou mais índios numa jornada de trabalho, simplesmente se tranca no quarto e escreve. Ou se deita na cama e, com os olhos fixos no teto, começa a imaginar algumas palavras da próxima carta de Georgina. Por algum motivo, em sua cabeça as duas tarefas, escrever poemas e ser Georgina, parecem misteriosamente ligadas.

Durante um tempo nenhum dos dois amigos publica nada, por mais que José mande os poemas de ambos para todos os jornais e gráficas que conhece. Mas um dia o diretor de uma pequena gazeta da capital os convoca ao seu escritório. É um homem gordo e cansado, com manchas de suor nas cavas da camisa. E lhes presta uma atenção também indolente, balofa, uma atenção que combina com o seu aspecto. Quase sem levantar o olhar de uns papéis, explica em voz neutra o motivo do seu chamado. Alguém lhe disse que esses dois moleques estão em contato direto com Juan Ramón Jiménez. Não poderiam propor ao Mestre que lhes ceda uns inéditos para a sua revista, uma publicação modesta, para que mentir, mas também muito limpa e honesta?

Levam uns segundos para responder. Nesse intervalo, Carlos se pergunta em que consiste a higiene de uma revista. E José está quase hipnotizado olhando o brilho de suor no rosto do homem, sua imensa barriga apertada contra o tampo da mesa. Deveriam proibir ser poeta a quem é gordo e sua muito, pensa, e muito menos diretor de uma revista da qual dependem tantos poetas. Afinal é o próprio José quem responde. Vão falar com Juan Ramón, claro, ele é um grande amigo e na certa aceitará; mas enquanto isso talvez possam chegar a um acordo, porque acontece que eles também são poetas, veja que coincidência, e ainda têm alguns inéditos disponíveis. Na verdade têm inéditos até de sobra; para ser sinceros, tudo o que têm são inéditos, mas esse ponto, naturalmente, preferem não esclarecer. E se dá, outra vez, a coincidência de que estavam com dois rascunhos dos seus poemas ali no bolso.

Diante de tal sucessão de coincidências — nada menos que três, na mesma frase — o diretor não tem outro remédio senão aceitar os papéis que José lhe entrega. Olha-os sem paixão. Pega uma folha em cada mão, lê uma enquanto se abana com a outra. Bufa. E em dois minutos determina que, muito bem, enquanto as cartas de Juan Ramón vão e voltam, não morrerei se publicar algum desses poemas, mas infelizmente só pode ser um. Por exemplo, este que está nesta mão, assinado por José Gálvez; porque o de Carlos Rodríguez que está na outra — diz sem olhar para o próprio; não se lembra, na verdade, qual dos dois é José e qual é Carlos — parece um pouquinho mais verde.

José sai do escritório exultante. Mas logo depois, talvez se sentindo vagamente culpado pela rejeição ao amigo, se esforça para empregar todo o ímpeto dessa euforia em indignar-se. Procura consolá-lo com um longo inventário de recriminações. Quem esse gordo pensa que é; não reconheceria um verdadeiro talento nem diante do seu nariz; o complô contra eles, de alguma forma, continua; tinham vencido apenas a primeira batalha de uma longa guerra etc. Sabe quem vai escrever essa carta a Juan Ramón?, só se for a puta da mãe dele, a grandíssima meretriz que pariu esse gordo que jamais vai conseguir publicar um poema do Mestre em sua revista. Nessa merda de revista limpa e honesta. Chega a esboçar o discurso que fará se algum dia ganhar o Prêmio Nacional de Literatura e até então Carlos, que Deus não permita, não tiver publicado um único poema; um pronunciamento em que reconhecerá que deve tudo, tudinho, a ele, o seu querido amigo inédito.

Os dois fingem estar tristes com a rejeição, só que Carlos finge um pouco melhor. Sua expressão, mais uma vez, é uma imitação perfeita. Às vezes faz isso quando está entediado; se demora diante do espelho ensaiando os mais diferentes semblantes: de alegria, de decepção, de melancolia, de esperança. E faz isso tão bem que algumas vezes se surpreendeu sentindo uma tristeza verdadeira e não achando verossímil sua própria emoção no espelho.

Depois, de repente, José recupera a alegria que na verdade não perdeu. Abraça Carlos pelo ombro com familiaridade e o convida para tomar uns tragos.

"A Juan Ramón! Devemos tudo a ele!", diz na hora do brinde. "Suas cartas nos inspiraram!"

Dizendo isso beija o último envelope lacrado. E o faz como um peregrino medieval beijando uma relíquia. Beija, aliás, exatamente no ângulo onde poucas semanas antes havia pousado o focinho guloso de um rato. O rato que acompanha a correspondência, viagem após viagem, no porão do transatlântico.

Carlos leva o copo à boca, mas quando bebe não está mais pensando no brinde nem em Juan Ramón, por alguma razão começou a pensar em Georgina. Ultimamente acontece com frequência. De repente se vê pensando nela não como parte de uma brincadeira ou de uma trama, mas como alguém que tivesse vida. Como se fosse uma prima distante que mora no campo e não vemos com frequência, ou uma donzela de cuja formosura ouvimos falar e com a qual esperamos trocar algumas palavras na próxima recepção. Às vezes ele chega a se perguntar se de algum modo não será a própria Georgina, mais que Juan Ramón e suas cartas, quem lhe inspira tantos versos sobre amores impossíveis e musas etéreas.

Mas prefere não dizer nada, porque isso é outro segredo.

"E aquela freira?"

"Onde?"

"Essa, essa; a que está passando debaixo dos arcos…"

"Ah. Secundário, claro, quem vai se interessar pela história de uma freira."

"Além do mais, não parece ter dado um único passo em falso na vida. Isso faz dela um personagem de San Juan de la Cruz mais que de Zorrilla…"

"O que me diz da velha pedindo esmola na porta da igreja?"

"É aceitável como protagonista, não é…? Mas de uma história bem curta, claro. Um conto. Vinte páginas ou coisa assim. No máximo."

"É, um conto curto. E também triste. Bem francês, ou bem russo. Desses cujo protagonista começa pobre e passa o resto da história tentando cair definitivamente na miséria… E aqueles militares fazendo ronda?"

"Nada… Só servem para isso, para fazer sua ronda de costume. Não dão nem para uma página."

Prolongaram a brincadeira até bem tarde. Lentamente os postes da iluminação pública foram se acendendo e atrás dos vidros dos subúrbios pobres começam a cintilar as luzes das bugias e dos fogareiros. Cheiro de macarrão e arroz branco. Naquele edifício cheio de chineses sempre há cheiro de macarrão e de arroz, e às vezes também cheira um pouco a ópio.

"E essa mulher tão bonita?"

"E esse menino brincando?"

"E esse tropeiro dando varadas no cavalo?"

As perguntas continuam por muito tempo, mesmo quando as figuras que passam aos seus pés já são vultos informes, a partir dos quais é possível projetar qualquer personagem. Mas nenhum dos dois parece ter intenção de sair dali.

Afinal, quando já é tudo escuridão, quando não há mais nada a olhar, um deles, não importa quem, pergunta:

"E Georgina?"

E o outro, seja quem for, não responde.

Mas chega o momento em que isso também cansa. Para eles, pelo menos, fica enfadonho. Acaba a moda das cartinhas anônimas. Ninguém mais se importa com o que Juan Ramón vai responder. Se quando estavam no "Estimado Juan R. Jiménez" o Clube da União ficava completamente lotado para ouvir a leitura da carta, quando chegam ao "Querido amigo" não passam de três ou quatro os frequentadores que prestam atenção em suas palavras. Gálvez não sabe mais que troféu pedir ao Mestre, pois já têm tudo e ao mesmo tempo continuam sem ter nada. A correspondência ficou insípida como os poemas de José e de Carlos, que nunca agradaram de verdade; que só eram suportados em tertúlias e recitais como pretexto para ouvi-los contar mais uma vez a história de Juan Ramón e Georgina.

Chegam outras novidades. Especialmente uma: um jovem jornalista chamado Sandoval, que trabalha como tipógrafo no periódico mensal *Los Parias*. Isto em si já é uma novidade. Um membro da tertúlia que trabalha, mesmo não precisando. Sandoval sempre aparece no clube com as mãos manchadas de tinta da linotipo, e usa essa marca de humildade como medalha de guerra. Também tem uma cicatriz na têmpora, causada, segundo ele, pelo porrete de um policial durante uma greve, e a mostra com orgulho toda vez que fala em luta de classes. É anarquista. Talvez não desses terroristas que colocam bombas no Liceu de Barcelona, mas um revolucionário pacífico, um anarquista pé no chão, como ele se define, que escreve artigos apoiando as ameaças de greve dos estivadores do porto de Callao e a Federação de Padeiros de Lima.

Os frequentadores da tertúlia, muitos pertencentes à mais seleta aristocracia limenha, o ouvem com respeito. Até aplaudem um pouco quando se inflama falando da revolução e da queda do capitalismo. Acham que é inofensivo, e também um tipo muito simpático. Além do mais, têm uma ligeira desconfiança de que até certo ponto suas demandas talvez sejam justas; de que os operários talvez tenham direito a algo mais que viver e morrer nas fábricas, mas para falar a verdade tampouco têm ideia do que poderiam fazer em vez disso. Em que vai gastar um proletário suas dezesseis horas livres por dia se for aprovada a bendita jornada de oito horas de trabalho. Além do mais, os jovens poetas não entendem muito de política. Continuarão sem entender poucos anos mais tarde, quando um por um forem abandonando a poesia para substituir seus pais à frente dessas mesmas fábricas.

Para piorar as coisas, Sandoval está escrevendo seu próprio romance. "Disse um romance, sim. Nada de poesia", afirmou uma noite, quase com desprezo, quando alguém lhe perguntou sobre a possibilidade de escrever versos. O século xx será a morte da lírica, continuou; quem se importa com os rípios e os sentimentos burgueses quando em volta está se travando o último ato da luta de classes. Só os ricos têm esse tipo de sentimento, essa índole cheia de profundezas e angústias existenciais; porque quando os homens têm muito tempo livre, quando não usam sua energia vital para derrubar os muros que os separam dos seus irmãos, toda essa força é usada cavando para dentro, minando-se até inventar esses sentimentos sutis e falsos. Basta de olhar para dentro, prossegue com uma voz gutural, vamos olhar para fora, porque há homens humildes morrendo nos latifúndios e nas fábricas do mundo todo, morrendo de verdade, não como esses afeminados que acham que vão morrer por causa de sentimentos que não interessam a ninguém. E conste que isto é só o começo; agora escrevemos romances para falar das ações, mais tarde as ações falarão por si. Pois é, esta é a verdadeira literatura, a ação, a força dos fatos e não das palavras que explicam os fatos. O verdadeiro romance do século xx não será escrito num sótão e sim na rua, em meio ao fragor das greves, dos atentados, das guerras, das revoluções. E nós já estamos, tomem nota, já estamos começando a escrever os primeiros capítulos desse romance.

Explodem mais aplausos. Dezenas de poetas ricos aplaudindo a morte do capital e depois a morte da poesia.

José e Carlos não dizem nada. E se dizem, ninguém escuta.

Juan Ramón é um gênio. Disso ninguém duvida, muito menos José e Carlos. Mas a questão é que ele pelo menos perdeu o pai, e quem não vai escrever árias tristes se perde o pai e ainda por cima é um pai querido; quem não teria material poético para pastorais e almas de violeta e jardins longínquos se tivesse sido internado em nada menos que dois sanatórios e num deles ainda por cima se apaixonado fatalmente por uma noviça. Eles, em comparação...

"O problema não são os poemas, é a vida", diz José. "Para escrever coisas extraordinárias, é preciso experimentá-las antes. Esta é a diferença entre os poetas comuns e os verdadeiros gênios: a experiência. E, vamos ser sinceros, o que foi que nós dois vivemos?"

Carlos demora um pouco para responder, até entender que não se trata de uma pergunta retórica. Mas antes desfaz o laço da gravata.

"Nada?"

"Isso mesmo. Nada. Ainda estamos nesta cidade de merda, bebendo sempre das mesmas garrafas e rindo das mesmas coisas. O mais emocionante que fizemos na vida foi isto: escrever uma série de cartinhas para colecionar autógrafos do único homem que sabe viver de verdade. E de musas, melhor nem falar. Não se pode dizer que já vivemos grandes paixões. Dormimos com algumas mulheres, claro, mas foi só isso. Muitas delas putas, aliás. Ninguém revoluciona a lírica espanhola escrevendo sobre putas."

"Acho que não."

"Ainda que sejam putas caras, como as que seu pai lhe paga."

"Vá à merda."

Estão sentados nos bancos da Plaza de la Universidad, vendo a manhã passar e os estudantes entrando e saindo das aulas. Carlos pensa que eles também já fizeram muitas vezes o mesmo: despedir-se dos pais com o álibi dos livros de direito na pasta e depois ficar na porta da faculdade, fumando e esperando a hora adequada de voltar para casa. Num perfil biográfico de Juan Ramón, ele se lembra de ter lido as seguintes palavras: "Começou o curso de direito, mas em 1899 o abandonou para dedicar-se inteiramente à poesia e à pintura". Então ele também! Seria talvez um sinal? Não pode deixar de se perguntar se Juan Ramón também não passava muitas manhãs como aquela, talvez com um livro de poesia nas mãos, e essa esperança o consola um pouco do tédio e do nojo que sente.

"É disso que precisamos", está dizendo José. "Uma musa inatingível a quem dedicar nossos melhores poemas. Sem isso não há nada, entende? Só versinhos de principiante. O que seria de Dante se Beatriz não fosse uma menina ou de Catulo se Lésbia não fosse uma puta? Você não sabe? Pois vou lhe dizer. A literatura universal teria virado pó: é o que teria acontecido."

Em algum lugar pega um galhinho, e com ele faz uns riscos despreocupados no chão enquanto fala. Linhas paralelas que parecem sublinhar suas palavras, matizar seus silêncios.

"Às vezes penso que escrever bem ou mal é uma coisa secundária", continua após uma pausa em que seus lábios e o galhinho ficam imóveis por um instante. "Quem faz a verdadeira poesia são as musas, com sua beleza. Não é necessário mais nada: o único problema é achá-las. E enquanto não tivermos a nossa, as revistas continuarão devolvendo os nossos poemas, porque eles continuarão sendo o que são, esboços de garoto, redações escolares. Coisa de colegial assanhado que se toca sonhando com as mulheres que há de conhecer quando for grande."

"Temos que aprender com Juan Ramón", murmura Carlos, como que adivinhando a frase que Gálvez deseja ouvir.

"Pois é: o nosso amigo sempre dá um jeito de arranjar as musas adequadas. Uma noviça, nada menos! E antes, no sanatório de Bordeaux, essa história com a outra... a francesa... Como se chamava?"

"Jeanne Roussie", responde Carlos de imediato. Eles são conhecidos especialistas na biografia de Juan Ramón. Sabem de cabeça com que idade o pai morreu e os pormenores mais íntimos de cada um de seus desamores. Procuram não esquecer nenhum detalhe, possivelmente porque se acostumaram a pensar que todas essas tragédias são algo assim como um *cursus honorum* imprescindível para escrever um bom livro de poemas.

"Isso mesmo, Jeanne. Enfim, e essa também é complicadinha. Apaixonar-se pela esposa do próprio médico! Isso sim que é drama garantido. Mas com a noviça ele se superou. Imagine: a luta entre o carnal e o espiritual, entre o amor a Deus e o amor terreno… Ah! É um verdadeiro artista, esse Juan Ramón. Com histórias assim, só se estiver morto por dentro é que não se escrevem bons poemas."

"Bem, você também beijou uma noviça, não foi?"

José joga fora o galhinho, desanimado.

"Você precisava ter visto! Era como um pesadelo, mais que um poema. Quando ela tirou a touca, deu para entender por que queria virar freira."

Carlos não responde. Estava seguindo com o rabo do olho os progressos do galho de José no chão: uma retícula de traços cada vez mais densa, formando uma trama fechada. Olhando para ele pensa, não sabe por quê, em seu pai. Pensa em Georgina. Quase não presta atenção nas palavras de José, que continua insistindo que o único detalhe que separa seus poemas da genialidade é a ausência da mulher perfeita; uma inspiração divina capaz de elevar seus versos à altura do sublime. Porque sem dúvida os dois tiveram seus amores de vinte anos, continua, mas sempre histórias que eles mesmos sabem que são convencionais, monótonas, felizes; muito distantes da estatura mitológica dos amores que veem nos livros em que, no paroxismo da paixão, os dois enamorados morrem. Se bem que no caso seria melhor que fossem só elas, porque senão como iriam eles escrever seus versos imortais? Definitivamente, alguém precisa morrer ou ser trancafiado num monastério; ou, no mínimo, as famílias têm que se opor ao enlace e eles, cruzar a cordilheira dos Andes perseguidos por pistoleiros de aluguel. Mas essas coisas nunca acontecem, diz com amargura. À sua volta tudo é extremamente fácil: a família aceita o noivado — e então para que ficar noivo — e, o que é pior, as filhas aceitam todo o resto com uma rapidez assombrosa — e depois da entrega, como hão de continuar sendo musas. O que se pode fazer num cenário tão insosso, continua José, a não ser escrever uma poesia rançosa de tertúlia de salão, de recital de veraneio na casa de uma tia; versos insignificantes e leves, feitos para ser ouvidos num domingo à tarde, entre leques, bocejos e charutos.

"Então nós só precisamos de uma musa", diz Carlos para si mesmo, sem parar de fitar o desenho.

"Uma musa ou alguma outra coisa. Sei lá. Uma guerra, por exemplo. Imagine: as bandeiras, os desfiles, os discursos. O sangue derramado do seu melhor amigo. Isso sim é uma bela razão para escrever um poema! Versos escritos à beira do desespero, sabendo que a qualquer momento uma bala pode ceifar sua vida..."

"Se não matou você antes, naturalmente."

"Sério: a guerra, como fonte de inspiração, é de primeira. Quem sabe Homero foi um poeta medíocre e se salvou por ter ouvido falar da guerra adequada. Quem sabe. Creio que todos os militares têm material para comover qualquer pessoa; só que muitos não têm consciência disso. Como o meu tio José Miguel, por exemplo. Você sabe, o herói da guerra do Pacífico. Pois bem, eu sempre achei que justamente ele poderia ter sido um grande poeta. Todo mundo sabe que sozinho mandou pelos ares um barco chileno, e que a explosão foi tão forte que ele acabou sem cabelo e quase cego. O que pouca gente sabe é que nos seus últimos anos de vida essa recordação quase o deixou louco. Dizia que ouvia o tempo todo os lamentos dos marinheiros chilenos sendo queimados vivos enquanto imploravam que ele lhes salvasse a vida pelo amor de Deus. Com isso na consciência, pode-se escrever o melhor poema da literatura universal ou dar um tiro na cabeça. E você sabe o que meu tio escolheu."

"Pois eu teria escrito o poema."

"Claro, porque você e eu somos poetas. Meu tio era soldado. Imagino que fez o que melhor casava com sua profissão."

Carlos sorri.

"Então, a seu ver, são estas as nossas duas opções: arranjar uma musa ou começar outra guerra de merda contra o Chile..."

José continua falando no tom que usa para as brincadeiras.

"Isso, ou então a tuberculose, irmão! Nós devíamos tentar. Dizem que no último momento dá uma lucidez extraordinária. Que com as convulsões você começa a ter arroubos de criatividade, e poemas extraordinários se perdem porque ninguém dá laudas em branco e tinta aos doentes durante os estertores..."

"Não sei você, mas no meu caso acho que prefiro a opção da musa. Ou pelo menos viver uma vida longa como mau poeta."

José também ri.

"É..."

Por instantes ninguém diz nada. O sol já está a pique. No telhado da faculdade os pássaros continuam cantando, mas só agora eles começam a ouvir. Logo depois seus colegas virão para o pátio, todos procurando se desfazer da modorra da aula de direito canônico; todos mecânicos e cinzentos, como os burocratas que um dia serão. Hora de voltar para casa.

"Se pudéssemos inventar a nossa biografia", diz José ao levantar-se, dando uma espécie de suspiro.

"Pelo menos podemos inventar a de Juan Ramón", replica Carlos, e completa o resto da frase com o pensamento.

Se a ideia tiver uma única origem, esta é a origem. E se tiver um único criador, então esse criador é só Carlos, por mais que com o tempo Gálvez se esforce para se apropriar dela e tome a iniciativa de reunir os amigos e dizer: "Senhores, Carlota e eu começamos a escrever um romance". Porque a verdade dos fatos é que tudo começa com umas palavras de Carlos e que a princípio José balançava a cabeça e negava em silêncio.

A conversa se dá em qualquer lugar. Talvez no próprio banco da Plaza de la Universidad; ou então no sótão que sempre parece prestes a desmoronar, ou bêbados na taverna, esperando com uma paciência burocrática a hora de fechar. Carlos, contrariando seu costume, fala. Na véspera, desesperado por uma nova rejeição dos seus poemas em outra revista, José sugere que talvez tenha chegado a hora de suspender a correspondência com Juan Ramón. Afinal de contas, o que lhes rendeu toda essa brincadeira de mau gosto além de algumas dores de cabeça, uns papeizinhos autografados e o apelido, aliás engraçado, de Carlota. Assim não vão tornar-se poetas melhores, e muito menos encontrar a musa que consiga fazer isso. Portanto: ao diabo com Georgina. Mas Carlos não concorda. Pela primeira vez não responde com um dos seus gestos ensaiados no espelho, e o "não" lhe vem muito lá de dentro. E diz isso: Não. Sua voz treme, porque ele não passa de um filho de seringueiro, nascido para aprovar os desejos de José, mas mesmo assim não cede. Não, repete, obstinado. Por que não? Carlos não sabe explicar: não porque não. E é o suficiente.

Nessa noite não consegue dormir. Na cama não tira da cabeça as palavras de José sobre as musas. Antes de adormecer pensa que encontrou uma resposta. Um argumento que, conhecendo o seu amigo como conhece, forçosamente há de convencê-lo. Algo que pode mudar o rumo das suas vidas. De maneira que, quando afinal se encontram, faz o discurso que amadureceu para a ocasião. Um solilóquio cheio de hesitações que Gálvez ouve em silêncio. Pelo menos durante alguns minutos, e com uma condescendência que se poderia confundir com respeito. Mas em determinado momento não aguenta mais e o interrompe, impaciente.

"Não, não, não, o que está dizendo, Carlitos, que romance coisa nenhuma, nós não escrevemos romances, lembre-se, deixamos isso para Sandoval e sua corja."

Não entendeu. Ou então o que não entende é o que faz o seu amigo tendo uma ideia própria, seja ela qual for. Então Carlos precisa insistir, apesar da sua dificuldade em contradizer José; apesar de todas as vezes em que passa a mão no cabelo ou pigarreia com desconforto enquanto fala. Pergunta se ele se lembra de quando diziam que a vida de todo mundo era literatura, e José responde simplesmente: "Sim". Daquelas tardes, no terraço, quando o mundo lhes parece repleto de personagens secundários e só com um punhado de protagonistas, e José responde: "Claro". Daquelas discussões decidindo que escritor escreve a vida de cada um, e José grasna: "Mas estou dizendo que sim, porra". Pois isto, gagueja Carlos, é exatamente a mesma coisa. A vida de Juan Ramón também é um romance e, capítulo por capítulo, carta por carta, eles já começaram a redigi--lo, embora não tenham percebido isso até agora. Durante todo esse tempo achavam que estavam fazendo uma brincadeira mais ou menos pesada ou colecionando algumas recordações, mas na verdade era algo bem mais sério: estavam escrevendo o romance da vida de um gênio.

José abre a boca. Depois fecha. E Carlos continua, titubeando cada vez menos. Porque talvez seja verdade que eles não têm sua própria musa e por isso nunca chegarão a dar à luz um poema perfeito, acrescenta, mas ao fim e ao cabo que importância tem. Talvez a providência reservasse justamente para eles, Carlos Rodríguez e José Gálvez Barrenechea, um destino ainda mais nobre: criar do nada a beleza que outro poeta celebra. E quem sabe, continua Carlos, que não consegue mais parar, se isso não é um outro tipo de poema perfeito, o único realmente transcendente: modelar o barro das palavras e dizer-lhes Levanta-te e anda. Ser parecidos com o Deus Pai e Criador de todas as coisas, se não fosse pecado dizer e até pensar isso. Estão dando vida à musa por quem Juan Ramón há de se apaixonar, e essa história possível, esse amor tempestuoso, esse fragmento de vida no meio do caminho entre a realidade e a ficção será o seu romance. E se algum dia o Mestre construir um poema sobre as brasas desse amor, nem que seja apenas um, eles saberão secretamente que foram capazes de fazer o mais difícil: toda a beleza desse poema lhes pertence muito mais do que se eles mesmos o tivessem escrito.

Carlos se cala. Para defender sua tese de que tudo é literatura, de que o mundo inteiro é um texto formado só com palavras, gostaria de citar Foucault, Lacan, Derrida. Mas não pode, porque nem Derrida nem Lacan nem Foucault nasceram ainda. Lacan sim, para dizer a verdade; ele tem exatamente três anos; nesse momento está brincando distraidamente com um quebra-cabeça — em Paris já é de manhã — e quem sabe formando futuras lembranças daquilo que algum dia chamará de estádio do espelho. Por isso Carlos não pode dizer mais nada.

José também não. Limita-se a olhar fixamente para ele, como se só agora o amigo tivesse começado a existir.

Aprova com a cabeça muito lentamente.

Sorri com o mesmo sorriso com que celebrou o nascimento de Georgina.

II. UMA HISTÓRIA DE AMOR

O romance ainda não tem título nem argumento definido. Só sabem o nome dos dois protagonistas e os cenários que os abrigam: uma Lima real e uma Madri vagamente imaginada do outro lado do Atlântico.

A princípio é uma comédia. Pelo menos parece. Nas primeiras páginas há ricos que fingem ser pobres e homens que se fazem passar por mulheres e urinam de cócoras em avenidas desertas. Há equívocos, há risadas, há ratos gulosos morando em sacos de correspondência; há moringas de pisco e de chicha. Um grande poeta é enganado como um menino, e dois meninos parecem grandes poetas. Há também inveja, mas uma inveja no fundo sadia, divertida; e junto com ela a moda entre os *señoritos* limenhos de escrever para seus autores favoritos fazendo-se passar por jovens ingênuas apaixonadas.

E, talvez para se acoplar a esse espírito jovial, as cartas de Georgina e Juan Ramón também são descontraídas e leves, como bilhetinhos trocados por colegiais. Para José e Carlos, os autores da comédia, é uma época feliz, em parte porque se divertem escrevendo, em parte porque se sentem protagonistas do próprio romance. Alguém deveria dizer-lhes que não, que a única protagonista é Georgina, mas provavelmente se trata de uma tarefa inútil. Eles são jovens, estão cheios de ambições e sonhos; ainda acham inconcebível imaginar que exista alguma história no mundo cujos protagonistas não sejam eles.

Mais tarde vem a revelação. Descobrem que afinal estavam enganados. Não se trata de uma comédia. Nunca foi, por mais que as bebedeiras e as piadas e as meninas ceguinhas escrevendo para Yeats fizessem pensar o contrário. É uma história de amor, como tantos livros belos, e só eles podem escrevê-la. Um romance epistolar à altura do *Werther* de Goethe e da *Pamela* de Richardson; quem sabe melhor que os dois, porque vai ser o primeiro livro da História habitado por personagens de carne e osso. Cada carta enviada ou recebida corresponde a um capítulo desse romance. Juan Ramón, Georgina, os amigos e parentes que ambos mencionam; todos são personagens convidados a fazer parte das suas páginas. O poema que algum dia o Mestre escreverá para sua amada, o desenlace perfeito. E eles são os autores, claro: romancistas circunspectos que se trancam no sótão para discutir os pormenores da trama. Dizem, por exemplo: "No quinto capítulo a heroína ficou muito dramática: vale a pena baixar um pouco a tensão no sétimo". Ou: "Vamos rever o último capítulo: encontrei um problema de verossimilhança no primeiro parágrafo".

É verdade que ainda parece brincadeira. Mas de certo modo é a coisa mais séria que fizeram na vida.

Evidentemente, acontecem muitas outras coisas enquanto isso. Não esqueçamos que um navio não demora menos de trinta dias para atravessar o Atlântico. Na verdade tudo é lento em 1904, da duração de um luto ao tempo que leva posar para uma fotografia. De maneira que durante as longas esperas a vida de José e Carlos continua, com suas manhãs de gazeta, suas tardes no sótão e suas noites no clube; suas noites de teatro e concertos; suas tardes de sol e banhos de mar na praia de Chorrillos; aos sábados, apostar na rinha de galos de Huanquilla ou no hipódromo de Santa Beatriz ou nas mesas de bilhar; aos domingos, igreja e jogo de paciência vendo o relógio da saleta dar as horas; fins de semestre falsificando boletins de desempenho; tardes de primavera passeando para cima e para baixo no Jirón de la Unión; primeira e terceira quartas-feiras de cada mês fazendo e recebendo visitas, comendo pão de ló com chocolate quente, fazendo reverências e ouvindo recitais de piano, falando do tempo ou das vantagens de viajar de trem com moci-nhas bem-comportadas que algum dia poderiam ser suas esposas. É o que eles chamavam antes de vida e que agora parece um sonho pegajoso e lento, que os sufoca com seu exasperante transcorrer de gota em gota. Como se o mundo tivesse ficado sem corda e só as cartas soubessem manter o ritmo. Porque agora a verdadeira vida consiste em esperar que o transatlântico atraque no porto de Callao e descarregue sua provisão de cartas do Mestre. Falar no clube sobre o romance de carne e osso e ver como pouco a pouco decai o interesse dos frequentadores pela greve de estivadores de Sandoval, que não se define nunca. Escrever a próxima carta.

Para aperfeiçoar o trabalho conseguem até um livro intitulado *Conselhos para um jovem romancista*: um volume de mais de setecentas páginas que dá poucos conselhos e muitas ordens, e cujo jovem destinatário mais parece um erudito de oitenta anos. O autor, um tal Johannes Schneider, recorre frequentemente às palavras "dissecação", "exumação", "análise" e "autópsia". Não se poderia esperar sinceridade maior, pois o livro de fato se empenha em esquartejar a Literatura Universal com um rigor prussiano, até fazer com que tudo que ela tem de insólito ou de belo agonize sob o seu escalpelo. Tentam se revezar para ler tudo aquilo em voz alta, mas sempre acabam adormecendo. Não passam do conselho número cento e catorze. E numa noite de inspiração decidem acender o braseiro do sótão com uma das páginas, a princípio timidamente, e quando a veem arder não conseguem mais parar. Queimam os setecentos conselhos folha por folha, dando risadas, numa festa que tem algo de ritual pagão, de libertação do velho e advento do desconhecido: uma nova literatura que não terá páginas para dar calor, só fatos e ações que hão de deixar seu rastro na carne e na memória dos homens. Pensam nisso enquanto o fogo oscila e treme, e os risos vão se apagando pouco a pouco junto com ele; enquanto um gato corre e mia em algum lugar; enquanto escada abaixo os chineses comem ou sonham ou cantam velhas canções do rio Amarelo, ou simplesmente trabalham para continuar vivendo sem pensar em nada, ainda sem descobrir que já começaram a esquecer os rostos das suas mães e esposas.

Talvez seja exagero chamá-los de escritores só porque mandaram algumas cartas. Isso depende da importância que dermos a tal correspondência. E, claro, da seriedade com que considerarmos o próprio ofício de escrever, que aliás não é uma profissão mas uma espécie de ato de fé. A única coisa de que podemos ter certeza é isto: eles julgam ser escritores. E, tal como numa gravidez psicológica o corpo se alarga para abrigar um filho que não haverá, em torno da sua hipotética condição de literatos também irão se gerando algumas das virtudes e defeitos dos verdadeiros escritores.

Assim chegam suas primeiras inseguranças, seus primeiros medos. Os muitos temores que mais dia, menos dia todo criador conhece. Afinal, ninguém que não seja néscio — mas não se pode descartar que um bom escritor o seja — pode confiar cegamente em algo tão frágil como as palavras, que afinal de contas são a matéria-prima do seu trabalho. Portanto ambos têm medo, mas da mesma forma que não há dois artistas iguais, os seus temores tampouco se parecem.

No caso de José, o medo é de que Juan Ramón os descubra e não haja mais cartas; de que Juan Ramón não os descubra e mesmo assim não haja mais cartas; de que prefiram falar no clube da greve de Sandoval e não do seu romance; de que o Mestre já esteja comprometido, ou tenha uma musa, ou as duas coisas; de que eles pensem estar escrevendo uma correspondência à altura das *Heroidas* mas só sirva para cordel de feira. E teme sobretudo que Juan Ramón não escreva o poema; ou, pior, que o escreva e seja medíocre. Falando claramente: teme que o poema seja uma porcaria; um mostrengo, um aborto da literatura, e que ainda por cima o ingrato o dedique a ela; o que vão fazer como autores de uma musa que não inspira paixões ardentes e sim versinhos ditados pela piedade, ou pelo tédio, ou mesmo pela amizade, que é do que os homens sempre acabam falando ao se referirem às mulheres que não lhes interessam.

Carlos, por seu lado, não se preocupa com esse poema ainda não escrito. Seus temores na verdade são um só: de que Georgina não valha a pena. De que só tenham conseguido, depois de tantas cartas, de imaginá-la durante tantas noites de insônia, dar à luz uma mulher comum, insignificante, incapaz de despertar o interesse de Juan Ramón. De que ela esteja condenada para sempre a ser um personagem secundário. Uma das tantas mulheres comuns que eles veem lá de cima do sótão, passando na rua sem nome e sem propósito. Para onde vão elas, e quem se importa? As dúvidas se fortalecem cada vez que recebem uma carta um pouco mais cerimoniosa, um pouco mais severa que de costume. Como podem saber se Juan Ramón não escreve cem cartas iguais por dia? Certa manhã Carlos lê no jornal uma notícia sobre as linhas de montagem onde os americanos estão começando a fabricar seus automóveis, e nessa mesma noite sonha com Juan Ramón em seu gabinete, febrilmente ocupado encaixando fórmulas de cortesia, estampando carimbos e ajustando parágrafos que se repetem idênticos em cada carta.

Recebi esta manhã a sua carta, tão bela para mim, e me apresso a enviar-lhe meu livro, só lamentando que meus versos nunca hão de chegar ao que a senhora pode ter pensado deles, Georgina/María/ Magdalena/Francisca/Carlota...

Este é o núcleo do seu medo, se é que o medo pode ter contornos precisos. De que sua Georgina acabe significando mais para ele do que para o Mestre.

Pouco importa quem é o primeiro a lhes falar dos escribas da Plaza de Santo Domingo. Seja quem for, o caso é que os convence rapidamente de que só lá podem encontrar ajuda para escrever seu romance. E que o bacharel Cristóbal, especialista em missivas amorosas e galanteios por correspondência, é a pessoa de que necessitam.

Se José e Carlos tivessem visto lá do sótão o bacharel passando com seu chapéu puído e seus apetrechos de amanuense nas costas, rapidamente o considerariam um personagem secundário. E teriam razão, pelo menos no que concerne a esta história. Mas se a vida cotidiana de Lima em 1904 tivesse o seu próprio romance, digamos um volume de quatrocentas páginas, então o bacharel Cristóbal sem dúvida mereceria um papel de protagonista, nem que fosse apenas pelos segredos que passaram pelos seus olhos e suas mãos ao longo de vinte anos. Nem mesmo os padres da cidade reunidos, juntando todos os relatos ouvidos em seus confessionários, conseguiriam ter uma ideia mais precisa da consciência dos seus paroquianos.

A vida dos homens ilustres começa com seu nascimento, e em certo sentido até antes, com as façanhas dos antepassados que lhes dariam sobrenome e títulos. Os homens humildes, em contrapartida, chegam ao mundo bem mais tarde, quando já têm mãos para trabalhar e ombros para suportar certos pesos.

Alguns, a maioria, nunca nascem. Ficam invisíveis a vida toda, habitando em cantos miseráveis onde a História não se detém. Pode-se dizer que Cristóbal nasce aos dezessete anos, quando consegue um cargo ínfimo como escrevente num cartório de Lima. O que vem antes — sua infância, seus desejos, os motivos pelos quais uma família miserável conseguiu proporcionar-lhe uma formação em letras — é um mistério. Ou melhor, seria um mistério se alguém estivesse interessado em descobrir. Mas não é o caso: ninguém se importa. De modo que sua biografia começa ali, num quartinho entulhado de papéis onde o notário manda abrir codicilos com vapor e manter certas parcelas de dinheiro fora da contabilidade. Como todo recém-nascido, Cristóbal se limita a obedecer em silêncio, sem questionar o mundo à sua volta. Quanto ao que lhe passa pela cabeça enquanto isso, sabemos tão pouco como sobre o que aconteceu antes do seu nascimento.

Em 1879 o bacharel Cristóbal foi convocado para servir como fuzileiro em Arauca, durante a desastrosa guerra contra o Chile. Claro que nessa época ainda não o chamavam de bacharel. E a guerra contra os chilenos tampouco parecia uma catástrofe, era mais como um evento esportivo ou uma expedição de caça; algo assim como uma longa romaria para que os jovens vestissem uniformes com galões e saíssem pelos campos dando gritos de viva isso e morra aquilo. Junto com os primeiros tiros viriam muitas descobertas amargas. Porque após dois dias de combate os uniformes ficaram emporcalhados de lama e de sangue, e os jovens já não pareciam tão jovens, e foram esses homens recentes, e não as ideias nem as nações, que começaram a morrer na poeira das sarjetas. Muitos deles certamente eram virgens, e por algum motivo Cristóbal achava isso o mais triste da história. Isso e os companheiros analfabetos, que eram a maioria, e que antes de morrer não tinham sequer o consolo de ler as cartas dos seus entes queridos. Um dia Cristóbal aceitou escrever a última vontade ditada por um companheiro de armas que queria se despedir da mãe. Outra vez ajudou seu sargento a encontrar palavras para se declarar à madrinha de guerra, e quando foi ver já ganhava seu próprio soldo escrevendo a correspondência íntima de metade da companhia. Tinha sido até promovido a assistente pessoal do capitão Hornos, nomeação em que tiveram muito a ver as seis amantes que o capitão havia deixado em Lima e que precisavam ser agradadas todo dia com promessas e versos.

Pouco depois a guerra terminou. Ou melhor, aquilo que começou como guerra e durou quatro anos no campo de batalha acabou se transformando na vergonhosa derrota contra o Chile, que se prolongaria durante décadas na memória dos peruanos. Mas quando

Cristóbal voltou a Lima — o bacharel Cristóbal, agora sim — não quis retomar seu emprego no cartório. Foi, ao que parece, uma questão de ética — nunca mais disposições testamentárias falsificadas; nunca mais perjúrios para enriquecer o senhor escrivão —, mas a coisa não está totalmente clara, porque naquela época o bacharel ainda era pobre demais para ter princípios. O que tinha era o firme propósito de não voltar a servir a nenhum patrão, e foi assim que começou a trabalhar nos pórticos da Plaza de Santo Domingo.

Os escribas de cartas não têm chefes nem horários precisos. Quando querem ser pomposos se apresentam como secretários públicos; uma forma solene de dizer que não têm sequer escritório próprio, ou que este se confunde com a rua. Ocupam um espaço debaixo das arcadas da praça, e ali instalam todas as manhãs umas mesinhas desconjuntadas, à espera de clientes que venham solicitar seus serviços. Também são conhecidos como evangelistas porque, tal como os do Novo Testamento, seu trabalho é transcrever as palavras que os outros ditam. E é a única coisa que fazem, da manhã até a noite, sob os pórticos da praça: escrever as cartas dos analfabetos. Dar voz ao emigrante que quer mandar notícias para casa — veja, mãe, como Juanito cresceu. Olhos à jovem iletrada que precisa ler o bilhete que alguém enfiou debaixo da sua porta. Palavras finas à viúva ou ao funcionário demitido que se dirigem ao governo pretendendo certa pensão ou certo empreguinho nas províncias.

O bacharel Cristóbal se instalou num canto vazio da praça, e pouco tempo depois esse lugarzinho já lhe pertencia tão completamente que mandou fixar um gancho numa das pilastras para pendurar seu paletó e seu chapéu. Ele tem uma carteira escolar com a superfície entalhada de riscos e arranhões, sobre a qual pousa durante os vinte anos seguintes os mesmos objetos, sempre na mesma ordem: tinteiro, pena, haste, esquadros, mata-borrão. Também tem uma caixa que algum dia foi estojo de uma máquina Singer, e agora faz as vezes de tamborete e também serve de depósito para guardar moedas. E o retrato da esposa morta, a quem talvez nunca tenha escrito cartas nem poemas.

Só aceita serviços de correspondência amorosa. Um cartazete sobre a mesa indica com clareza: BACHAREL CRISTÓBAL: ESCRIBA

DE CARTAS DE AMOR. A categoria "amor", contudo, é elástica o suficiente para incluir a velhinha que durante doze anos o visitou toda segunda-feira para fazer mais um pedido de indulto para o filho preso; cartas que na opinião de Cristóbal têm tanto sentimento como os romances mais apaixonados. O fato é que dezenas de clientes fazem fila todo dia em frente à sua carteira, torcendo as mãos enquanto esperam, ou com os olhos vazios, ou qualquer outro lugar-comum da sua condição, porque os apaixonados de Lima são tão pouco originais quanto os apaixonados de qualquer outro lugar do mundo. E não são apenas os analfabetos que recorrem a ele: também vêm jovens que precisam de galanteios para cortejar seus amados e amadas. E quando isso acontece, Cristóbal não é mais só um evangelista, é antes um poeta que precisa imaginar assim ou assado o destinatário das cartas e depois pôr versos onde os pretendentes só põem a ardência sem palavras do amor.

Quando termina, brinca de arremessar os rascunhos e as cartas malogradas num cesto de vime. Mais tarde os usará para alimentar o braseiro da cozinha. Costuma fazer pilhérias: diz que é o amor dos outros que o esquenta no inverno. Um lume efêmero, o fogo dos romances, que arde rápido mas não deixa calor nem brasa.

A princípio não veem nada de extraordinário. Só um velho de óculos e cabelo grisalho, que não levanta os olhos dos seus papéis quando chega a vez deles.

"Bom dia, senhor bacharel…"

"Bacharel é suficiente, façam-me o favor."

"Viemos consultá-lo sobre um problema, bacharel."

Ainda sem olhar para eles, Cristóbal volta a falar.

"Aposto que sim. E certamente usa saia e sutiã o seu problema."

José sorri inoportunamente.

"Não se esqueça das anáguas, bacharel."

Nesse momento Cristóbal levanta os olhos. A pausa dura apenas um instante, mas nesse instante o seu olhar parece abranger tudo. Os ternos importados. O cabo de prata da bengala de Carlos. As abotoaduras de ouro.

"Anáguas muito finas, eu diria." Depois entrelaça os dedos e apoia neles o queixo. "Deixem-me adivinhar. Uma moçoila de… La Punta ou Miraflores, mas eu diria que de Miraflores. Não passa de vinte anos. Muito bonita. Feições regulares, bom aspecto, orelhas finas, pele aveludada, lindos olhos…"

José levanta as sobrancelhas.

"Como pode saber tudo isso?"

"Bem, quanto a Miraflores… Para dizer a verdade, não imagino homens como vocês apaixonados por uma vadia do bairro de San Lázaro. Quanto ao resto, não sei se a moçoila é como a descrevi, mas certamente vocês acham que sim. Nunca me deparei com um homem que dissesse que sua amada era deforme, tivesse orelhas abrutalhadas ou olhos feios. E em relação à pele aveludada, como vocês poderiam pensar o contrário se ainda não tocaram nem na ponta da sua roupa?"

"E como sabe disso?"

"Muito mais raro que encontrar um homem que não ache bonita a sua amada é topar com uma dama que, uma vez que consente as carícias, não consinta depois todo o resto. E para que então vocês iriam escrever cartinhas, já tendo tudo?"

José começa a rir.

"Uma lógica arrasadora, bacharel. Eu não sabia que a matemática e o amor harmonizavam tão bem."

"E agora vem a parte mais fácil. Decidir quem é o apaixonado e quem é o fiel escudeiro que o acompanha… E não tenho a menor dúvida de que o apaixonado é você, que ainda não falou."

Aponta para Carlos.

"Eu?"

"Vê? Aí a lógica se engana, bacharel", intervém José. "Digamos que nós dois estamos interessados na mocinha, o que me diz?"

Cristóbal não parece impressionado.

"Diria que são mais íntimos do que eu pensava."

"Não dê ouvidos a ele", adianta-se Carlos. "Não é a amada de ninguém. Pelo menos, ainda não. E além do mais é minha prima."

"Chama-se Carlota."

"Meu amigo está brincando de novo. Georgina. O nome dela é Georgina."

A expressão de Cristóbal ficou severa.

"Quer dizer então que é sua prima. E qual dos dois é o pretendente? Pelo bem da nossa empreitada, espero ter me enganado com você, porque sigo a norma de não molhar minha pena em casos de amor entre parentes carnais. Tampouco ponho o lacre em romances entre dois homens, muito menos admito cartas para meninas que ainda não se apresentaram à sociedade. Até os escribas têm sua ética, não pensem que não."

"Não precisa se preocupar com nada disso. Não somos nós os pretendentes."

"Ela está de cabeça virada por outro homem. Um amigo espanhol com quem troca cartas há meses."

"Amigo, ou talvez mais que isso", especifica Carlos.

"É que a coisa não está muito clara, bacharel."

"A coisa não está muito clara, mas seja como for, minha prima, não há dúvida: apaixonada."

"Não pensa em outra coisa, a coitadinha."

Cristóbal volta a se concentrar em seus papéis.

"Sei. E suponho que vocês queiram que eu ajude nas próximas cartas, não é isso mesmo? Que floreie um pouco a correspondência, para ver se pegamos esse espanhol no laço."

"Não: ela mesma se encarrega das cartas", responde Carlos, com uma dureza repentina.

"Não pedimos tanto, bacharel. Além do mais a moça insiste, sabe, em continuar escrevendo essas missivas sozinha. É uma romântica, essa priminha. Mas não sabemos nada é desse grande amigo dela."

"Nossa preocupação é que ela não seja correspondida, sabe? Que o tipo só a esteja enrolando."

"Que comece a tratá-la de meu bem, mas na verdade só esteja interessado nos bens da família."

"É por isso que precisamos dos seus conselhos, bacharel."

"E nos disseram que em Lima ninguém entende de cartas de amor como o senhor, e que sabe interpretá-las."

"Se pudesse nos dar sua opinião sobre as intenções desse cavalheiro..."

"Ou nos dizer se há sinais de que esse amigo vai fazer em breve algum gesto nobre, como escrever uns versinhos para ela. Esses detalhes, sabe, lhe tocam o coração."

O bacharel Cristóbal faz os óculos dançarem em sua mão enquanto escuta.

"Entendi. E agora, o mais importante; nós queremos ou não queremos que o galanteio tenha um bom resultado?"

"Queremos, queremos."

"Claro que queremos! Tudo pela felicidade da priminha."

Ele aprova com a cabeça, satisfeito.

"Foi bom ouvir isso, porque tampouco molho minha pena para nadar contra a maré do amor. Na realidade, é a regra de ouro do meu trabalho: o amor, primeiro. A gente é pobre mas tem ética. Vocês sabem."

"Não se preocupe com isso."

"Também não alicio casadas. É outra regra que não se discute."

"Pode ficar tranquilo. Tudo é muito ético e muito limpo."

"E muito romântico. Somos românticos, também."

O bacharel bate com força no tampo da mesa.

"Então não se fala mais no assunto. Mas se querem a minha opinião, vamos precisar das cartas desse rapazola. Então, se puderem…"

Antes de terminar a frase, Carlos já havia deixado um pacote sobre a mesa.

"Aqui estão as dele, e atrás as dela. O senhor não pode reclamar."

Cristóbal pega o maço de cartas e o examina com cautela pelos dois lados.

"E como é que vocês também têm as dela? Ou será que sua prima só as escreve para guardar na gaveta?"

"Ela as envia, mas antes escreve muitos rascunhos, bacharel."

"Já lhe dissemos que não pensa em outra coisa."

"E que está de cabeça virada."

"E que a coisa não está muito clara", acrescenta José.

"A coisa não está muito clara", confirma Carlos.

Cristóbal olha para eles em silêncio por um instante, como se quisesse descobrir algo que está além das palavras. Depois desata o laço e abre a primeira carta com suavidade. Quase imediatamente tira os olhos do papel.

"Que letra primorosa, a da sua Georgina! Nunca vi coisa igual. Parece letra de boneca!"

José volta a rir.

"É o que eu sempre digo ao primo dela."

Demora quase uma hora para ler todas as cartas, e nesse meio-tempo os dois se limitam a esperar em silêncio. Estudam cada uma das suas reações. A expressão despreocupada ou atenta ao passar as folhas. Temem que a qualquer momento levante a vista e diga alguma frase lapidar como:

"São as melhores cartas que li na minha vida."

Ou:

"São as piores cartas que li na minha vida."

Mas nada disso acontece. Quando dobra a última, Cristóbal simplesmente tira os óculos, acende tranquilamente um charuto e pergunta se eles já viram alguma vez uma *tapada* limenha.

"Uma *tapada* limenha?"

"Claro que não", diz José. "Faz mais de meio século que não existe mais essa moda aqui no país."

O bacharel aprova com a cabeça.

"Correto. Mas sem dúvida vocês já viram a vestimenta em postais ou em fotografias. Quem sabe até no velho armário de uma avó faceira... Não é mesmo?"

"Sim...", diz Carlos, ainda sem entender o que as *tapadas* têm a ver com sua Georgina. Quer dizer, com sua prima. Mas Cristóbal continua falando.

"Eu ainda tive oportunidade de ver as últimas *tapadas*, quando era pequeno. Há muitos anos. Já estava se impondo a moda francesa com suas crinolinas e seus espartilhos, e eram muito poucas as mulheres que continuavam usando o antigo traje colonial. Era uma coisa digna de se ver. Uma saia comprida até os tornozelos, tão estreita que quase não deixava pôr um pé adiante do outro para andar. E em cima dos ombros um manto plissado que tinha um quê de véu mourisco e cobria o busto e a cabeça toda, deixando visível apenas uma nesga do rosto. Uma fendinha de seda através da qual só se divisava um olho da *tapada*... E sabem por que as *tapadas* deixavam esse olho descoberto?"

"Para poder ver por onde andavam?", pergunta José rindo.

"Por coquetismo", responde Carlos, sem participar da piada.

"Isso mesmo. E não seria mais tentador para os homens se elas deixassem mais partes do rosto ou do corpo descobertas?"

"Não", responde rapidamente Carlos.

"Por quê?"

"Porque o que se mostra pela metade sempre sugere mais do que o que se mostra por completo, bacharel."

"E você não acha que seriam mais sedutoras se decidissem cobrir-se todas, digamos enfaixadas da cabeça aos pés, como as múmias do Antigo Egito?"

"Não", responde com cautela. "Porque mostrar-se demais é tão pouco sedutor como não se mostrar em absoluto."

O bacharel Cristóbal dá uma palmada na mesa, tão forte que seu charuto quase cai.

"Correto! Até vocês, que ainda são verdes nessas coisas; que são, digamos assim, crianças de colo no que se refere ao amor, compreendem esta lei básica, não é mesmo? O amor é uma porta entreaberta. Um segredo que só sobrevive se for guardado pela metade. E aquele olho matreiro era o anzol que as limenhas usavam para pescar em seus passeios. A isca que os homens mordiam como bobos. Já ouviram falar da linguagem do leque e do lenço? Quantas palavras de amor podia dizer uma mulher sem abrir a boca? Pois era igualzinho com as piscadas das *tapadas*. Uma piscada longa significava: Pertenço-vos. Duas piscadas curtas: Desejo-vos, mas não sou livre. Uma longa e outra curta..."

"O senhor sabe muito sobre as *tapadas*", constata José com uma voz que não revela um pingo de admiração. "Mas, com relação à nossa priminha..."

"Essa priminha", interrompe Cristóbal com uma calma didática, "esqueceu a regra básica do amor que o seu amigo lembra tão bem. Talvez nunca a tenha sabido. Leiam as cartas vocês mesmos, se é que já não o fizeram. Bem, pelas suas caras estou vendo que sim. Várias vezes, aliás. Então, respondam, como é a sua prima?"

José e Carlos se entreolham um instante.

"Tem vinte anos..."

"É bonita..."

Cristóbal dá um tapa no ar.

"Sim, claro! E feições regulares, belo aspecto, pele aveludada, corpo esguio... Tudo isso eu já sei. Já sabia antes de vocês abrirem a boca. Mas como ela é? O que nos diz nas cartas sobre si mesma? Nada! Quase não fala de outra coisa além de literatura, e poemas, e... sei lá. No final eu não estava mais prestando muita atenção, para ser sincero. Pode ser que o distinto senhor que se corresponde com ela a considere uma companhia culta, quem sabe, mas duvido que possa lhe oferecer muito mais que isso. Algumas mulheres pecam em suas cartas por abrir-se em demasia. Vão nuas para o amor, digamos assim. Sua prima comete o erro oposto. É uma *tapada* tão tímida que se cobriu com o manto da cabeça aos pés e se esqueceu de destapar o olho. E, como você bem disse, tanto pudor não é favorável ao jogo da sedução. Entenderam?"

Por alguns instantes nenhum dos dois diz nada. Olham para o chão, como dois colegiais que acabaram de ser repreendidos.

"Então... Juan Ramón não está..."

"Apaixonado? Como podia estar, se não tem por quem se apaixonar? Não se pode desejar algo de que não se sabe nada. Se as coisas mudassem... Quem sabe? Sem dúvida, ele fala como um solteiro. Se me perguntassem, eu diria até que fala como alguém que está desejando se enamorar. Mas assim..."

A voz de Carlos treme.

"Então... o que nos recomenda, bacharel?"

"A vocês? A vocês, nada. Talvez à sua prima. E o que recomendaria a ela é que fale um pouco mais de si mesma. Que mostre um pedacinho do rosto, para que esse tal de Juan Ramón tenha algo para lembrar quando pensar nela. Algo que a distinga do resto das mulheres. Em suma, que se faça de *tapada* e não de múmia, estamos combinados?"

Mas não lhes dá tempo para responder. Com um movimento ágil, mete a mão no bolso e abre a tampa de um relógio.

"E com sua licença, *señoritos*, chegou a hora do meu pisco do meio da manhã. Então, se não se opõem, peço-lhes que paguem os dois soles dos meus honorários para que eu pague, por minha vez, os honorários do senhor taverneiro…"

José e Carlos hesitam por um instante. Nunca antes um homem humilde, ou seja, um personagem secundário, lhes cobrara uma dívida com tanta insolência. Normalmente os criados, carregadores e até os funcionários públicos se limitam a pigarrear de leve. Tão de leve que é como se pedissem desculpas ou permissão. Com o chapéu, o gorro apertado no peito. O olhar baixo. Só quando lhes perguntam é que dizem uma quantia, quase sempre convenientemente abrandada. "Um solzinho, senhor, tenha a bondade." Solzinhos, centavinhos e moedinhas, porque as palavras verdadeiras parecem queimar suas bocas.

"Seus honorários, claro", diz José com frieza.

E paga os dois soles, ou melhor, dá uma cotovelada em Carlos para que pague. Depois vão embora.

Não; não vão. Quando já estão se afastando, Carlos se vira de repente, como quem se lembra de algo importante.

"Senhor bacharel."

"Bacharel é suficiente. E me diga que raios houve agora com a nossa priminha."

Está cobrindo a carteira escolar com jornal, porque às vezes o pisco do meio da manhã se emenda com o do almoço, e então os pombos vêm afiar o bico e arrulhar em cima da sua mesa de trabalho.

"Olhe, não tem nada a ver com a minha prima, bacharel. É só…"

"Ah! Então é você. Cupido deve ter flechado a sua família toda, pelo visto!"

"Não é isso, é… é só uma curiosidade, bacharel. Mais nada. Eu estava me perguntando se o senhor teve que escrever muitas cartas em nome de pessoas que não conhecia."

"Que pergunta mais estranha! Você não estará pensando em aprender todos os meus segredos para depois me tirar o trabalho?", sorri. "Muitas, de fato. Às vezes os clientes são *señoritos* que não querem ser vistos e me mandam recados através de criados ou amigos… Como a cândida da sua prima, por exemplo. Então tenho que improvisar. Usar a experiência, como eu digo. Pedir algumas informações básicas e depois imaginar os amados assim e assado, e deixar que a pena faça o resto. Uma vez, até, um pai contrariado quis que eu escrevesse uma carta fingindo ser certo pretendente pobre da filha. Dizendo que não era digno dela, e sei lá que coisas mais… Não aceitei, claro. Questão de princípios, você sabe."

"No entanto, quando o senhor inventa esses romances…"

"Mas eu não invento nada! Só se pode escrever sobre si mesmo, inclusive quando se pensa escrever em nome de outros. E por isso as minhas cartas são sempre verdadeiras, acho eu. Afinal, só não são verdadeiros os nomes que assinam essas cartas, concorda?"

O bacharel olha o relógio. Carlos olha o bacharel. José olha Carlos de esguelha, com uma expressão cheia de súplica. "Quando é que vamos embora, Carlotita", parece dizer. Mas Carlota não parece disposta a ir.

"E não é muito difícil?"

"O quê?"

"Fingir ser outra pessoa."

"Difícil? Nada disso! Fique sabendo: é tão fácil quanto ser você mesmo."

"E quando se tem que fingir que é uma mulher?"

"Mais fácil ainda! Basta acrescentar uns quantos 'não sei', 'acho que' e 'tenho a impressão', porque as mulheres hesitam muito. E reticências também; todas que puder. E depois a questão da caligrafia: mais complicada do que parece. Mas fora isso… sabe qual é o segredo? Imaginar-se uma mulher que você amou. E como todos os homens somos parecidos, é de se esperar que o sujeito a quem escrevemos compartilhe a nossa maneira de ver as coisas…"

"E funciona?"

O bacharel começa a rir.

"Você quer saber se funciona! Pois bem… nem sempre. Não vou mentir. É como quando a gente se apaixona de verdade. Às vezes sim, às vezes não."

Escrever sobre o amor, claro. Mas o que sabe ele sobre isso?

Talvez Carlos seja mais inseguro do que parecia, e ainda tenhamos que lhe atribuir um segundo medo. O temor de que o romance de Juan Ramón e Georgina acabe revelando a pequenez da sua própria vida. Porque afinal de contas toda boa ficção tem suas raízes numa emoção autêntica, são palavras do bacharel, o que significa que para escrever sobre o amor um romancista deve usar suas próprias experiências; aproveitar tudo o que aprendeu nos braços de uma mulher.

E o que aprendeu ele? O que sabe sobre mulheres de carne e osso?

Na verdade, quase nada. É fato que, apesar de sua juventude, já tem uma discreta experiência, mas até agora sempre se apaixonou por fantasmas. Uma mulher bonita que viu passar na rua por um instante. O corpo mínimo de uma ninfa numa gravura de Gustave Doré. O personagem de um romance. O mais próximo que esteve de apaixonar-se por alguém real foi quando conheceu a prostituta polaca. Se é que se pode chamar isso de amor e, sobretudo, se é que se pode chamar de prostituta uma mulher ainda virgem.

Foi na véspera de fazer treze anos. No dia seguinte ele já seria um homem. Pelo menos era o que dizia seu pai enquanto ia com ele no coche, rumo ao seu presente de aniversário. Ser homem implica muitos deveres e responsabilidades, explicava, mas também certos privilégios. Carlos não sabia se queria ou não queria. Nem tornar-se homem, nem esse privilégio que o pai estava a ponto de lhe oferecer. Pouco tempo antes ele tinha descoberto num fundo falso da estante um livrinho maravilhoso e ao mesmo tempo repulsivo, cheio de imagens de homens e mulheres entrelaçados, fazendo coisas que não, de jeito nenhum. Dedicou todo o verão a folhear essas páginas às escondidas, e depois de cada exame sua conclusão era sempre a mesma: que nojo, aquelas vinhetas. Algumas noites se trancava no banheiro e observava o próprio corpo nu no painel do espelho. Comparava sua figura esquálida, seu tronco sem pelos, com as imagens que via no livro. Outras vezes, nesse mesmo banheiro, as vinhetas deixavam por alguns momentos de lhe causar nojo, mas então lhe davam remorsos.

A princípio Carlos achou que estavam indo para o centro de Iquitos, na direção dos prostíbulos onde os jovens da cidade se iniciavam. Mas seu pai tinha uma surpresa reservada para ele. Não se pode esquecer que era um dos homens mais ricos do país. E que o dinheiro, assim como tornar-se homem, não implica somente privilégios: também certos compromissos. A responsabilidade, às vezes penosa, de esbanjar para mostrar que possui. Tudo isso acontecia no calor da febre da borracha, quando as cidades do Brasil e do Peru começaram a ter muitos magnatas como ele, que sofriam por não saber em que empregar suas fortunas. Os menos extravagantes se contentavam aplacando a sede de suas cavalgaduras com champanhe francês. Outros mandavam a roupa suja de navio para ser lavada em Lisboa; dois meses de espera para poupar as vestimentas importadas do contato impuro com as águas americanas. Em alguns clubes era costume acender charutos com notas de cem dólares ou, quando não se fumava, formular desejos com elas nas fontes públicas. Desejos efêmeros com o busto do presidente Washington, que num instante amoleciam e naufragavam ante o olhar impotente dos transeuntes.

Mas don Augusto não se interessava muito por cavalos nem por charutos. Tampouco se importava que os serviçais lavassem seus fraques com água do Amazonas. Gostava mesmo era de mulheres, e estava disposto a fazer o que fosse preciso para que Carlos compartilhasse o seu ponto de vista. Para que esquecesse as tentações antinaturais que a seu ver se escondiam atrás de todos os versos, mesmo dos que pareciam mais inocentes. Portanto, no dia do seu aniversário só podia lhe presentear com o melhor, ou seja, uma noite no bordel de luxo dos empresários da borracha.

Era um palacete construído no limite da selva, que Carlos divisou ainda de dentro do carro, com uma mistura de temor e fascínio. O pai lhe dissera que chegavam ali virgens trazidas de todos os cantos do mundo, com certificados de pureza rubricados em até quatro ou cinco idiomas. Porque os seringalistas só podiam admitir no seu leito mulheres honestas, prostitutas que ainda não tiveram tempo de sê-lo, que muito antes de suas primeiras regras já tivessem sido avaliadas, vendidas, transportadas. Putas em potencial, que seriam remetidas aos bordéis comuns após uma única noite de trabalho, depois de perder sua virtude por um preço exorbitante.

A escolha levou um tempo que pareceu imenso a Carlos. Diante deles desfilaram húngaras, russas, chinesas, negras africanas, francesas, indianas. Havia turcas, ainda de véu, e inglesas para que os magnatas britânicos se sentissem em casa. Portuguesas e espanholas com quem os mestiços podiam acertar velhas contas coloniais. Eram quase meninas. Também eram quase bonitas, mas essa beleza de alguma forma doía. Carlos evitava seus olhos. Fitava o ar que havia entre elas, e apontava ao acaso para esta ou aquela quando seu pai o pressionava. Cada vez que perguntava um preço, vinha um criado com uma bandeja de prata e um maço de cartões lhe entregar um deles. Não continham nomes nem apelidos: só a nacionalidade e a tarifa. Trezentos dólares americanos pelas japonesas. Duzentos e cinquenta pelas egípcias. Apenas duzentos por mulatas das Antilhas. Mas don Augusto negava com a cabeça examinando os cartões. Esta é apenas uma brasileira, pode-se arranjar brasileiras em qualquer lugar, e além disso só custa cem dólares. Não seja tímido, escolha o melhor: eu pago. O melhor, obviamente, também queria dizer o mais caro. E afinal foi exatamente isto que don Augusto lhe deu: uma menina assustada de treze ou catorze anos, que não era mais bonita que as outras, mas tinha o cartão adequado.

Polônia. Quatrocentos dólares.

Enquanto preparavam seu pedido, don Augusto puxou Carlos pelo ombro. São quatrocentos, disse, portanto não vá deixar de me dizer se sangra ou não sangra. Olho vivo, com essas putas nunca se sabe. Algumas resolvem adiantar o serviço e começam a consolar os marinheiros no Atlântico, e nesse caso já não valem nem as roupas que vestem.

Carlos estremeceu. A menção ao sangue lhe trouxe à memória o primeiro dia em que o pai o levou para caçar e ele não teve coragem de apertar o gatilho na direção de nenhum dos animais que ele indicava. Todos os macacos e porcos selvagens desfilaram despreocupados à sua frente durante o dia, anistiados por sua covardia. Afinal don Augusto lhe arrebatou das mãos o rifle com raiva, e os foi abatendo um por um, explodindo sua carne com disparos certeiros.

Mas a lembrança só durou um instante. Alguém tinha acabado de abrir a porta do reservado e, quando ergueu os olhos, a menina estava à sua espera.

Carlos conhece os modos apropriados de lidar com anciãs veneráveis, com criadas, com mães, com irmãs, com damas de companhia, com as reverendas irmãs clarissas; mas não sabe como lidar com putas que antes de putas são meninas. Talvez por isso, a princípio não faz nenhum movimento. Continua encostado na porta — vamos deixar que se conheçam melhor, disse seu pai antes de fechá-la — enquanto a polaca se senta na beira da cama e espera. Ela tampouco parece saber o que vem depois. Porque sabe como lidar com os camponeses da Galícia, com doze irmãos dormindo na mesma cama, pais que a vendem por vinte copeques, os rudes tripulantes do *Carpathia*, mas não sabe nada sobre clientes que antes de clientes são meninos. E talvez por isso está assustada como nunca esteve antes. Nem sequer quando um marinheiro bêbado quase conseguiu arrastá-la para o seu camarote, aproveitando a noite do Atlântico.

Carlos só fala espanhol e a polaca, só polonês. Mas, sinceramente, nos primeiros quinze minutos ninguém diz nada. Limitam--se a observar o quarto — as cortinas de veludo, a grade na janela, o dossel da cama ao qual ela se abraçou — como se nenhum dos dois estivesse lá. Depois Carlos tenta improvisar umas palavras à guisa de cumprimento. Diz boa noite, e a polaca não responde. Meu nome é Carlos, como você se chama, e nada. Amanhã vou fazer treze anos. Continua tentando com frases cada vez mais longas, enquanto se aproxima dela e senta ao seu lado.

Não quer olhar nos seus olhos, mas afinal não resiste à curiosidade e levanta o olhar. Pensa que vai encontrar impresso neles um rastro de raiva ou de dor, o rastro de velhice prematura que os sofrimentos costumam deixar, mas em vez disso encontra outra coisa; um olhar azul e assustado, de menina vagamente entristecida por causa de um bibelô de porcelana quebrado ou uma boneca perdida. Quase ao mesmo tempo, entende que não vai fazer nada. Que seu presente de aniversário será exatamente este; poder desobedecer ao pai, pelo menos uma vez na vida. Quer dizer isto à menina, e diz: Não tenha medo, porque não vamos fazer nada. Vamos dormir juntos esta noite, mas sem nos tocar. Amanhã eu continuo virgem e você continua custando quatrocentos dólares.

Ela o olha sem muita convicção. Está desconfiada, claro, porque não entende o significado daquelas palavras. Ou talvez justamente porque, não as entendendo, vislumbrou algo mais profundo que se esconde embaixo delas, entre elas, apesar delas; uma mensagem terrível que talvez o próprio Carlos desconheça.

Está usando um traje de verão abotoado, uma saia azul comprida e, embaixo, calças cor-de-rosa. Seu cabelo é dividido em duas tranças louras e espessas, que serpenteiam até o decote; um decote onde ainda não há muito o que se olhar, e não haverá pelo menos nos próximos dois anos. Carlos vê de relance que, sob os babados e as transparências da musselina, aquele peito miúdo se infla e desinfla com muita rapidez, num movimento que parece a palpitação de um passarinho assustado. Quer repetir-lhe que não tenha medo, que pode confiar nele, mas nesse momento se detém. Vê a mão, a pequena mão dela, se aproximando devagar e depois acariciando desajeitada o seu corpo, num movimento cheio de tremores, de hesitações. Esse gesto tem algo de ordem recebida, de instrução que se obedece mecanicamente, como se toma um remédio desagradável ou se finaliza um trâmite burocrático. Em sua memória, o contato daqueles dedos brancos se confunde com alguma outra coisa. Por exemplo: a sensação de entrar de novo na selva. Os pássaros exóticos e os macacos contra os quais não foi capaz de atirar, a decepção do pai, a volta. E essa recordação se associa com muitas outras: os livrinhos de poesia escondidos debaixo do colchão; os suspiros da mãe; as vinhetas indecentes com as bordas esgarçadas por sucessivas manipulações; as palavras do pai pouco antes de mandá-lo subir no coche. Ser homem implica muitas responsabilidades. O pai com a mão no seu ombro e sorrindo-lhe pela primeira vez em muito tempo. O pai esperando no hall, talvez com um jornal, talvez flertando com uma das garotas; ela sentada em seus joelhos e ele explicando com paciência e o mesmo sorriso que é um homem casado, que só está aqui por causa do filho, de quem está muito orgulhoso, porque finalmente vai se tornar um homem de verdade.

E então olha para ela. Para a menina que treme e que também obedece. Tem tão pouca vontade de estar ali quanto ele, e no entanto fica, sem reclamar; não é seu aniversário nem vai ganhar quatrocentos dólares, mas também participa da longa cadeia de capatazes, *mesdemoiselles*, marinheiros e traficantes de mulheres. Uma marionete que primeiro move a mão e mais tarde abrirá as pernas, só porque o sr. Rodríguez mexeu os pauzinhos certos.

Sente que está suando frio. Um calafrio elétrico percorre as suas costas, em parte por causa desses pensamentos, em parte porque quase sem querer sua mão também começou a deslizar pelo quadril da menina. Uma mão que não parece ser parte do seu próprio corpo. Ela morde os lábios. Seu corpinho todo crispado se recusa a fazer qualquer movimento, abafa um grito. Carlos fecha os olhos. Vamos dormir juntos esta noite, mas não vamos nem nos tocar, diz. Amanhã eu continuo virgem e você continua custando quatrocentos dólares, repete, mas ela não acredita de novo em suas palavras. Pouco a pouco ele mesmo deixa de acreditar, porque de repente vê por trás das pálpebras fechadas a menina saindo do quarto com as tranças intactas, a madame rindo em voz alta pelos quatrocentos dólares de presente, seu pai balançando a cabeça com uma lentidão gelada, que compreende, que sempre soube, e depois as lambadas nas costas com o cinto de couro e as rezas da mãe e o médico receitando goles de óleo de rícino e verões na serra.

Mas nada disso vai acontecer — a mão subindo pelo tronco sem que ela possa fazer nada além de continuar tremendo; essa mão, sua mão, tocando pela primeira vez em um peito. Não vai acontecer porque seu pai sempre consegue o que quer, e dessa vez não vai ser diferente; se para ser homem é preciso esmagar o corpo da polaca com o seu peso, ele vai fazer isso, vai se apertar contra essa menina que tem cara de ainda brincar de casinha, de chá da tarde e de bordados; de ser mãe, dentro de muitos anos. E não deveria se excitar, mas se excita; e não deveria começar a beijá-la nem a despi-la, mas já está agindo. A polaca começa a respirar mais forte, luta para não urinar de puro medo, também fecha os olhos porque afinal acredita; porque sem palavras entendeu melhor o sentido dos seus movimentos, o rumo desse menino terrível que sobe em cima dela ainda de calças.

Ele não sabe quase nada sobre o corpo de uma mulher. Tem uma ideia vaga, que de repente se torna nítida e penosa, como a revelação de um viajante que julgava conhecer o deserto só porque o viu num mapa. Está em brasa sobre o corpo dela, que de repente lhe parece frio e remoto como uma pedra de sacrifício. Sente cheiros novos que de certo modo lhe são familiares. Um gosto salobro que tem a sensação de recuperar de algum lugar, como se lhe chegasse através de um longo sonho. Enquanto arrebenta as costuras do sutiã e levanta a saia, pensa na velha criada Gertrudis; na paciência com que ela veste e despe suas irmãs. Ao sentir o contato branquíssimo da pele, seu sabor de hóstia consagrada; ao ouvir os lamentos incompreensíveis da menina sofrendo, rezando, talvez morrendo em polonês, pensa na mãe. Quando deixa que todo o peso do seu corpo caia sobre ela, não pensa em nada.

Depois, o que está fazendo, de repente, dói. Dá vontade de chorar. Mas a umidade em seu rosto não é nada em comparação com outra umidade mais terrível, morna como uma ferida, subterrânea como uma doença, que sente encharcando o seu sexo. Ouve a menina gritar e depois vê sangue, um pequeno rastro de sangue onde seu pai disse. Sangue molhando a folhagem da selva. Lascas vermelhas e negras, salpicando a brancura dos lençóis. Sente como se o resto do seu corpo fosse o cabo de uma faca que só hoje, nessa mesma noite, tivesse sido desembainhada.

Não sabe se o amor se parece com isso. Se não está matando a menina que grita, que se agita sem forças debaixo do seu corpo. Talvez a esteja matando, mas não importa. Seu pai pagou quatrocentos dólares para que não importe.

A coisa dura o tempo exato de um pesadelo.

E quando tudo termina, começa a chorar, agora sim, e a menina chora também, e o mais estranho é que o abraça. Não está morta, pensa Carlos com alegria, com surpresa. Não está morta, e não o odeia. Aperta-o nos braços como se ele fosse ao mesmo tempo seus pais e seus irmãos, o país que não voltará a ver, a língua que não vai escutar mais, o capitão do navio mercante que cuidou dela e cumpriu sua palavra durante um mês inteiro. Abraça-o como se fossem duas crianças que tivessem brincado, depois brigado e agora queriam brincar de novo.

De repente começa a falar. Murmura frases misteriosas que ele ouve e tenta registrar com paciência. São, talvez, perguntas e, nas pausas, responde com outras. Pergunta se ela tem treze anos. Pergunta se isso que acabam de fazer é o que esperavam deles lá no outro lado da porta. Pergunta se o pai dela também lhe havia dito, quando se despediram no porto, que tornar-se mulher implicava muitas responsabilidades. E ela responde, à sua maneira, e depois fica calada.

As velas já se consumiram. Na escuridão seus corpos continuam enlaçados. Carlos começa a acariciá-la lentamente. Sua mão percorre a suavidade do cabelo, a pele leitosa, e ela relaxa e adormece no calor desse contato. Ainda choram, mas agora sem som, sem amargura, e a menina repete uma única frase, como uma ladainha; é como se a noite tivesse ficado encalhada no mesmo ponto.

Chcę iść do domu.

Ao falar, os lábios úmidos se abrem e se fecham roçando a sua orelha.

Chcę iść do domu.

E Carlos pensa nessas palavras enquanto vai adormecendo e mesmo depois, minutos ou horas mais tarde, quando acorda e descobre que a polaca desapareceu, e no *hall* seu pai o espera para lhe dizer que já é um homem de verdade.

Che is do domo.

Tenta gravá-las na memória nesse dia, e depois pelo resto da vida, enquanto concebe projetos desatinados; planos nos quais a polaca e ele, contra o mundo,

cheis to tomo,

e pouco a pouco esses planos se abafam, se adiam, se abandonam e morrem, porque afinal ela não está mais no bordel, ninguém sabe onde encontrá-la, e se soubessem daria no mesmo, claro, porque uma coisa é ficar empolgado lendo uns poemas e outra, bem diferente, é deixar tudo para trás por causa de uma menina que já nem sequer é menina; por uma puta que a essa altura não deve custar nem um dólar; por uma estrangeira cujas últimas palavras ele pouco a pouco se resignou a esquecer, aqueles sons incompreensíveis vão se misturando e confundindo em sua memória, e com eles a esperança adolescente de que sua invocação cifrasse algo bonito, que *cheis torromo* significasse eu te perdoo; que *cheis mortoro* quisesse dizer te amo; que *cheistor moro*, eu também não te esquecerei, jamais.

A visita ao bacharel foi uma perda de tempo. Pelo menos é o que pensa José, e faz questão de repetir sempre que tem oportunidade. Não menciona, por outro lado, os dois soles de Carlos: só o tempo perdido, tão valioso. E o que ganharam em troca? Alguns conselhos sem importância e uma breve história da moda, que certamente não melhoraram seu romance nem os aproximaram do Mestre.

"Não disse sequer se acha que ele vai escrever o poema. Não falou nada! Não passa de um charlatão."

Carlos se atreve a contradizê-lo em parte:

"Não sei... Não achei assim tão inútil. E creio que alguns conselhos eram bons... à maneira dele. A ideia de imaginar uma mulher que se amou... Ou o caso das *tapadas*, por exemplo..."

"Histórias da carochinha! O que me diz sobre essa conversa de linguagem das piscadas? Que prático! Quer dizer que as limenhas sabem o código morse. Uma piscada longa para dar beijinhos... Uma longa e outra curta para recusar... Quantas para dizer *acho que vou vomitar?*"

Carlos ri. Não quer, mas ri.

Estão sentados no telhado do sótão. Mas hoje não estão com ânimo para brincar de personagens. O transatlântico da Península acaba de chegar, e nele três cartas do Mestre, tão semelhantes às anteriores que é como se já as tivessem lido. As mesmas fórmulas de amizade e cortesia; referências à invenção do cinematógrafo; uma nota erudita à sua conversa sobre a existência ou não da alma das coisas — existe — e em que pode consistir — talvez naquilo que os filósofos chamam de essência? Como única novidade, junto com as cartas chegam os rascunhos de uns poemas. Fazem parte do novo livro de Juan Ramón que será publicado no próximo ano, com o título *Jardins longínquos*. Claro, não há nenhuma referência neles a Georgina. Só muitos entardeceres e também jardins, claro; paraísos desabitados que parecem ir se distanciando ante seus olhos ou que sempre estiveram longe, como se pertencessem a um paraíso que só pode ser olhado do outro lado da grade. E nesse outro lado, muito pouco o que ver. Árvores largando melancolicamente suas folhas no chão. Chuvas que não têm importância, caindo sobre essas mesmas árvores. Tédio.

Apesar de tudo, José não se conforma. Não acredita que a essa altura Juan Ramón não tenha escrito um poema para Georgina. Tem que haver algum, ou melhor, muitos, muitíssimos; centenas de versos escondidos em algum lugar. Pelo menos José precisa acreditar nisso, porque há várias semanas também não escreve. Apenas senta à sua escrivaninha e olha demoradamente o retrato do Mestre. Se pudesse dirigir-se a ele como um jovem poeta necessitando de conselho, e não como uma mocinha de saia e sutiã! Gostaria de lhe perguntar tantas coisas. Na verdade já pergunta, toda noite, com o olhar fixo na cartolina em branco e preto; nos olhos vazios do retrato. Pergunta quando descobriu que era poeta; como teve certeza de que tinha talento suficiente. Se há alguma razão para que ele continue ali, curvado em sua mesa, rabiscando uns rascunhos que jamais causarão assombro em algum crítico nem lágrimas em uma dama. Ou quem sabe sim? Responda pelo menos isso, Mestre: não serei já um gênio, sem saber? Devo persistir na minha paixão ou aceitar o fracasso de uma vez por todas? Mas o Mestre não responde, e em consequência José não escreve. Talvez por isso tenha começado a pensar que Carlos tem razão. Que também há uma dignidade especial, uma dedicação solene, quase sagrada, nesse ato de criar uma musa para que um grande poeta possa escrever suas melhores metáforas. E enquanto não chegam essas páginas sublimes, José relê diversas vezes os versos do Mestre para encontrar os rastros de Georgina em toda parte.

"Escute isto, Carlota!", diz de súbito, balançando na mão a carta de Juan Ramón: *E de repente, uma voz/ melancólica e distante,/ tremeu por cima da água/ no puro silêncio do ar./ É uma voz de mulher/ e de piano, é um suave/ bem-estar para as rosas/ sonolentas desta tarde;/ voz que me leva a chorar/ por ninguém e por alguém/ nesta triste e dou-*

rada/ suntuosidade dos parques. Só pode ser Georgina...! Uma voz, claro, por causa das cartas, que vêm de tão longe mas mesmo assim falam com ele... E como ainda não a conhece, chora por ninguém e por alguém... Entende...? Por ninguém e por alguém! Está tudo claro!"

Carlos não diz nada. Continua olhando a praça lá do alto, como se houvesse nela algo a decifrar. Está escurecendo. Em breve não haverá luz suficiente para José continuar lendo os poemas.

"Acho que vou procurá-lo de novo", diz repentinamente, como se estivesse se livrando de um peso.

"Procurar quem?"

"O bacharel... se você não tem nada contra."

José levanta os olhos dos papéis.

"O bacharel Cristóbal? Para quê?"

"Não sei... É só uma ideia."

José hesita um pouco. Depois encolhe os ombros.

"Faça como quiser. Contanto que não me obrigue a ir também..."

Não diz mais nada. Mas poucos instantes depois Carlos o ouve murmurar outros versos suspeitos, como se estivesse rezando:

"*E há ensaios de carícias,/ de olhares e de aromas,/ e há também beijos perdidos/ que morrem sobre as ondas.*"

"*Falava sempre em azul/ era dulcíssima... mas/ eu nunca pude saber/ se era louro o seu cabelo.*"

"*Tenho uma noiva de neve/ que não beija e que não canta/ ela morreu por mim/ e jamais hei de esquecê-la...*"

Para que o romance seja perfeito, precisam conhecer seu personagem em todos os detalhes. Que tipo de escritores seriam se não soubessem se Georgina é alta ou baixa, se escreve num balneário ou num sótão; se é casada ou solteira ou viúva ou freira. Um bom escriba, diz o bacharel, tem que conhecer seus clientes melhor do que eles próprios conhecem a si mesmos. E isto também deveria valer para os romancistas. Carlos acha que ouviu dizer certa vez que Tolstói — ou talvez não fosse Tolstói, mas Dostoiévski, ou Gógol, ou qualquer outro russo — interrompeu a escrita de um romance durante um mês inteiro, porque não sabia se em certa cena o personagem aceitava ou recusava uma xícara de chá.

E eles, sabem isso? Sabem se Georgina gosta de chá?

Carlos a imagina loura, pálida, talvez doente. Vagamente triste. Também muito jovem: parece quase uma menina. Seus olhos são azuis e suas mãos, frágeis e muito brancas, como se fossem de neve. É tímida e sensível, como só podem ser as mulheres verdadeiramente belas, e talvez por isso seus lábios tremam quando relê de noite as cartas de Juan Ramón, na intimidade secreta de uma vela. Treme também a mão que segura o papel. Ainda há de tremer muito essa mesma mão, quando for caligrafar a resposta que enviará de imediato pelo correio.

Georgina é a mesma prostituta polaca outra vez.

A prostituta polaca se ainda fosse virgem seis anos depois.

A prostituta polaca se não fosse prostituta nem polaca; se em vez de ter nascido na Galícia e ter sido vendida por vinte copeques, tivesse nascido numa mansão de Miraflores e recebido presentes de quatrocentos dólares em sua festa de debutante.

A prostituta polaca se chorasse muitas vezes como fez em sua cama, mas com lágrimas que não se devessem ao medo de ser violada mas à solidariedade com certas tragédias mínimas — um verso que a comove; a beleza dolorosa de um pôr do sol; o sofrimento de um gatinho que machucou a pata.

A prostituta polaca se houvesse aprendido a ler e escrever, e com esses rabiscos — outra vez a mão, trêmula — dissesse a Juan Ramón todas as coisas que Carlos desejava escutar.

Frases cheias de suspiros como:

"... *Pensei tanto no senhor, meu amigo...! Um primo me mostrou seu livro, as suas* Almas de violeta *cheias de suspiros e de lágrimas, e com elas fiquei muito tocada. Seus versos doces e suaves me serviram de companhia e de consolo...*"

"... *Mas para que conto minhas pobres coisas melancólicas ao senhor, a quem tudo sorri...?*"

"... *E há dias em que amanheço tão triste...!*"

Sua vida não transcorre num bordel, mas num palco suntuoso e frio como mármore. Um labirinto de jardins com parreiras, de câmaras com dosséis e estuques e tapeçarias de tafetá, tardes de visitar e de receber visitas, de tocar piano para senhoras doentes. Longas noitadas sentada no caramanchão à espera de convidados ou à espera de nada; que termine mais um dia, e ao mesmo tempo o medo de que seja só isso. Às vezes fica sentada por muito tempo embaixo dos sarmentos desse jardim — Carlos quase pode vê-la ao seu lado —, observando as moscas e as traças que orbitam em volta do lampião a querosene; que, tal como ela, estão presas num cárcere que não se vê e que mais cedo ou mais tarde queima as suas asas. Às vezes apaga a chama para libertá-las com um simples gesto. Mas outras vezes sucumbe à crueldade de não fazer nada, simplesmente fica olhando, até que a criada vem correndo com um xale nas mãos e ordens estritas de que a senhorita entre já em casa.

E nesse cenário, alguns personagens e um ou dois sentimentos. Um pai autoritário que não a deixa escrever cartas tão longas quanto gostaria. Uma mãe doente ou morta. Volta e meia, a sensação de que à sua volta o mundo às vezes fica irreal — *Não acontece com o senhor também, meu querido Juan Ramón?*; a suspeita de que tudo ao redor talvez seja cenário de alguma coisa, o ensaio de uma peça de teatro sem público, sem diretor, sem estreia. Principalmente as seis mil milhas de distância que a separam do único ser humano que parece entendê-la; a pessoa que a faz sentir-se viva de novo, viva por inteiro, e cujas cartas repousam escondidas dentro da caixa do piano.

José Gálvez a imagina morena e jovem, quase uma menina. Sua Georgina tem cútis escura e traços indígenas: usando um poncho de lá de vicunha, pode até ser confundida com os índios que descem do altiplano uma vez por mês, vendendo produtos humildes. Parte da sua descrição corresponde a uma criadinha que sua família despediu há dois ou três anos, mas não conta isso a Carlos. Também era bonita e alegre; José sempre achou que parecia uma princesa inca disfarçada de criada, se bem que Marcela não era capaz sequer de reconhecer o próprio nome escrito, e os incas, ao que lhe constava, pelo menos sabiam ler os nós dos seus quipos. Mas ela também gostava de poesia, ou assim pensava o *señorito* José, que tinha o costume de ir interrompê-la nos seus afazeres para ler seus primeiros poemas. Marcela sentava-se para ouvir com o espanador ou a vassoura ainda na mão, e repetia com deleite todas aquelas palavras proparoxítonas e bonitas cujo significado desconhecia. Na verdade, era muito boba; José assim a considerava, e sua ignorância rural o fascinava.

"Ah, querida Marcelita…! Quem me dera poder ser como tu, olhar para a vida com a inocência bendita dos passarinhos e das flores… Só tu, que não sabes nada, podes ser absolutamente feliz…"

A criadinha assentia, sinceramente convencida. Com certeza era feliz, se assim dizia o *señorito* José, pois o *señorito* José, tão inteligente, sempre tinha razão em tudo. O único problema era que, com as doze horas que passava polindo a prata da baixela e a notícia da morte da mãe na miséria, em sua aldeia natal, ultimamente não tinha muito tempo para pensar na felicidade.

"Como a invejo, minha querida amiga! O conhecimento é uma carga pesada que preciso levar nos ombros a toda parte, como o desventurado Sísifo… Claro que não sabes quem é Sísifo, até nisso és afortunada. Como eu gostaria de desaprender e tornar-me simples e singelo, como tu…!"

Marcela se enternecia com essas palavras. Chorava, comovida, imaginando quantas dores desconhecidas para ela o *señorito* padecia, e talvez para consolá-lo começou a consentir na cozinha, debaixo das azaleias do jardim, na adega; na sua cama estreita de criada sempre que a mãe do *señorito* José ia dormir. Uma vez até no gabinete do sr. Gálvez, derrubando um tinteiro no processo e danificando uns documentos cujo valor será descontado, naturalmente, do salário de Marcela. Foi em seus braços de aldeã iletrada que José aprendeu tudo o que não podiam lhe ensinar os livros nem as mulheres decentes que os liam. Porque Marcela sabia beijar de boca aberta, e gemer, e movimentar-se quando uma dama ficaria parada, e suas mãos, que pareciam feitas para cuidar dos chapéus dos convidados, também tinham aprendido a estimular lugares que uma esposa casta jamais deveria conhecer. José se lembraria dos seus ensinamentos até muito depois, de tal forma que em sua memória as palavras "paixão" ou "desejo" ficariam ligadas para sempre a essa recordação. E também a palavra "impossível", porque evidentemente a história termina: um desenlace resolvido com elegância pela família Gálvez, sem outras sequelas além de uma demissão, uma mesadinha de quinze soles e a promessa solene de não voltar a ver seu filho. E o tal filho se faz de triste, pelo menos durante duas noites, porque talvez tenha chegado a conceber a ideia louca de que é possível o amor entre um *señorito* e uma criada, estupidez que em 1904 não podemos admitir de modo algum.

Agora essa criada que ele não voltará mais a ver se transformou em Georgina. Georgina é Marcela se Marcela não fosse criada nem analfabeta e, em vez de esfregar o piso do vestíbulo ajoelhada no chão, ficasse lendo os simbolistas e os parnasianos. É ela quem quer infiltrar certas insinuações nas cartas a Juan Ramón, com a mesma malícia de antes ao se esquecer de passar o trinco na porta do quarto. Mas Carlos nunca deixa que essa Georgina se manifeste. Quando se encontram no sótão para escrever uma carta e José propõe alguma de suas intervenções, Carlos a recusa com dureza. Não, diz. Georgina nunca diria isso. Ou então, quase gritando: Georgina é uma senhorita, não uma puta. Acostumado a ter razão, a ver suas ideias sempre aplaudidas, José a princípio fica surpreso com a determinação de Carlos, que vai aumentando carta após carta. Afinal ri com vontade. Acha graça na obstinação do amigo em defender cada um dos traços de Georgina.

Como se fosse sua namorada, diz.

Mas deixa que ele prossiga. Afinal, fazer prevalecer sua versão de Georgina lhe importa mais ou menos tanto quanto a criada lhe importou na época, ou seja, muito pouco. Só está interessado no poema, aquele que Juan Ramón ainda não escreveu. E para isso precisa de uma musa loura em vez de uma chola, e frígida em vez de assanhada; então, bem-vindas sejam as sugestões de Carlos.

"Precisam ver a Carlota", dirá mais tarde no clube. "Uma letra de mulher melhor que a encomenda. Dá para desconfiar. E ele conhece mais a mocinha do que vocês conhecem suas mães e suas namoradas. Até parece que não escreve cartas e sim um diário pessoal, e de noite se cobre todo com um rebuço e se veste de *tapada limenha*..."

Carlos não liga para as risadas. Se José não se importa com Georgina, ele muito menos com o que possam pensar no clube. Que todos tenham se acostumado a chamá-lo de Carlota; que façam vênias ao cumprimentá-lo e puxem a cadeira quando vai sentar à mesa. Com licença, madame. Carlos só tem tempo para pensar em coisas importantes. Por exemplo, descobrir afinal como Georgina gosta de tomar chá. Dois cubinhos de açúcar. Um pingo de leite. E talvez, mas só se o pai não estiver olhando, um tiquinho de anis na colher.

Lima, 5 de dezembro de 1904

Estimado amigo:

Pergunta-me o Sr. como é Lima. Com que se parece esta querida cidade minha, que alguns chamam de Pérola do Pacífico, ou Cidade dos Reis, ou Três Vezes Coroada Vila, em homenagem a alguma história antiga que não recordo mais. Pede-me o Sr. que lhe fale de tudo isso, e creio que o melhor modo de fazê-lo é imaginar que o Sr. está aqui comigo. Ou melhor: imaginar que estamos os dois no alto do campanário da Catedral. Lá de cima eu poderia ir lhe apontando com o dedo cada um dos recantos da minha cidade, suas belezas...

Ou ainda melhor: o Sr. não me disse que se dedicava à pintura? Imagine, então, que lhe dou instruções para pintar uma paisagem. Esta linda vista do céu de Lima, sempre nebuloso, cambiante, tão propício para invenções e fantasias... Suponha, se concordar, que nós pintamos esse quadro juntos. E que, como em todas as telas, nesta minha forma de pintar, de inserir cores e texturas, também há algo de retrato que me representa a mim mesma.

Imagine primeiro uma retícula de ruas e casas, tão perfeita que pode ser traçada com um par de esquadros. Captou? De longe, parece o quadriculado de uma colmeia ou a treliça de uma grade. Mas basta aguçar um pouco a vista para que toda essa geometria se transforme em vida, em varandas e toldos, em balcões cheios de história, os arcos da Prefeitura, a pracinha Dos de Mayo, o caminho do rio Rímac precipitando-se no oceano.

Tudo o que se vê aí, aos seus pés, é a minha querida Lima. Seus limites são marcados, como vê, por uma boa porção de morros e locais amarelos. Um amarelo dourado e belo que o Sr., estimado amigo, teria que buscar com todo o cuidado em sua paleta; pois não é aquele amarelo de melancolia e morte que preside os seus poemas, e sim um amarelo de vida, tonalidade de fogueira. Da cor do sol que os nossos antepassados incas adoravam há tanto tempo.

Tudo aqui, até as cores, significa outra coisa.

O mar? Não o pinte tão próximo, por favor. Empurre-o para alguns centímetros de tela à frente, isto é, mais de duas boas léguas. Lima é chamada de Pérola do Pacífico, de fato, mas esse nome é enganoso, porque não passa de uma joinha tímida, uma gema que permanece um pouquinho afastada do mar mas não se atreve nunca a perdê-lo de vista, como se temesse e desejasse ao mesmo tempo as suas águas. Pinte-o de azul, mas de um azul que, imagino, tampouco deve ser o azul dos mares da Espanha. E coloque, ao longe, um porto, e chame-o de Callao, e espalhe em suas docas alguns transatlânticos; enormes sáurios cobertos de vapor e ferrugem, mas de certa forma bonitos, porque são eles, afinal de contas, que vão trazer e levar esta carta...

Mais adiante, em algum ponto do horizonte, fica a minha casa, uma entre as muitas quintas de Miraflores. E talvez seja melhor assim, que o Sr. não possa vê-la. Já lhe disse que o modo como alguém olha uma cidade representa a alma dessa pessoa; mas não é menos verdade que uma casa tem o espírito das pessoas que a habitam. E eu me sinto tão distante de suas paredes...! Tão estranha no meu quarto, e até no caramanchão onde vejo passar as horas, que, sabe, até parece que estou mentindo ao chamá-la de minha casa. Lá dentro tudo são normas e correções, tão inflexíveis que parecem traçadas pelo mesmo par de esquadros que usaram para desenhar as ruas. Uma grade que às vezes parece de jaula, com as barras feitas de reverências de criados; de sermões de um pai que não acha próprio isto ou aquilo; o vestido de montar e o de receber visitas; jantares prolongadíssimos em que se toma sempre o mesmo prato de sopa. Lições de manual de comportamento para senhoritas, que entendem tanto de protocolos e tão pouco da vida... Às vezes é tão doloroso ser mulher, ser filha, ser ninguém...!

Se o Sr. quer conhecer minha alma, não deve olhar essa casa. Nem as avenidas geométricas que estou lhe apontando, rígidas como as instruções de um tutor severo. Eu não sou eu mesma na minha casa, só longe dela; longe também desse coração da cidade percorrido por tantos cavalheiros de cartola e senhoritas com seus vestidos de passeio. Eu, para meus passeios, quero uma Lima diferente e desconhecida. Porque para continuar pintando seu quadro o Sr. deve saber, meu querido Juan Ramón, que em certas margens da tela essa retícula rigorosa de que lhe falei de repente se agita, se atormenta, se enche de acidentes, de sinuosidades, de galanteios, de insolências. São os bairros humildes, e gosto muito de passear por eles, por suas ruas de terra onde ninguém precisa aparentar nada. As pessoas gritam suas coisas com palavras humildes e verdadeiras, e pode-se parar e observar um crepúsculo ou uma flor que cresce entre os pedregulhos sem ser incomodada. Minha alma se parece mais com essas ruelas que não dão em lugar nenhum; com esses terrenos pitorescos de onde volto com a barra do vestido suja de poeira e a satisfação de ter vivido algo real, algo bonito...

Veja que estranhos segredos eu lhe confesso, meu amigo...!

Das últimas cartas o bacharel gosta. Isto aqui é outra coisa, diz, agora sim sua priminha está se soltando, mostrando um pouco a cara. Também volta a elogiar o primor da caligrafia e, quando o faz, Carlos desvia os olhos.

"Então… O senhor acha que há chance?"

"De quê?"

"De conquistá-la, ora…"

"Conquistar? Conquistar quem?"

"Conquistá-lo, quero dizer. Já lhe falei, Juan Ramón. O poeta espanhol…"

"Ah! Sim… Eu sabia. Mas uma coisa é certa: o olho desta *tapada* já está visível, para engabelar qualquer um… Não tenha dúvida!"

Vai lhe pedir conselhos toda semana, quando Georgina recebe uma carta ou quando se prepara para escrever alguma. Nunca se viu um primo tão solícito, diz toda vez que o vê entrar na fila. Vai sempre sozinho, mas Cristóbal não sente a falta de José. Só parece lembrar-se dele em uma manhã, quando insiste em reescrever certa passagem da próxima carta e Carlos não aceita.

"É porque ela quer escrever sem ajuda de ninguém", repete com energia.

"Homem, mas ela deve ter algum motivo para mandar você vir aqui toda semana, não é mesmo?"

"Veja só… É que Georgina não sabe que eu venho aqui visitá-lo."

Cristóbal levanta as sobrancelhas.

"Ah! Não sabe, então, da minha existência?"

"Não."

"E se não sabe, como você faz para transmitir-lhe a sabedoria das nossas palestras?"

"Pois é… Finjo que é coisa minha, entende? Eu pergunto, ela me mostra a carta do dia ou algum dos seus muitos rascunhos, dou uma ou outra opinião com suavidade… Quando ela me escuta, abre uns olhos que…"

E se interrompe.

"Vamos, diga, diga logo. Como é que sua prima abre os olhos. Nós já falamos tanto dela e eu ainda não sei nem de que cor são. Fiquei curioso. Como é essa sua prima? E, por favor, não me diga que é bonita e tem um porte esguio, porque isso é coisa antiga."

Carlos aceita um cigarro que o bacharel lhe oferece. Para responder se concede o tempo exato que vai desde que aproxima o fósforo e dá a primeira tragada até que a brasa quase lhe queima os dedos. Nesse intervalo dispõe de tempo para descrevê-la com todos os detalhes. A vida de Georgina resumida na vida de um cigarro. Quando joga a guimba ao chão, Cristóbal começa a rir.

"Então é loura e de olhos azuis, hein? Tenho a impressão de que o seu amigo comentou que era meio chola…"

Carlos não desvia o olhar. Pela primeira vez sente um impulso de legítimo orgulho.

"Pois ele que diga o que quiser. Quem pode saber melhor do que um primo?"

Cristóbal fica sério de repente.

"É verdade. E além do mais dá para notar que você gosta dela. Não é como seu amigo. Porque o seu amigo não a quer bem."

"O senhor acha?"

"Até um cego veria", diz, e não há quem lhe tire mais uma palavra da boca.

O bacharel já lhe advertira da importância dos rascunhos. As cartas são como os folhetins, dizia: uma vez que se comete um erro, não se conserta mais. Veja o caso de Alexandre Dumas que, por não fazer rascunhos como manda o figurino, acabou matando um personagem num episódio e ressuscitando-o três ou quatro capítulos depois. Aparentemente ele escrevia tantos folhetins ao mesmo tempo que decidiu fabricar miniaturas dos seus milhares de personagens e distribuí-las pelas prateleiras segundo um código preestabelecido, para lembrar num relance se continuavam vivos ou estavam mortos. Por azar, um dia sua criada achou que já era a hora de limpar aqueles bonequinhos, tão sujos, e com um golpe de espanador devolveu à vida toda uma geração de defuntos.

É o que ocorre com Georgina, ou melhor, com sua irmã, que existe e não existe ao mesmo tempo, dependendo da carta que se consulte.

Eles não se dão conta disso até a chegada da missiva seguinte de Juan Ramón. É uma cartinha mais breve, mais cerimoniosa que de costume. Seu tom é cauteloso, e até a cor da tinta é diferente. Sem dúvida deve tratar-se de um engano ou mal-entendido, começa dizendo, sem mais preâmbulos. Sim, é isso, na certa ele entendeu mal alguma coisa — há tantos matizes que a gente se perde a seis mil milhas de distância —, mas nos últimos tempos uma determinada contradição não para de lhe martelar na cabeça. Quer saber por que na terceira carta Georgina falava da sua irmã Teresita — está lembrada, minha amiga? — e agora, quinze cartas depois, não há mais sinais da tal Teresita. Pior: ainda escreve, na sua última carta, que é filha única. E ele gostaria de saber, humildemente, o que foi que entendeu mal — porque só pode ter sido isto, repete, um simples mal-

-entendido; como pode uma mulher, sem dúvida sincera em todos os aspectos, ser filha única numa carta e em outra gostar tanto, mas muito mesmo, de uma tal Teresita, sua irmã.

A carta conclui com um "Seu criado que a saúda, atenciosamente" e não com o costumeiro "Esperando ansiosamente notícias da minha amiga". Quer dizer, no que se refere às fórmulas de cortesia a relação retrocedeu seis ou sete meses.

A princípio Carlos e José se culpam mutuamente. — Depois de tanto mexer com essas cartas, como não percebeu que estávamos tirando e botando uma irmã? Se você levasse isso um pouco mais a sério, não aconteceriam estas coisas etc. — Depois culpam o bacharel. — Dois soles para ler umas cartinhas de merda, e nem descobre os erros? — Depois o culpado é Juan Ramón, mas não sabem justificar muito bem por quê: a raiva deles, simplesmente, o atinge pela primeira vez. Por fim ninguém é culpado. Tudo foi perdoado, mas ao mesmo tempo é infinitamente triste, sem esperança nem consolo.

"Bem, e então? Que solução tem agora o seu idolatrado Cristóbal?"

"Nenhuma, porque não sabe disso nem vai saber. O que quer que eu lhe diga? Que minha prima esqueceu o número de irmãs que tem?"

"Porra", diz José, resumindo a situação.

Mas afinal Carlos se atreve a perguntar-lhe. Pelo menos à sua maneira. Certa manhã, estica a conversa o máximo que pode e acaba lembrando a história do folhetim e dos bonequinhos de chumbo. Quer saber como Dumas emendou o seu erro, e o bacharel dá uma risada quando ouve a pergunta. Fácil, muito fácil: mudando o gênero da obra. De folhetim de capa e espada passou a ser uma história sobrenatural, com sortilégios, bruxos e homens que morrem e depois revivem, e assim os leitores ficaram satisfeitos. E ainda mais satisfeito ficou o morto ressuscitado, que agora ficaria com vida até o final da obra.

Mudar o gênero. A ideia não é má, e Carlos decide aplicá-la. Seu romance de amor recebe por um tempo tinturas de tragédia — claro que a verdadeira tragédia só virá mais tarde, mas ele ainda não sabe disso — e escreve um longo capítulo, uma carta de cinco páginas em que Georgina por fim se confessa. Já passaram tantos anos desde que perdeu sua irmã, e ela ainda não se acostumou com a ideia de que a coitadinha não está mais entre nós; essa mania de se referir a ela como se estivesse viva, como se nunca houvesse se afogado naquele rio; como se não a tivessem velado a noite inteira em seu féretro branco, onde também parecia estar se afogando; como se na despedida não tivesse se debruçado no caixão para beijar os lábios roxos da irmãzinha morta. Uma perda que imprimiria em seu caráter o ar melancólico e culpado que ainda tem, porque no fim das contas foi ela quem lhe pediu que colhesse os lírios da margem. E contra essa tristeza, contra esse laceramento no peito que é como se ela também estivesse sem ar, de nada serviram as infusões nem os passeios ao mar nem os seis meses de internação numa casa de repouso.

A coincidência me faz tremer, senhorita, responderá de imediato o poeta, entre envergonhado e enternecido. Sabe que depois da morte do meu pai eu também fui confinado em dois sanatórios, purgando na alma dores que talvez sejam as mesmas?

Georgina não sabe de nada.

Sandoval está prometendo há meses uma greve que paralisará todo o Peru. Os estivadores do porto e os maquinistas da ferrovia levantando-se como um só homem para abalar juntos os alicerces do capital. Essa greve nunca chega, mas Sandoval continua ameaçando toda tarde no clube, como se fosse questão de dias ou de minutos para que a revolução social finalmente eclodisse. Os frequentadores habituais aprenderam a ouvir suas alocuções com ceticismo. O ritual se repete todo dia de forma quase idêntica, desde que ele toca a campainha da porta até que afrouxa a gravata-borboleta para começar a falar. Sandoval entrega ao garçom seu capote, seu chapéu e suas luvas, procurando deixar visíveis as manchas de tinta e as calosidades das mãos; busca um tamborete onde apoiar uma das botinas enquanto fala, com o gesto entre solene e ridículo de um aluno de esgrima que se dispõe a dar uma estocada. São gestos estudados, que pretendem dar tempo para que os curiosos se aproximem, mas a maioria dos presentes já está cansada de esperar por essa greve, essa revolução que não chega nunca e não interessa a ninguém. Mesmo assim Sandoval não se rende, e continua recitando arengas que mal conseguem se impor ao barulho dos marfins do bilhar e do tilintar da louça no mármore.

Porque a greve, e com ela o fim do capitalismo, no fundo já está escrita. Na verdade já está tudo escrito nas páginas de Bakúnin e de Kropótkin, e por isso o futuro das nações não tem nenhum segredo para os homens de entendimento. Na sua linguagem, homem de entendimento significa anarquista. E bastaria esse anarquista hipotético sentar-se e observar os sinais para captar o futuro do Peru e até do mundo inteiro. Não gostariam eles de ouvir essas previsões?

Ninguém responde. Naquele ângulo do salão há apenas sete ou oito frequentadores, prestando uma atenção meio distraída, refugiados atrás de jornais abertos e copos de uísque. Sandoval percorre seus rostos com o olhar, implorando um apoio, um gesto de aprovação que sirva de pretexto para o resto do discurso. E como não o encontra, simplesmente continua falando. Estamos em 1904, diz, e a partir daí começam suas teses exóticas, baseadas na distribuição dos grandes marcos da história em períodos quinquenais. Cinco anos mais tarde, ou seja, em 1909, e se conquistaria a jornada de trabalho de oito horas. Dez anos mais tarde, quer dizer, 1914, e estouraria uma grande guerra entre todos os países do mundo. Uma guerra que passaria à história como a primeira em que ninguém vai combater, porque os proletários finalmente teriam percebido que seus inimigos não estavam do outro lado das trincheiras; que, apesar da Alsácia e da Lorena, o francês rico sempre seria em última instância irmão do capitalista alemão, da mesma forma que, a despeito de Tacna e Arica, o usineiro peruano devia ser na verdade amigo e compatriota do fazendeiro chileno. Vinte e cinco anos mais tarde, ou seja, em 1929, e a miragem do capital viria abaixo numa explosão que jogaria pela janela todos os milionários. Trinta e cinco anos mais tarde, ou seja, em 1939, e estouraria outra guerra na qual, dessa vez sim, os proletários iriam lutar, porque pela primeira vez os adversários não seriam nações e sim as classes sociais. Quarenta anos mais tarde, ou seja, em 1944 — mais ou menos —, e os comunistas enfrentariam os anarquistas pela primeira vez — porque temos que ser sinceros e reconhecer que no fundo os comunistas são tão perigosos quanto os capitalistas, confessa Sandoval num sussurro, e ainda por cima bem mais organizados. Oitenta e cinco anos mais tarde, ou seja, em 1989, e seriam derrubados os últimos alicerces do comunismo. Exatamente um século mais tarde, ou seja, em 2004, e não aconteceria nada digno de menção; todo mundo sabe que a realidade poucas vezes aceita números redondos para parir seus grandes marcos. Um século e dez anos mais tarde, ou seja, em 2014, e o anarquismo, agora sim, finalmente teria derrotado seus últimos inimigos e se imposto nos recantos mais remotos do globo. O fim da história.

Carlos não se interessa por política. Nem sequer sabe muito bem o que significam palavras como "anarquismo", "meio de produção" ou "marxismo". Mas alguma coisa na paixão de Sandoval se dirigindo ao auditório o atrai instintivamente. Por isso às vezes interrompe uma partida de bilhar ou uma conversa com José para ouvi-lo; para saber, por exemplo, quando afinal vai morrer a fé em Deus — por volta de 1969, depois do último concílio católico que se realizará em homenagem a Friedrich Nietzsche. E é justamente ouvindo Sandoval que pensa pela primeira vez que, da mesma forma que a história tem um final, seu romance também deve ter, e esse desenlace que não consegue imaginar o atrai e assusta ao mesmo tempo.

Quem os visse passeando juntos — por exemplo, do alto de um sótão — pensaria que são amigos. De fato, talvez sejam. Tudo depende de considerarmos possível a amizade entre homens ricos e homens que precisam ganhar a vida; entre protagonistas e personagens secundários; entre jovens usando ternos de linho e velhos com um paletó de veludo cheio de manchas. Eles, pelo menos, parecem confiar nesse tipo de amizade, e por isso Carlos vai algumas vezes à taverna com ele para tomar o pisco do meio-dia. É que o álcool reanima o meu engenho, explica o bacharel; por isso quase não aparecem clientes antes da hora do almoço. Os apaixonados, que tudo captam, sabem que enquanto eu não estou bêbado não escrevo as melhores cartas.

Quando bebem, Carlos é proibido de falar de Georgina. Cristóbal não gosta de juntar as cartas com o álcool, quer dizer, o trabalho com a vida. Em compensação falam de muitas outras coisas, ou, mais exatamente, é Cristóbal quem fala enquanto Carlos escuta. Fala das últimas *tapadas* limenhas que conheceu quando era criança. Fala da ética dos escribas, que é complexa e rigorosa como a de um sacerdote, mas que em última instância se reduz a um único princípio: nunca, nunca nadar contra a maré do amor. Fala das muitas histórias memoráveis que sua profissão lhe proporcionou; como quando uma mulher apaixonada veio lhe encomendar uma resposta para a carta que ele mesmo havia escrito naquela manhã.

Carlos ouve com paciência. Talvez porque essas histórias o ajudam a escrever seu próprio romance. Ou porque pouco a pouco estão ficando de fato amigos. Ou talvez só porque o bacharel é a única pessoa com quem sente que Georgina está viva; que de algum modo existe realmente.

"Sabe? Houve um tempo em que eu quis escrever romances e depois vendê-los aos pouquinhos, de porta em porta."

"E por que não fez isso?", pergunta Carlos.

"Bem, acabei virando um pouco escritor, não acha? Tantos amores que inventei… Dizem que, quando *Os sofrimentos do jovem Werther* foi publicado, os jovens alemães que o leram sofreram ainda mais. Ficaram tão impressionados com o desespero do protagonista que parece que se desencadeou uma onda de suicídios em todo o país. Veja você: os alemães, tão pragmáticos, dando um tiro na cabeça por amor; bem, por Goethe, entenda-se. Mas o mesmo mérito tenho eu, que consegui fazer uns cem limenhos se casarem não com suas esposas e maridos, mas com a minha obra… Como vê, é preciso ter muito cuidado com as palavras…"

Porque este era outro dos seus temas favoritos: as palavras.

"As pessoas comuns acham que meu trabalho deve ser uma espécie de comércio, um simples intercâmbio… Os clientes trazem os sentimentos; eu coloco as palavras. Digamos que resumem a coisa desta forma, pelo menos em suas cabeças… Se fosse tão simples!"

"Então não é assim?"

O bacharel finge estar horrorizado.

"Claro que não! Quer dizer, provavelmente é assim para os analfabetos. Chegam com uma carta que não conseguem ler e um papel para respondê-la, e eu sou seus olhos e suas mãos. Até aí, tudo bem. Mas com os *señoritos* é diferente. Digamos, por exemplo, que o cliente é você, e vem me pedir que escreva uma carta de amor. Porque sem dúvida escreve e lê bem, e até muito bem, mas não sabe o que dizer à sua amada. Vejamos. Para você, o comércio se dá como falávamos há pouco: por um lado os sentimentos, por outro as palavras. Muito fácil, ou pelo menos é o que parece. Mas não é assim que acontece, longe disso! Porque antes que eu lhe dê essas palavras, na verdade você não tem nada. Não me olhe assim: nada. Sente algumas coisas, não posso negar, que não passam de sintomas de uma doença: batimentos rápidos, apatia, suores, melancolia, confusão, episódios de júbilo, vertigens, falta de ar, prostração, sensação de irrealidade… você sabe, o espetáculo completo. E também tem uma inclinação natural, claro: os sentimentos de um cão que quer trepar numa cadela, nada mais que isso. Mas o amor, onde está? Ainda não está, porque ninguém lhe deu palavras. O amor é um discurso, meu amigo, é um folhetim, um romance, e se não for escrito na cabeça, ou no papel, ou onde quer que seja, não existe, fica pela metade; não passa de uma sensação que imaginou ser um sentimento..."

"Mas o senhor..."

"Eu o escrevo. É para isso, na realidade, que os mocinhos e as enamoradas vêm aqui, e por isso eles esperam uma hora e tanto debaixo de um sol de rachar. Vêm para que eu escreva esse sentimento, ensine a eles como deve ser o amor, o que deveriam sentir. Nisto consiste o negócio. O mais importante não é satisfazer o destinatário, que afinal de contas eu não conheço, e sim o cliente, que vai atrás do seu amor como um leitor fiel procura o capítulo mais recente do seu romance em fascículos. Quanto mais dilacerante é o amor que invento para eles, quanto mais infelizes os faço no papel, mais contentes ficam. Só vendo como ficam felizes ao ouvir essas barbaridades! Porque a partir de então vão senti-las de verdade, e isso é que interessa. E o mesmo em relação aos destinatários, que também querem que alguém lhes escreva uma linda história, e estão dispostos a se apaixonar por quem o fizer. Cada um dos dois se olha no espelho da carta do outro: se gostarem do que veem, assunto resolvido. E quando se casam, se é que se casam, quem sabe uma noite se sentam em frente à lareira para ler as cartas que trocaram, e então vão lembrar, vão acreditar que viveram essa história de amor tempestuoso que inventei para eles..."

Carlos se remexe inquieto no tamborete.

"Mas não é possível o que está dizendo... Tem que existir algo mais... Quer dizer... o amor é mais do que palavras, não é?... Tem que ser... é uma coisa que nasce muito lá dentro, que não se pode trair..."

Bate no peito com paixão quando diz isto. Mas Cristóbal recebe a interrupção com um gesto desanimado.

"Lá dentro! E um século atrás, quando as meninas de treze anos eram prometidas a velhotes de sessenta e nenhuma dessas beldades protestava nem um tiquinho; então me diga, será que lá dentro elas não tinham as vísceras iguais às suas? Pois vou lhe dizer o que acontecia: nessa época não se liam livros românticos, ou seja, ninguém tinha dado às meninas as palavras adequadas para sentir uma coisa diferente daquela que sentiam." Então para; dá uma palmada em seu ombro. "Desista, meu amigo: o amor, como você o entende, foi inventado pela literatura, tal como Goethe deu o suicídio aos alemães. Não somos nós que escrevemos os romances, são os romances que nos escrevem..."

O bacharel esvazia seu copo com um gole demorado. Depois olha para ele com curiosidade, como se reparasse pela primeira vez em sua existência.

"E você?"

"Eu, o quê?".

"O que pode ser, homem de Deus. Alguma mulher por aí. Uma noiva, uma amante, sei lá. Saiba que se você vier me pedir que invente uma história bonita e apaixonada, eu escrevo de graça com todo o prazer. Gostei de você."

Carlos balança a mão frouxamente, como se algo na pergunta não fosse pertinente.

"Não, eu... Na verdade não tenho ninguém."

Cristóbal prepara um charuto enquanto escuta.

"Mas como assim? Pergunto porque você é um bom partido, não devem faltar candidatas... Pelo menos deve ter planos de casar-se, suponho."

"Sim, mas ainda não é hora de pensar nisso, só nos meus estudos... Além disso, meus pais..."

Para, desvia o olhar.

"Seus pais, o quê?"

"Vão saber encontrar a mulher que me convém", diz finalmente, reunindo todo o brio que lhe falta.

"Ah! Estou vendo", sorri o bacharel, já com o charuto na boca. "Nisso o meu talento é inútil, claro... De qualquer maneira, você faz bem em agir assim. Os amores arranjados são os mais felizes, se não encheram a nossa cabeça com certas palavras, claro... Portanto, se quiser continuar em sossego, preste atenção: não leia romances de amor por nada neste mundo! Esse palavreado amargaria o seu casamento a troco de nada..."

Por algum tempo Carlos não responde. Olha fixamente para o copo que o bacharel acabou de esvaziar.

"E Georgina?", diz afinal, com uma voz metálica que não parece lhe pertencer. "Então ela tampouco ama?"

O bacharel Cristóbal ri tanto que o charuto cai na mesa, e de lá nos azulejos do chão. Quando se agacha para apanhá-lo ainda está rindo.

"Ah, não! Sua prima ama, claro que ama… Só que, ao contrário de você, ela sim leu romances demais…"

Ele tem vinte anos. Nessa idade seu pai já ganhava a vida nos seringais, e sua mãe estava casada e prestes a trazê-lo ao mundo. Para não falar do avô Rodríguez, que aos vinte já estava morto; morto, com uma viúva e dois filhos órfãos, e sem os doze soles necessários para pagar o caixão; assim é que estava. Não existem mais homens como antes, repete sempre don Augusto, os homens de hoje são feitos de outro material, aos vinte anos ainda parecem crianças que só querem continuar brincando. Há de vir o dia em que aos trinta não terão mulher, nem filhos, nem trabalho, nem casa, nem vontade de ter nenhuma dessas quatro coisas.

Está exagerando, claro, mas o diz com tal convicção, com tanta gravidade, que dá até vontade de acreditar.

Mas normalmente don Augusto não perde tempo com filosofias. Quem vai saber o que acontecerá com os jovens de amanhã, e quem se importa. Ainda estão em 1904 — na verdade acabaram de festejar o Ano-Novo de 1905; passou muito tempo, e nesse tempo muitas cartas —, e agora só têm que se concentrar nisso. Nisso e em Carlos e seus vinte anos. Para que o menino termine o curso, se for preciso enfiando-lhe o *ius connubium* e o *ius praecepta* aos pescoções, e depois dos bancos da universidade, diretamente para o altar. Mas como a faculdade parece que vai durar bastante, pode ser uma boa ideia ir logo procurando uma noiva para ele. Sondar o terreno, como diz don Augusto, o que consiste em fazer e receber convites para tomar chocolate quente e comer docinhos com as moças mais distintas de Lima. Ajudá-lo a escolher um bom partido, ou talvez até dar-lhe um já escolhido. Os homens de hoje, como bem sabe don Augusto, são umas crianças.

É verdade que não precisa ter pressa, porque afinal de contas casar cedo é coisa de pobres, de pés-rapados que não têm uma herança à espera e não podem se permitir uma viagem à Europa para aproveitar a vida. Não há pressa, claro, mas tampouco há mal algum em ficar alerta. Semear amizades em círculos e reuniões ilustres na esperança de ver crescerem ali influências poderosas. Ir abrindo um caminho para o filho que o leve dos salõezinhos de chá e das salas de visita até a alcova de uma Tagle-Bracho, ou mesmo uma Quiroga. *Sondar o terreno*, *abrir caminhos*, *semear* e *colher*: expressões habituais num homem para quem a vida foi uma selva que se domina a machadadas.

Os Rodríguez têm tudo exceto um sobrenome e um passado, de modo que as candidatas ideais são aquelas famílias que perderam tudo menos esse sobrenome e esse passado. Os Sáez de Ibarra, com seu patrimônio dilapidado no Cassino e nos bordéis de Lima. A linhagem dos Lezcárraga, recentemente arruinada por um mau negócio com vinhos. Os Ortiz de Zárate y Toñanes, que para sermos francos nunca tiveram grande coisa salvo uma duvidosa filiação de dois ou três pais da pátria. São casas como essas que os Rodríguez honram com suas visitas na primeira e na terceira quartas-feiras de cada mês. Só nesses salões desmantelados, em seus imensos caramanchões sem criados, em suas bibliotecas vendidas a sebos peça por peça é que seu cheiro de novo-rico parece passar despercebido, porque não há melhor remédio para um olfato fino em demasia que virar um novo pobre.

Mas don Augusto não está buscando apenas uma nora, e Carlos sabe muito bem disso. Mais que o casamento em si, o que lhe importa é a possibilidade de projetar a partir dele a fantasia de que finalmente os Rodríguez são nobres, de que sempre o foram. Desde criança Carlos se lembra do pai obcecado com esta ideia; a escrivaninha cheia de livros de heráldica e de dossiês provando que no século passado sua família era isso ou aquilo. Jamais encontrou qualquer antepassado espanhol, e muito menos rico. Só cholos, e zambos, e quadrarões, que nos papéis de batismo figuravam invariavelmente como "lavradores" ou "filhos do povo"; para não falar de certo tataravô que um padre bem-humorado intitulou de "filho da terra". Mas é necessário insistir, virar os códices pelo avesso até fazer com que o passado seja como deve ser. Porque junto com o dinheiro e as maneiras dos brancos, don Augusto também herdou seus preconceitos, e é terrível a sensação de olhar-se no espelho depois de ter falado no bar que os índios têm que ser escravos porque trazem isso no sangue.

Um genealogista lhe encheu a cabeça com a ideia de que seria possível encontrar sinais desses mortos ilustres nos registros paroquiais da Espanha, e don Augusto lhe pagou uma viagem a todas as igrejas e ermidas da mãe-pátria que dura até hoje. Depois de cinco anos, dois mil e quinhentos soles consumidos — que lá são pesetas — e muito poucas certezas, o estudioso vez por outra ainda manda cartas com notícias esperançosas. Na catedral de Santander encontrou um Rodríguez que, salvo engano, é tataravô do tataravô do seu avô; há indícios pouco claros do seu parentesco com o duque de Osuna e outros três ou quatro grandes da Espanha; uma certidão de batismo do século xv poderia ser o elo que liga os Rodríguez com o próprio Fernando, o Católico etc. Cada nova descoberta justifica um novo desembolso de cem ou duzentas pesetas, que don Augusto paga sem muitas reflexões.

Na verdade, sua confiança no genealogista é puramente estatística. Porque don Augusto entende um pouco de aritmética: pode-se dizer que amealhou sua fortuna graças à habilidade que tem com os números, ou, mais exatamente, à sua capacidade de substituir as pessoas por eles. E assim, transformada em cifras, a questão da genealogia se apresenta em sua cabeça de maneira mais clara. Vejamos: ele nasceu em 1853. À razão de vinte e cinco anos por geração, significa que mais ou menos por volta de 1825 nasceram seus pais (dois), e em 1800 seus avós (quatro), nenhum dos quais, segundo os documentos, aparentava ter sangue nobre. Mas por que não continuar para trás? Por volta de 1750 já havia dezesseis tataravôs; sessenta e quatro parentes em 1700; mil e vinte e quatro em 1600. De lápis e papel em punho prossegue a conta, que vai ficando cada vez mais complicada. Porque na época da conquista do Peru já eram pelo menos 8192 os seus antepassados que habitavam a Terra. Seria possível que todos fossem incas fedorentos, que nenhum deles descendesse dos navios de Pizarro e Almagro? E continuando: 262 144 em 1400, 4 194 304 em 1300; nada menos que 67 milhões e pouco de seres humanos em 1200. Será que ninguém tinha um brasão, um escudinho quarteado para legar-lhe? Podia dar por confirmado: estatisticamente falando, já eram de fato nobres; quem sabe até descendentes de reis. Mas a paciência, e também um restinho de humildade, o impedem de remontar as contas até o século I. Desconfia que nessa época tinha tantos milhões de antepassados, mas tantos, que toda a população mundial devia estar entre eles, incluindo o próprio Jesus Cristo. Se não fosse heresia pensar estas coisas.

Carlos, por seu lado, prefere se fazer de desentendido em relação às aspirações do pai. Às vezes até brinca com a ideia de que ninguém pensa a sério na história do casamento. De que sua família faz e recebe tantas visitas só pelo que parece: o prazer de falar sobre o clima e desancar o governo; comer docinhos e intercambiar remédios caseiros contra enxaqueca. Contar os anjos que passam, um por um, através dos muitos vazios da conversa. Mas para perceber a verdade basta ver as mocinhas chegando todas emperiquitadas como se fossem a um casamento — o dele? —, e suas mães comentando, sempre que têm oportunidade, como é prendada Aurorita ou Cristinilla. E Aurora e Cristina e Jimena e Mariana que olham um pouquinho para ele e outro pouquinho para as cortinas bordadas, as pratarias lavradas ou os deslumbres dourados das galerias e das antecâmaras, como se tudo — filho, casa, joias — estivesse embrulhado no mesmo pacote.

Por isso, nos últimos tempos sente um suor frio quando chegam os dias de receber visitas. Quer dizer ao pai que não procure mais. Que não quer arranjar esposa e que hoje não vai descer para o salão, por mais que tenham vindo as sete adoráveis filhas dos Fermín Stevens. Mas afinal acaba concordando, e depois, no mais profundo da noite, sente uma pressão no peito que não o deixa dormir. Como se o pai tivesse sentado sobre o seu corpo e permanecesse ali muito quieto, olhando para ele. Lembra-se do bacharel. Será mesmo verdade que as palavras fazem mal? E não só as palavras que se leem, mas sobretudo as que nós mesmos pronunciamos. Aquelas das quais um dia, já faz tanto tempo, nasceu Georgina. Porque hoje Georgina parece muito mais real que aquela sucessão de mulheres, algumas ainda meninas, que desfilam em sua casa dia sim, dia também, entre melindres e sobressaltos.

O que faria se Georgina fosse uma delas? Será que a reconheceria? E lhe proporia namoro? Diria ao seu pai: "Os Hübner são a família que nos convém"?

Algumas das garotas que recebem são bonitas, mas Carlos nem nota. Passou a vida toda olhando vinhetas e postais de mulheres como se fossem de carne e osso, e agora olha para as mulheres de carne e osso como se fossem um baralho surrado de postais e vinhetas. Personagens tirados de um livro que se fecha e se esquece. Em compensação, Georgina… Porque só quando pensa nela é que diminui um pouco o peso em seu peito; como se alguém houvesse obrigado seu pai a se levantar e sair do quarto. Como se o que sente no corpo não fosse mais uma opressão e sim o suave roçar de uma carícia; tão leve que precisa fechar os olhos para sentir. É Georgina que vem visitá-lo. Ou não, mas que importância isso tem: é melhor não abrir os olhos e continuar acreditando. Ou abrir para finalmente conhecê-la, porque ela não é como as outras. Não se interessa pelas cortinas nem pelos lavrados nem pelo faqueiro de prata. Georgina quer olhar para ele: só para ele.

De repente, o livro para.

Sabem, e aprenderam graças a um dos poucos conselhos do professor Schneider que realmente leram, que nas páginas centrais de todo romance deve acontecer algo extraordinário. Pouco antes a trama parece decair por um instante — começo do segundo ato; atravessa uma depressão ou um vale, uma breve meseta de tédio, e então esse algo acontece. Em geral morre alguém que parecia indispensável para a história, ou então alguém que parecia que ia morrer sobrevive. Os outros aprendem a valorizar mais a vida, ou não aprendem nada. E isso é tudo.

Mas seu romance não sai desse vale. Simplesmente acaba, antes mesmo de vislumbrar o pico. É interrompido de repente, como um livro do qual tivessem arrancado as últimas páginas, porque na realidade Juan Ramón deixou de responder às cartas. Passa uma semana, passam duas, um mês; passa um mês inteiro e eles sem notícias do Mestre. Chega de novo o dia em que o navio da Península ia atracar, e nada. Têm tempo de sobra, isso sim, para imaginar explicações. O Mestre se cansou; o Mestre achou um romance ou uma musa mais a seu gosto; o Mestre se esqueceu da miraflorense sem graça e do seu romance sem núcleo central nem episódios extraordinários. O Mestre não é um Mestre e sim um imbecil que precisa aprender boas maneiras, a forma apropriada de tratar senhoritas decentes. E evidentemente têm tempo para culpar a si mesmos — que escritores mais medíocres — e também os outros, claro; o bacharel Cristóbal, e um pouco don Augusto, por que não, e o catedrático Nicanor — sr. Scrooge — que os reprovou em direito comercial, e o zelador que não confia nos chineses, e o criado que sem dúvida confundiu ou extraviou os envelopes, e outros personagens que têm tão pouco a ver com eles que nem aparecem no seu romance.

Depois vem um sentimento próximo à resignação. O que mais podem fazer, senão esperar. E mentir um pouco quando lhes perguntam no clube — claro que sim; mais duas cartas, na verdade três; vocês precisam ler o último poema que dedicou a Georgina. Mentem, talvez, por orgulho. Ou talvez porque esperam que a realidade acabe se adaptando às suas palavras. Mas certa noite um dos *señoritos* do clube parece subitamente interessado em suas respostas.

"Então voltou a escrever!", diz com uma admiração fingida. "Três cartas, nada menos! E que novidades conta o gênio?"

José e Carlos trocam um olhar incomodado.

"Bem, um pouco do de sempre…"

"O de sempre, hein?"

"É… Nada de especial. O fato é que o livro continua. Continua o romance."

O tipo começa a rir, e outros dois ou três fregueses riem com ele.

"Pois, a menos que essas cartinhas tenham chegado na bicicleta voadora dos irmãos Wright, duvido que vocês as tenham lido."

"Mas por quê?"

O homem de repente fica sério.

"Que coisa! Vocês estão no mundo da Lua? Devem ser os únicos em Lima que não sabem."

"O quê?"

"Que há semanas não entra nem sai um só navio no porto de Callao. Estourou a greve de Sandoval."

Para saber disso, bastaria ter lido qualquer dos cinco jornais e quarenta gazetas que circulam em Lima; especificamente, a primeira página. Mas nem Carlos nem José leem jornal. Ou assistido às aulas de direito do trabalho, nas quais se discutiu longamente durante a última semana o caso dos estivadores de Callao. Mas há várias semanas nenhum dos dois põe os pés no claustro da universidade. Ou Carlos simplesmente podia ter se interessado em ouvir as orações da própria mãe, pois nos últimos tempos ela incorporou os grevistas a suas novenas e rosários. Pede ao Senhor que haja paz no Peru e que todos voltem a ser felizes no porto, tal como eram antes; e mais cedo ou mais tarde o Senhor a atenderá, porque o Senhor sempre recompensa aqueles que pedem que nada mude.

O pai está bem informado sobre o caso e fica muito contente quando Carlos lhe pergunta a respeito. Finalmente seu filho se interessa pelos negócios. Fala dos trinta e cinco navios ancorados no porto. Das catorze mil toneladas de borracha que não vão para lugar nenhum. Do fluxo de dólares que se perde dia após dia por causa dessa espera ridícula e desse pandemônio nas forças da ordem, que antes faziam isso, impor a ordem pela força, e agora deixam que uns coitados sem eira nem beira humilhem um país inteiro.

"Mas o que eles querem?", atreve-se a perguntar Carlos.

"O que querem? A anarquia! Você sabe o que é a anarquia?"

Carlos diz que sim. Don Augusto continua falando.

"Eles preferem dizer, naturalmente, que lutam pela igualdade e pela justiça e não sei que outras ideias grandiosas... mas ninguém liga para essas coisas! Os trabalhadores não lutam por justiça, mas para ser patrões. É a lei da vida! E esses aí, que tentam ser originais, ainda por cima pretendem ficar ricos trabalhando oito horinhas por dia… O que acha? Está pensando que eu cheguei aonde estou trabalhando oito horas de merda?"

Não; Carlos não está pensando isso.

Nessa mesma manhã, enquanto tenta se atualizar lendo o jornal, uma das criadas entra para apanhar as xícaras do café. Sem levantar a vista, quase casualmente, Carlos diz:

"Decerto até você ouviu falar da greve de Callao."

A criada para de repente, com a bandeja na mão.

"É por causa do meu irmão, *señorito*?"

"Seu irmão?"

Ela morde os lábios.

"Meu irmão Antonio… que trabalha no porto. Está em greve como os outros: não é nenhum segredo…"

"Sei."

"Mas eu não sou como ele, *señorito*. Não precisam se preocupar comigo. Não vou causar nenhum problema aqui."

"Claro que não, claro que não."

Ficam se olhando fixamente durante alguns instantes. Talvez a bandeja da criada trema um pouco.

"Então me diga… Sabe por que estão fazendo essa greve no porto?"

Ela responde com grande rapidez.

"Não sei. Eu não entendo dessas coisas."

E depois, mais calma:

"… Mas acho que é por causa da jornada de trabalho, *señorito*. Querem trabalhar oito horas, dá para imaginar? Oito horas por dia!"

Quer rir, mas não consegue. Tenta controlar o pulso: teme que o tinido das xícaras ofenda o *señorito*.

"Então, oito horas."

"E por causa dos salários, também."

"Quanto pedem?"

"Bem… três soles por dia, *señorito*."

"Você quer dizer que é isso o que ganham agora?"

Dessa vez a risada sai de verdade.

"Ah, claro que não! Bem que eles queriam, *señorito*. Agora não chega a dois."

"Dois soles...!", repete Carlos, e arregala os olhos.

"Dois soles, sim. E o pão não custa nem meio sol. Sem dúvida tem gente que não se conforma com nada."

Carlos fecha o jornal. Reflete.

"Quanto você ganha aqui?"

"Eu, *señorito*? Bem... o de costume. Casa e comida, e meio sol por dia. O que mais se pode querer?"

Carlos demora muito a responder.

"Nada, claro. Pode ir."

Mas a criada não se mexe.

"Só... Só queria lhe garantir que vocês não precisam se preocupar comigo, *señorito*. Sei o que é justo."

"Claro que sim."

"Não sou como meu irmão. Eu me conformo com o que tenho e não crio problemas. Não sou uma revolucionária."

"Não, você não é uma revolucionária."

E depois lhe agradece.

Começaram as negociações, diz a manchete de *El Comercio*, e eles vão para o porto cheios de esperança pela notícia. O que não sabem é que as negociações entre a Câmara de Comércio e os grevistas já fracassaram: tinham fracassado, na verdade, quando a tinta do jornal ainda estava secando na rotativa. Por isso encontram os cais repletos de trabalhadores tentando impedir que os fura-greves da Compañía de Vapores Inglesa trabalhem. Amanhã *El Comercio* dirá que não passavam de duzentas pessoas; as atas da comissão de greve, que ultrapassavam quinze mil. Para José e Carlos, porém, esses números têm pouca importância. Seja como for, é gente suficiente para lotar o porto e ainda bloquear a Calle de Manco Cápac, e por isso levam bastante tempo para abrir passagem até o limite do dique.

Ao fundo se vê o arvoredo dos navios, os vapores com a maquinaria salpicada de moluscos e ferrugem. Num deles, quem sabe qual, estão os capítulos que não partem; em outro, os capítulos que não chegam. José e Carlos sentam no quebra-mar do cais e de lá os contemplam com uma sensação de impotência. Ouviram dizer que na véspera a Compañía Sud-Americana e a de Vapores Ingleses ofereceram dois soles e cinquenta às próprias tripulações para que estivassem a carga, mas a comissão de greve se adiantou com uma oferta melhor, e agora os botecos da cidade estão cheios de marinheiros russos, e alemães, e turcos, que não tomam conhecimento de muita coisa mas bebem até desmaiar por conta dos trabalhadores. Por isso as cobertas estão vazias; ninguém fica a bordo além de um punhado de oficiais gritando uns com os outros. E também, é claro, o rato que viaja com a correspondência transatlântica, surpreso porque pela primeira vez esse navio que chama de universo para de balançar, de ranger ao vaivém das ondas. Para ele a greve são duas semanas em que o mundo, simplesmente, para.

Do alto do quebra-mar José joga pedrinhas na água. Entre uma e outra aproveita para se queixar. É uma safadeza, uma vergonha que esses vagabundos botem a cidade toda de joelhos e agora fiquem aí parados, armando confusão e zombando de tudo. Carlos parece ouvir, rejuvenescida mas igualmente áspera, a voz do pai. Gálvez também fala de Juan Ramón: você sabe o que acontece quando os folhetins atrasam um capítulo, pergunta — Carlos não sabe —, pois vou lhe dizer: o que acontece é que nos primeiros dias os leitores ficam inquietos, aumenta a curiosidade, a vontade de continuar lendo; mas com o tempo acabam esquecendo e decidem ler alguma outra coisa. É o que vai acontecer se as cartas não saírem logo, continua, o Mestre vai começar um novo romance e não terá mais interesse no antigo. É o que vai acontecer, Carlota.

Carlos assente maquinalmente. Pela primeira vez não se lembra só de Georgina: também pensa, com curiosidade e um pouco de surpresa, nos próprios trabalhadores. Ali do quebra-mar, eles parecem formar um único corpo, têm o aspecto de um monstruoso ser vivo esparramado pelo píer e pelas dependências do cais, com a pele escamada de chapéus e de rostos. Vez por outra gritam palavras de ordem, e seu rugido também parece se trançar numa única voz. Olhando do alto do sótão, eles teriam considerado qualquer desses homens humildes como um personagem secundário; mas agora pensa que talvez todos juntos possam constituir um protagonista à sua maneira.

José joga outra pedra, e com ela um novo protesto.

"Esse filho da mãe do Sandoval nos ferrou direitinho. Se queria estragar o nosso romance, conseguiu."

Carlos inclina a cabeça, sem deixar de olhar para a multidão.

"Rapaz... não creio que o Sandoval nos dê tanta importância, para dizer a verdade."

"Dá sim, garanto. Eu conheço bem esse imbecil. Ele estava morrendo de inveja da história de Georgina. Por que outra razão iria se importar tanto com estes infelizes?"

Carlos hesita um pouco, e afinal não diz nada. José se volta bruscamente para encará-lo.

"O que foi?"

"Como assim, o que foi?"

"Não se faça de bobo, Carlotita, nós nos conhecemos bem. Até parece que a essa altura eu já não sei tudo o que preciso saber sobre os seus silêncios. O que está pensando?"

"Nada… É só uma coisa que ouvi esta manhã."

"O que é?"

"Sabe que ganham dois soles?"

"Quem?"

"Os estivadores."

"Certo."

Carlos espera uns segundos. Depois acrescenta:

"Dois soles por dia, hein? Não é por hora."

"E você acha muito ou pouco?"

"Como assim, muito ou pouco? Eles precisam economizar pelo menos durante uma semana para comprar um livro, pelo amor de Deus."

José encolhe os ombros.

"Duvido que algum deles saiba ler, então para que livros: uma despesa a menos. Por outro lado não devem ganhar tão pouco, já que se permitem tirar estas férias. Que filhos da puta."

Carlos fica em silêncio por uns instantes. Avalia as várias respostas possíveis. Afinal diz:

"É verdade."

Mas não consegue tirar a coisa da cabeça. Os dois soles, duas moedas apenas, se ampliam na sua consciência até preenchê-la por completo. À sua frente vê os grevistas gritando cada vez mais alto, o animal que empina e se exaspera, que tenta espalhar-se, ultrapassar com seu imenso corpo a linha de trem que une o porto à alfândega. Um esquadrão ridiculamente pequeno de soldados para impedir. Carlos sente algo assim como admiração, não por sua pobreza, mas pela energia dos esforços que faziam para combatê-la.

Pergunta a si mesmo o que Georgina pensaria deles. Pergunta, de fato, em voz alta.

"Gostaria de saber o que Georgina iria pensar."

"De quê?"

"De tudo isso. A greve no porto."

"Rapaz, ela ficaria furiosa, acho eu. Por não poder se comunicar com Juan Ramón."

"Sim, mas eu me referia às ideias… O que acharia dos trabalhadores… das suas reivindicações… os dois soles."

José faz um gesto que pode significar qualquer coisa. Significa, na verdade, algo bem concreto: e eu com isso?

"Creio que teria simpatia por eles", continua Carlos, quando fica evidente que José não vai responder.

"Talvez", responde afinal. "Sabe que não seria má ideia para um capítulo? Georgina passeando entre os trabalhadores… Animando-os com sua presença…", ergue o braço e aponta para um ponto qualquer na multidão. Deixa cair lentamente o braço desalentado. "Mas de que nos adianta esse capítulo, se não podemos enviá-lo a Juan Ramón?"

Carlos fica olhando para o lugar apontado por José. Entre os estivadores se distinguem algumas mulheres. Levam bornais com côdeas de pão para os maridos e filhos, e bilhas para aplacar a sede dos manifestantes. Algumas também gritam as palavras de ordem, levantam as vozes e os punhos frágeis em direção ao céu. Em determinado ponto há uma mulher andando com um guarda-sol; uma dama toda de branco que parece ter sido pintada no meio dos peitilhos cinzentos dos trabalhadores. Sua presença é estranha. Só está ali para acentuar a miséria que a rodeia, tornando-a mais incompreensível, mais dolorosa, mais autêntica. Parece um personagem de Sorolla que, passando de uma tela para outra, tivesse ido parar, por engano ou curiosidade, na humildade de um quadro de Courbet. Carlos pensa: poderia ser Georgina. E em determinado momento parece que vai virar o rosto — o rosto de Georgina —, mas no último instante volta e penetra na multidão, até que por fim ela e seu guarda-sol desaparecem.

José dá uma palmada em cada panturrilha.

"Muito bem, então. Vamos? Porque está claro que hoje não vai acontecer grande coisa por aqui…"

Carlos também se levanta. Mas não anda para o carro e sim na direção oposta, rumo ao lugar por onde viu a moça desaparecer.

"Ei, aonde vai? Não é por aí."

"Só quero dar uma olhada."

"Deixe de bobagem e vamos embora de uma vez. Não está vendo que estes idiotas podem fazer uma confusão daquelas?"

Mas mesmo assim o segue. Não está acostumado a obedecer e demora muito a decidir-se, até que afinal bufa e vai atrás dele.

Carlos não sabe muito bem o que espera encontrar. Em parte é uma espécie de superstição: a suspeita de que atrás do guarda-sol branco se esconde um rosto que deveria pertencer a Georgina. Claro que não pode dizer essa bobagem a José. Só pode fazer o que já está fazendo, lutar às cotoveladas e empurrões para abrir passagem na carne escura desse animal que parece recusá-los. Por mais que os grevistas virem o rosto com desconfiança para olhar suas abotoaduras de ouro e seus trajes impecáveis. Por mais que as palavras de ordem que minutos antes falavam de forma um tanto abstrata de igualdade e de justiça tenham se enchido pouco a pouco de blasfêmias; de menções a sangue derramado e a patrões mortos. Por mais que, olhando de perto, algumas mulheres na verdade não distribuam pedaços de pão nem copos de vinho, mas paralelepípedos, e barras de ferro, e estacas, e ganchos, e velhos atiçadores de chaminé. A voz de José, desfigurada de medo pela primeira vez:

"Carlos, vamos embora de uma vez, porra", diz, puxando-o pelo braço.

Nesse momento se escuta uma trepidação metálica que vai ficando cada vez mais próxima. Um apito. A multidão parece reagir a esse ruído, e José e Carlos são arrastados em uma direção precisa.

"Fura-greves! Fura-greves!"

É um trem levando carga para o cais, e a multidão consegue detê-lo a pedradas. Tudo acontece com tanta rapidez que não há tempo para reação. Alguns homens sobem na locomotiva e puxam o maquinista aos safanões. Carlos vê como o arrastam até o chão como um boneco de pano, mas não consegue sentir nada: é como se as imagens que desfilam à sua frente acontecessem nas páginas de um livro, ou projetadas na tela do cinema. Não está acostumado à violência; ao fato de que coisas terríveis podem ocorrer de repente ante os seus olhos. Sempre foi algo que acontecia em outro lugar, no meio da selva, longe da clareira onde brincava com Román.

"Merda", ouve José dizer claramente, por baixo da gritaria.

De súbito tiros para o alto. Para o alto? Ao longe, talvez, a garota. Aquilo é o seu guarda-sol ou o uniforme branco dos soldados? Som de cascos retumbando nos paralelepípedos. Mais tiros.

"A cavalaria! A cavalaria!"

Por cima dos rostos transtornados vê surgir os corpos dos primeiros atacantes. Não parecem cavalgar os seus cavalos, mas sulcar uma maré feita de manifestantes que gritam e tentam fugir em todas as direções. Vê os sabres cintilando no ar. Um homem perfurado por uma baioneta. Dois estivadores que derrubam um dos cavalos com uma pedrada no focinho. A mão de José se aferrando em seu braço até machucar; tentando arrastá-lo para algum lugar, ou talvez tentando desesperadamente não ser arrastado. Depois vê um cavalo passando à sua esquerda, e no mesmo instante sente uma queimadura súbita, como se alguém tivesse jogado um relâmpago no seu rosto. É um fato que não vem precedido de nenhum som, que não parece ter origem, nem explicação; é só uma espécie de mordida afiada. Uma dentada fria que abrasa a sua têmpora e o derruba nas pedras do chão.

Quando cai tem a impressão de ver José, que se vira para olhar. José, que hesita um instante e afinal continua correndo.

É possível que as coisas não aconteçam exatamente assim. Talvez José não o veja cair. Ou ele também seja arrastado pela multidão, e de qualquer maneira não podia fazer nada para ajudá-lo. É possível que essa pessoa que olha para ele e depois foge, no meio da confusão, nem sequer seja mesmo José. Mas de qualquer modo é assim que a cena ficará gravada em sua memória: ele caindo e José o abandonando à própria sorte.

Por instantes acha que vai desmaiar. É o que sempre acontece em seus romances favoritos. O herói cai ferido, e o mundo para junto com ele. Tudo fica preto, ou branco, ou vermelho, conforme o interesse do autor; a realidade se desvanece como uma bruma, e essa bruma só se dissipa horas ou dias depois quando o protagonista recupera a consciência. Mas nada disso acontece.

É capaz de sentir, quase contar, cada um dos golpes que recebe — vinte e sete — quando a multidão apavorada atropela e pisoteia seu corpo. Ouve gritos, tiros, os cascos dos cavalos raspando nos paralelepípedos. Várias vozes laceradas pedindo socorro. Depois algo como o silêncio. Na boca um gosto de sangue. E afinal umas palavras que não entende, e os olhos do soldado que se debruça sobre ele para sentir seu pulso.

Levam os feridos para o pronto-socorro de Guadalupe. O primeiro a ser atendido é um tal de Florencio Aliaga, com uma bala incrustada na virilha e a lividez de um morto. Depois os padioleiros voltam para buscar os feridos menos graves. Por fim insistem até em ajudar Carlos, que só tinha umas contusões e um toque de sabre no rosto. Tem vergonha de ser transportado na maca como um inválido só por causa de uma ferida que ainda por cima já parou de sangrar. Mas deixa-se levar, o que vai fazer, enquanto procura José com os olhos. Não o encontra.

"Mas, homem de Deus, o que faz com essa gente um cavalheiro como o senhor?", pergunta o enfermeiro enquanto o ajuda a tirar o terno de oitenta soles.

"Eu estou esperando umas cartas…"

E aguenta os cinco pontos no pômulo sem se queixar uma única vez. Esta é uma das lições mais importantes que reconhece ter aprendido com o pai: não gritar, nunca, mesmo que esfolem suas costas a lambadas.

Teme que venham interrogá-lo, mas ninguém parece prestar muita atenção a ele. Os médicos e as enfermeiras correm de um catre para o outro, dobram e desdobram mosquiteiros, puxam carrinhos com bisturis e baldes de água tingidos de sangue. O enfermeiro também o deixa sozinho. Carlos se ergue com dificuldade, senta-se. O quarto é uma imensa nave com dezenas de camas de cada lado, e vêm gemidos e rumores abafados de todas as direções quando a agulha de sutura começa a emendar os cortes e as pinças a escavar nas feridas para extrair os estilhaços de metralha. Ao fundo há dois militares postados na porta, mas estão empunhando seus fuzis sem energia, como se fossem ferramentas de lavoura. Parecem camponeses. São, talvez, camponeses quando voltam para casa e tiram as correias e os uniformes. E agora que pode vê-los longe dos seus cavalos, dos seus sabres desembainhados, de suas formações de combate, também parecem crianças.

E então vê Sandoval. Ele vai de cama em cama com ar preocupado, verificando o estado dos seus camaradas, murmurando palavras de alento. Os médicos o olham com cara de reprovação, mas ninguém se atreve a dizer nada. Parece um pai preocupado com a saúde dos filhos, andando de um lado para outro com as mãos nas costas e uma expressão grave.

"Gálvez!", diz ao reconhecê-lo. "Carlos Gálvez! Mas o que está fazendo aqui?"

Carlos — Rodríguez — hesita um momento. Nunca haviam confundido seus sobrenomes.

"Na realidade eu sou Rodríguez. É José quem…"

"Que importa a porra de um sobrenome! Será que não aprendemos nada?", diz dando um tapa no ar. Um tapa que apaga as genealogias, os privilégios, o passado. "Mas você também está ferido! O que esses assassinos lhe fizeram?"

Sua voz parece estranhamente doce. Ele se aproxima e examina o corte suturado. Seu olhar se enche de orgulho. Tira o gorro e, quase no mesmo lugar, também no lado esquerdo, mostra sua própria cicatriz.

"Olhe o meu batismo! Uma lembrança da greve de 1899…", diz com uma voz empolada. "Um soldado me deu isto de presente quando eu tinha a sua idade, e também estava começando a luta…"

"Mas eu não estou na luta. Eu só…"

"Claro, claro… Estava lá por acaso, não é mesmo?"

Carlos inicia um discurso confuso sobre Georgina, sobre as cartas que não saíam nem chegavam, mas em determinado momento Sandoval o interrompe.

"Martín."

"Como?"

"Não precisa me chamar de Sandoval; pode me chamar de Martín", diz Martín.

Depois, antes que Carlos recomece a explicação, põe a mão em seu ombro e acrescenta com uma cara solene: "E não precisa dizer nada. Quando os nossos inimigos estiverem mordendo poeira, vamos nos lembrar de sacrifícios como este. Saberemos separar o joio do trigo. Os que estiveram na luta desde o começo e aqueles que não terão espaço na nova ordem...".

"Em 2014", diz Carlos, quase sem pensar.

Martín torce a boca.

"Muito antes! Só hoje, veja só, adiantamos dois ou três anos o início da jornada de oito horas de trabalho..."

Faz uma pausa. Duas camas atrás, uma enfermeira está fechando os olhos do primeiro mártir da revolução. Martín aperta o gorro contra o peito.

"Pena que seja tarde demais para o camarada Florencio", acrescenta.

E se benze, porque ainda estão em 1905 e, segundo seus próprios cálculos, Deus só morrerá sessenta e quatro anos mais tarde.

Pouco depois vê José aparecer. Vem até a cama com ar de familiaridade e o abraça. Ainda bem que o encontrou! Está percorrendo há várias horas todos os hospitais e prontos-socorros de Callao. Sentiu tanta culpa quando o viu cair; não devia deixá-lo ali à mercê daqueles selvagens, claro que pensou, mas o que mais podia fazer? O que faria ele em seu lugar, hein? O mesmo... Faria o mesmo, claro! Mas o pior já passou. Já consegue andar? Então agora mesmo vamos sair deste hospital para mendigos; há um carro à sua espera lá fora.

E o abraça de novo, porque o mais importante é que tudo acabou bem; tudo está perdoado.

Um sargento vem interceptá-los quando se levanta da cama. Diz que não pode deixá-lo sair, de jeito nenhum. Há procedimentos e trâmites que não podem simplesmente ser ignorados; aconteceram coisas muito graves lá fora, e antes de mais nada é necessário tomar o depoimento dos envolvidos. José bufa. Mostra a ele um papel que trouxe preparado na mão. O sargento empalidece quando decifra o sobrenome da rubrica. Nem se atreve a ler o documento inteiro. Devolve-o com uma reverência desajeitada e diz aos seus soldados que foi um mal-entendido, que os *señoritos* estão dispensados e podem se retirar quando quiserem. Com todos os seus respeitos.

Carlos volta para casa ao anoitecer. Já está quase bem: o enfermeiro disse que só é preciso passar um pouco de arnica e trocar os curativos e o esparadrapo uma vez por dia. Mas sua mãe não concorda; ela tem que chamar o seu médico pessoal; tem que manter Carlos acordado para detectar hemorragias internas; tem que denunciar esses criminosos que quiseram matar seu filho. Está com o rosto transtornado e os olhos acesos. Chorou e rezou o dia todo, desde que o cocheiro lhes avisou do desaparecimento e começaram a busca do filho, na prisão, no necrotério, nos hospitais. Carlos a ouve gritar pela primeira vez em muito tempo, e em cada um desses gritos ela parece ficar um pouco mais real, rompendo o silêncio de tantos anos. E suas irmãs, que saem dos quartos e correm escada abaixo para beijá-lo, ainda de camisola.

Don Augusto balança na mão um charuto apagado. Ele também está nervoso, mas não censura nada ao seu filho. É verdade que foi um desatino ir lá se misturar com os agitadores e os terroristas, só Carlos iria pensar numa coisa dessas, mas afinal de contas quem não foi jovem um dia. E pelo menos a coisa consistia em dar cacetadas e fazer baderna; enfim, consistia em ser um pouco mais homem, o que, tratando-se de Carlos, no final das contas é tranquilizador. Também não se preocupa com o pequeno corte: viu índios continuarem em pé com feridas pelas quais se via até o branco dos ossos. Além disso, a cicatriz confere certa determinação ao semblante do filho; uma virilidade que nunca havia imaginado possível e que, com um pouco de sorte, não vai se apagar depois. Mas de qualquer modo cede às exigências da esposa e manda dizer ao médico que venha urgentemente; que o tirem da cama, se for preciso.

E o médico não vê nada, ou melhor, vê uns curativos limpos e embaixo deles uns pontos singularmente bem-feitos — sobretudo por tratar-se de um hospital de proletários, pensa com admiração — e um cortezinho cujo único perigo era manchar um pouco as ataduras. Só é necessário um pouco de arnica e trocar os curativos e o esparadrapo uma vez por dia, e é exatamente o que começa a dizer, mas algo no olhar da senhora Rodríguez o contém. E então faz o exame durar um pouco mais, e afinal diz que, pensando bem — é melhor prevenir que remediar —, talvez também seja conveniente manter uns dias de repouso para se recuperar da comoção e das pancadas; mas fala isto sem paixão, quase por dizer, porque está com sono e quer voltar para casa. A mãe acolhe essa sugestão com desespero. "O médico disse que uma semana de cama!", anuncia depois de despedir-se dele na porta. Carlos diz que está se sentindo perfeitamente bem, que não precisa de repouso nenhum, mas afinal transige. Tal como se deixou levar na maca. Tal como tolerava havia oito anos os óleos de rícino para fortalecer o fígado.

Passa a semana toda na cama, e nessa semana há tempo suficiente para muitas coisas acontecerem. Ele toma conhecimento de tudo pelos jornais, que suas irmãs lhe trazem às escondidas na bandeja do café da manhã — "e principalmente que não leia nada que o agite". Na noite da agressão houve luzes destruídas a pedradas em todas as ruas de Callao e de Lima. No dia seguinte o povo — mas quem, ou o quê, é o povo — enterra o mártir Florencio Aliaga numa cerimônia paga pelo governo. Em editorial de duas colunas alguém exige que sejam encontrados os responsáveis pelas vítimas da greve, mas se tais responsáveis existem, ninguém os encontra. Dois dias depois começam as negociações. Afinal os trabalhadores e as companhias marítimas chegam a um acordo, e esse acordo consiste em que tudo continue praticamente igual, um tostão a mais, um tostão a menos. As rezas de mãe mais uma vez surtiram efeito, e o rio da realidade volta ao seu leito; volta ao que sempre foi e tem que continuar sendo.

Um dia Martín Sandoval vai à sua casa e pergunta por Carlos. Levam-no para o quarto. Ele traz suas próprias versões dos acontecimentos — aceitaram vinte por cento da reivindicação salarial; a vitória está cada vez mais próxima etc. — e um pacote de livros para que leia durante a convalescença. E Carlos, que não deixam levantar-se nem durante as visitas, os recebe em silêncio na cama: Marx, Kropótkin, Bakúnin. Não sabe o que dizer. Afinal diz: obrigado, são muito bonitos, e no mesmo instante percebe como soou estúpido. Mas Martín não parece se importar: sorri o tempo todo e repete que ele não pode deixar de ler aquilo. Na despedida pisca um olho e ergue o punho esquerdo, e Carlos responde levantando o direito. Martín ri.

Nesse mesmo dia José também vai visitá-lo. Durante a conversa don Augusto os interrompe várias vezes. Está entusiasmado por ter um Gálvez, nada menos que um descendente dos heróis do Pacífico, em sua casa. Por isso volta algumas vezes, sempre com pretextos inverossímeis, reverências excessivas, oferecimentos de charutos e vinhos que o *señorito* Gálvez precisa provar mas não prova. Carlos se mexe na cama. Murmura umas palavras cortantes que o pai não ouve. Agora ele parece um lacaio, esmerando-se para agradar seu senhor com comentários que José recebe com uma mistura de frieza e condescendência. Também traz enrolado um jornal com os acontecimentos de ultramar e procura repetir palavra por palavra o artigo sobre a guerra russo-japonesa que acabou de decorar: na sua opinião, apesar da vitória do rio Yalu, os japoneses serão inevitavelmente derrotados; vamos ver quando a frota do Báltico do almirante Rojéstvénski — estará pronunciando bem esse nome endiabrado? — dobrar o cabo da Boa Esperança e os surpreender pelo sul; imagine se o tsar Nicolau iria permitir que um punhado de amarelos lá do fim do mundo lhe diga onde pode e onde não pode atracar seus navios. José não concorda?, pergunta quando suas ideias se esgotam, ou seja, exatamente onde o artigo terminava. Gálvez nada sabe sobre a guerra, mas finge refletir por alguns momentos. Depois sorri com naturalidade e diz que não. Que na verdade seu pai e ele acham justamente o contrário, que os russos não têm saída, e o Japão vai fazer o tsar e esse famoso Rozínski comerem poeira. Diz isso. Don Augusto pisca um pouco, gagueja, enrola e desenrola o jornal duas ou três vezes — por que não some daqui de uma vez, pensa Carlos, por que não para de fazer esse papel ridículo — e afinal diz que a princípio não tinha visto as coisas assim, mas pensando bem é lógico o que dizem os Gálvez, que o Japão irá ganhar a guerra e não a Rússia. Ele não tem mais dúvida; parece tão evidente, agora que olha a coisa com atenção, que quase lhe dá vergonha ter pensado o contrário. E vai embora.

Finalmente vai embora.

E só então José pode se sentar na ponta da cama e começar a falar do que o levou até lá. O romance, claro. Afinal, agora que a greve terminou se abrirá todo um leque de possibilidades que não podem ser desperdiçadas. Para começar, eles têm que responder às cartas, pois de fato acabaram de chegar, ainda não contei?, seis missivas ao todo, nada menos, seis envelopes que estavam morrendo de tédio havia um mês no porão de um daqueles navios. Carlos leva alguns segundos para entender que José já leu essas cartas, pela primeira vez não o esperou; e que nem as trouxe consigo. Não trouxe, e Carlos ainda tem que dizer que está tudo bem, que não foi nada, que também o perdoa por isso.

"Como você estava doente…"

"Não tem problema."

"Vou trazer", bate nos lençóis e, debaixo deles, nos joelhos de Carlos. "Eu me esqueci, mas não se preocupe que vou trazê-las. Você vai ver!"

Mas isso não é o melhor, o melhor é a ideia extraordinária que teve outro dia e não pode esperar para contar-lhe. Ele estava pensando no romance, e de repente lhe vieram à mente os setecentos conselhos de Schneider, concretamente um dos poucos que o fogo não apagou da sua memória. Aquele que fala das páginas centrais de todo romance e de como precisa acontecer nelas algo extraordinário.

"Lembro bem", diz Carlos, ajeitando o travesseiro para erguer-se.

"Então pensei que é disso justamente que precisamos para captar a atenção do Mestre: um pouco de ação... Convenhamos que até agora o romancezinho está meio maçante."

"Maçante?"

"Quero dizer que não acontece muita coisa. Claro que isso não é necessariamente ruim. Schneider dizia que no começo do segundo ato a história sempre adormece um pouco; digamos que fica um pouco lenta. Conosco foi assim: mais de um mês com as cartas quase apodrecendo no porto. Mas agora..."

"Agora, o quê?"

"Agora vem a ação! A greve, justamente! Ela estava lá, no nosso nariz, e nós não víamos. Entende? Você mesmo falou, outro dia, dizia que Georgina devia simpatizar com os trabalhadores... Quem sabe até pensasse em dar uma olhada no porto, não? E é aí que se desencadeia a ação. A repressão policial! A correria! Georgina em perigo! Até mesmo Georgina ferida, por que não?"

"E o que nós ganhamos com isso?"

"Como assim, o que ganhamos? Para começar, um capítulo de tirar o fôlego. E depois, imagine só a reação do Mestre... Sua amiga, do outro lado do Atlântico, à beira da morte! Isto desperta os sentimentos de qualquer pessoa, não me diga que não. As musas dos poetas sempre estão com o pé na cova. Quem sabe é por isso que são musas. E talvez seja exatamente isso que Juan Ramón necessita para se decidir..."

Carlos pede um cigarro. Foi proibido pela mãe de fumar durante a convalescença, mas dane-se. Está precisando. E também está precisando de uma pausa para refletir: o tempo que José leva para levantar-se, pegar o capote, tirar um cigarro da cigarreira, acendê-lo.

"É só uma sugestão, claro...", continua José antes que Carlos exale a fumaça da primeira tragada. "Eu sei que a nossa Georgina é coisa sua. Mas pensei que pode dar um capítulo ótimo. Georgina também falaria dos trabalhadores, da sua preocupação com a situação deles... Concordamos que se coaduna com o seu caráter, certo?... Angustiar-se por causa dos necessitados. Você pode repetir aquilo que me contou no porto. O caso dos vinte soles por dia..."

"Dois soles."

"Tanto faz. O que acha? Não venha me dizer que não há material."

Carlos sente o sangue pulsando nos pontos da cicatriz. O sabor acre da fumaça na boca.

"É... creio que não é má ideia", murmura.

Gálvez coça uma orelha.

"Na verdade foi ideia do Ventura, sabe? Ele e eu... Bem: digamos que ele vai nos dar uma mão com o romance... Se você concordar, claro."

"Ventura?"

"Não se lembra dele? Você deve conhecer. Ventura Tagle-Bracho... Um de cachimbo."

Ventura, claro. Carlos se lembra de tê-lo visto algumas vezes no clube, com seu cachimbo e seu jeito um tanto rude. E, principalmente, sempre olhando para ele lá do alto desdenhoso do seu sobrenome, cujas ressonâncias são capazes de intimidar quase que até os Gálvez. Não sente simpatia por ele. Mas por sorte se lembra a tempo dos seus exercícios de mímica no espelho e, quase sem querer, consegue fazer uma expressão perfeita de assentimento. Só é traído pela mão: um movimento brusco, desdenhoso, involuntário, que joga a cinza do cigarro na cama.

"Eu sabia que ia concordar! Você tem que ver as ideias fantásticas que esse garoto tem..."

"Não fazia ideia de que ele também gosta da literatura", diz lentamente, esforçando-se para não apagar a expressão que tem no rosto.

"Rapaz... Não é que ele seja um especialista... isso com certeza. Na verdade eu diria que não se interessa muito... Mas você precisa ver as ideias que tem... Ah...! Que ideias, Carlota! Você vai adorar!"

José ri, dando mais palmadas em seu joelho. Carlos se lembra do espelho, faz um esforço e ri também. Seu riso é discreto, expectante, cheio de buracos; disposto a se interromper a qualquer momento e deixar que José afinal lhe explique que ideias são essas. Ele não o faz.

Madri, 17 de fevereiro de 1905

Estimada amiga:

Que carta terrível me escreve, e como tremi ao lê-la...! Com o papel ainda nas mãos, eu a vi diante dos meus olhos como num sonho, arrastada pelo tumulto desses infelizes de que me falou. Que bestas atrozes gera a falta de pão...! E de que forma não menos atroz e inconsequente a Sra. se expôs, criatura...! Diga-me, por acaso as cartas chegariam mais rápido ou essa greve dos demônios acabaria mais depressa por se expor aos seus muitos perigos? Em determinado momento a Sra. foi nada menos que anarquista. Uma nova Bakúnin, com um galo e um hematoma como medalhas. Que preocupação nos deu! Desta vez, e sem que sirva de precedente, sou obrigado a dar um pouquinho de razão ao seu pai. Não me olhe assim: concordo com ele que a Sra. é uma menina que necessita que a protejam e repreendam. Sim! Que a repreendam! Ficou brava? Pois olhe que podemos brigar e perder a amizade se a Sra. continuar arriscando a vida por coisa tão pequena como as minhas cartinhas. É melhor então fazermos as pazes; conte-me se ainda está doendo muito essa ferida que eu tanto lamento, mas tanto! Será que a Sra. não atenuou a gravidade do incidente só para poupar de preocupações este seu amigo que se interessa por sua saúde e por sua vida?

Releio, já mais calmo, a carta terrível, mas também tão bela, que me enviou. Paro várias vezes, como que enfeitiçado, nestas linhas assustadoras: "Ali do quebra-mar parecem formar um único corpo, ter o aspecto de um monstruoso ser vivo esparramado pelo píer e pelas dependências do cais, com a pele escamada de chapéus e de rostos". Ou esta outra, não menos bonita: "Por cima dos seus rostos transtornados vi surgir os corpos dos primeiros atacantes. Não pareciam cavalgar seus cavalos, mas sulcar uma maré feita de trabalhadores que gritavam e tentavam fugir em todas as direções". Ah! Sabe que a Sra. é uma verdadeira poeta? Talvez não escreva livrinhos de versos, mas há muitas outras formas de fazer poesia: já se é poeta pelo modo de olhar, e a Sra., com toda a franqueza, o é de verdade. Suas cartas são poesia! E eu, que quero continuar recebendo-as por muito tempo, peço que me prometa que nunca mais voltará a cometer uma loucura como essa. Faça-o por seus pais, que a amam tanto; ou até — perdoe o atrevimento —, faça-o por este seu humilde criado que aguarda com ansiedade, do outro lado do Atlântico, notícias da sua pronta recuperação e novas amostras da sua poesia...

A partir de então o romance continua seu curso, como se nunca houvesse parado. Mas não é bem assim: o romance continua, porém algo mudou. Mudam, em primeiro lugar, os cenários, porque por algum motivo os capítulos deixaram de ser ditados nas alturas do sótão: de um tempo para cá eles preferiram descer para a realidade mundana dos salões de bilhar, dos fumadouros de ópio, dos cabarés. Vão a todas essas espeluncas na companhia dos seus muitos autores, pois seis ou sete novas penas tinham se somado ao romance. Primeiro o tal do Ventura, e atrás dele sua caterva de amigos, que compram briga onde vão e têm a estranha habilidade de opinar sempre o contrário do que Carlos sugere. Entre eles há um tal Márquez, que se interessa menos por Georgina e mais pelos infinitos jogos de bilhar durante os quais constroem a sua biografia. E por fim o próprio José, que se cansou de ficar à margem; que faz questão pela primeira vez de exercer a função de mestre de cerimônias e decidir as coisas que Georgina pode ou não pode pensar.

Os outros aceitam. Eles aceitam e Carlos escreve.

Mudam os cenários, mudam os autores. Muda também, naturalmente, a própria Georgina. Afinal de contas, sua vida é toda feita com a substância das palavras e, como se há de entender, não se dizem as mesmas palavras na quietude de um sótão e no meio do burburinho dos cafés musicais e do teatro de variedades ou no torpor nublado de um fumadouro clandestino. Em tais cenários não é estranho que surja uma Georgina, como não podia deixar de ser, um pouco mais atrevida; digamos mais de acordo com o espetáculo das bailarinas do cabaré que mostram as coxas enquanto os escritores se embebedam e escrevem. Muitas vezes Ventura e seus amigos propõem novas ideias enquanto estão passando a mão no traseiro das cantoras ou disputando partidas de bilhar. Palavras e frases que a Georgina de antes jamais pronunciaria, em momento algum. São pequenos detalhes, é verdade, mas Carlos teme que contenha o germe de algo novo, e rebate tais sugestões com energia. Quando isso acontece, Gálvez é sempre o encarregado de sentenciar a favor de um lado ou do outro. Quase sempre dá razão a Carlos, mas às vezes transige diante de certos caprichos dos recém-chegados, com um sorriso. Essas pequenas derrotas ardem no orgulho do seu amigo e mancham a biografia de Georgina. Ressaltam como borrões que maculam um expediente impoluto.

Mas o mais mudado de todos é sem dúvida o próprio José. Pela primeira vez ele demora a tomar decisões: vai amadurecendo-as longamente, enquanto mordisca a tampa de uma caneta. Às vezes leva horas para definir se é pertinente que Georgina diga ou não diga tal coisa. Concorda com Carlos que não é algo que se possa decidir às pressas. Ao fim e ao cabo, é dessas palavras que tudo depende, se vocês querem o livro de poemas com dedicatória a ela vão ter que fazer bem melhor. Talvez seja por isso que às vezes, depois de optar pela proposta de Ventura, não fica completamente tranquilo. Espera que os outros saiam e depois chama Carlos de novo. Vamos lá, Carlota, explique outra vez por que você diz que tal palavra não cai bem aqui ou acolá. E o escuta em silêncio, com uma atenção e uma paciência que nunca se atreveria a demonstrar diante dos outros.

"Sabem?", dirá ao chegar ao clube na noite seguinte, ainda com o chapéu na cabeça. "Pensei melhor e vamos apagar o último parágrafo da carta."

E, mais uma vez, Ventura e seus amigos aceitam. Eles aceitam e Carlos escreve.

De tarde recebem a visita dos Almada. Carlos nunca tinha ouvido falar deles, mas deve ser uma família importante, a julgar pelo discurso com que sua mãe faz para os empregados na véspera do grande dia. Você não os conhece porque moram há vinte anos na Filadélfia dos Estados Unidos, explica don Augusto, como se ele estivesse interessado. E por isso, porque não está, não se dá ao trabalho de ouvir o final da história. Além do mais, pode imaginar: séculos de esplendor consumidos numa década por um negócio desastroso, ou por dívidas, ou pelo jogo. Depois, quando tudo parece perdido, a volta para esta terra que um dia desprezaram; o único lugar onde o sobrenome Almada ainda significa alguma coisa. E, por fim, a menina; porque Carlos sabe que em algum ponto dessa história há espaço para uma filha ou uma sobrinha em idade de casar, e também sabe que ela é a única razão da visita.

De fato há uma filha, ou melhor, duas filhas. Chamam-se Elizabeth e Madeleine, e as apresentam com um grande aparato de reverências e fórmulas de cortesia. Elizabeth é alta, magra e quase bonita, mas parece belíssima ao lado da irmã. Madeleine, em contrapartida, é gorda e desajeitada, e sua feiura é mais ou menos inquestionável em qualquer companhia. Tem uma grande pinta na bochecha que parece dominar todo o seu rosto e que Carlos não para de olhar enquanto duram as apresentações. "A nossa Madeleine nasceu na Filadélfia e ainda não fala espanhol muito bem", adverte o sr. Almada, talvez intrigado com a atenção que Carlos lhe presta; "em compensação a nossa querida Elizabeth fala perfeitamente as duas línguas. Sem dúvida há de achar encantadora a sua companhia", acrescenta com um sorriso. Carlos também procura sorrir, e mais ou menos consegue. "Excelente", diz.

E não volta a abrir a boca durante a hora seguinte.

As filhas também não dizem nada. Elizabeth fica imóvel em sua cadeira, rígida como uma vara, os pés muito juntos e as mãos nos joelhos. Parece a capa de um manual de boas maneiras para senhoritas. Carlos decide não olhar para ela. Quer jogar por terra toda a farsa; aquelas reuniões que parecem feiras de gado, em que as reses ficam em silêncio enquanto seus arrieiros discutem o preço. Quanto a Madeleine, não poderia falar nem se quisesse, pois sua compreensão do idioma parece limitar-se a três expressões: "Não, obrigada" — quando os criados lhe oferecem uma bandeja; "Muito prazer" — quando alguém entra no aposento; e "Como?" no resto do tempo, mesmo quando lhe fazem a pergunta mais simples. Quatro, porque provavelmente também vai dizer: "Obrigada por tudo, passei uma tarde encantadora" quando se despedir.

Os pais, por sua vez, falam animadamente, talvez para compensar o silêncio das filhas. O sr. Almada, por exemplo, aproveita para trazer à baila suas impressões sobre os Estados Unidos. Fala da sua segunda pátria com a mesma aptidão que usaria para descrever uma casa de verão, que se ama apesar de seus múltiplos defeitos e desconfortos. O problema dos Estados Unidos da América são os sindicatos, diz. O problema é a imigração italiana. O problema são os negros. Encontra problemas em toda parte, mas este, o dos negros, é sem dúvida o seu favorito. Fala também de um certo dr. Elridge da Filadélfia, que em sua clínica usa uma máquina de raios X para clarear a pele dos negros. Isto mesmo, repete: um raio que os torna, senão completamente brancos, pelo menos de uma palidez tolerável. Discutem durante alguns minutos a conveniência do método, e em particular a espinhosa questão do financiamento: se é ou não o Estado quem deve assumir o custo do branqueamento.

As duas famílias também aproveitam a ocasião para trocar mentiras nas quais mais tarde fingirão acreditar com entusiasmo. Os Almada criticam os defeitos dos criados e garçons que não têm mais; enumeram as rendas das propriedades que na verdade já venderam; reerguem trabalhosamente seus negócios caídos na ruína ou no esquecimento. Também mencionam, de passagem, a possibilidade de uma viagem à Europa. Um verão de balneários e excursões na costa da Crimeia, que fica tão longe do Peru quanto de suas possibilidades. Já os Rodríguez falam extensamente dos seus mortos ilustres, quer dizer, mentem o mais rápido que podem. Escolhem uns nomes sonoros, distribuem entre eles dignidades e façanhas e depois os descrevem com uma fraternidade e uma afabilidade que transcendem os séculos. Sabem que o tataravô do avô do seu bisavô — pelo lado da mãe — foi conde numa cidade da qual certamente nunca ouviram falar? Ou que eles descendem de um certo francês, general nas guerras revolucionárias? Os Almada não têm a menor ideia de nada disso. Ou sim; agora, pensando bem, a mãe acha que já ouviu falar desse tal marquês de Rodríguez y Rodríguez, condecorado por Carlos v em pessoa depois da batalha de Mühlberg.

A certa altura a conversa volta para a realidade, quer dizer, para as manchetes dos jornais. Don Augusto afinal se refere à greve de estivadores, e então o sr. Almada assente e diz que o problema dos Estados Unidos da América são os trabalhadores. É preciso dar uma lição nesses anarquistas, mão de ferro com eles; mas de modo algum penas capitais, acrescenta, porque já se sabe que a forca cria mártires — olhem só os de Chicago — e também dias primeiro de maio festivos, como se o ano já não tivesse suficientes domingos para descansar. A sra. Almada, por seu lado, no essencial concorda com o marido e confessa que há, sem dúvida, trabalhadores que são boas pessoas, não se pode negar, mas quando ela cruza com um deles na rua, por via das dúvidas prefere mudar de calçada. Quanto à sra. Rodríguez, acha um absurdo comprometer a saúde da alma lutando por riquezas terrenas, no fim das contas perecíveis, quando todos sabem que no Dia do Juízo Final os ricos e os pobres serão iguais. Se Deus quiser, e há de querer. Por fim, don Augusto alisa o bigode e afirma que se trata de um assunto que deve ser considerado com muita atenção, frase que usa para liquidar todas as controvérsias em que não sabe muito bem o que o seu interlocutor deseja ouvir.

De repente Carlos intervém. Ele não abrira a boca até agora, e talvez por isso suas palavras são inesperadamente bruscas. Diz que não sabe se a forca cria mártires ou não; se os trabalhadores são ou não são pessoas melhores vistos da calçada oposta; se Deus quer ou não quer que suas criaturas comam. Mas que não tem a menor dúvida de que os estivadores são antes de mais nada seres humanos; pelo menos sangram como se fossem — porque ele viu esse sangue, seu sangue, empoçado nas pedras do chão — e até onde sabe, também comem. Se bem que, considerando que a diária que recebem é por volta de dois soles, certamente não devem comer muito. Porque algum dos presentes sabe quantas moedas são necessárias para comprar uma fogaça de pão? Pelos seus cálculos, meio sol, o que significa que cada família come quatro por dia; quatro pães dormidos e nem um golinho deste chocolate delicioso que estão bebendo agora, e que aliás deve custar uns três soles a onça.

Carlos se detém, ofegante. Não sabe muito bem por que disse aquilo. Não parecem palavras suas: sente como se Sandoval houvesse falado pela sua boca por instantes. Seu primeiro impulso é pensar que talvez a culpa seja dos livros que ele lhe emprestou, mas a verdade é que não entendeu grande coisa deles, e nesse sentido *O capital* não é muito diferente do seu manual de direito canônico. Também não foi a lembrança dos trabalhadores e suas mulheres caindo no calçamento do porto, embora seja tentador pensar o contrário. Não: para ser sincero consigo mesmo, tem que reconhecer que quer simplesmente irritar os convidados. Desmanchar a urdidura desse casamento que nunca vai acontecer, só por cima do seu cadáver; ainda que os Almada tenham que ir mendigar na porta da igreja de San Juan Bautista; ainda que os Rodríguez continuem sem brasões e cheirando a borracha e a parafina.

A princípio os Almada não têm nenhuma reação. Mas sua mãe logo se adianta para atenuar a gravidade do comentário: sorri e diz que sem dúvida o filho ainda está alterado por causa de um incidente desagradável que lhe aconteceu no porto, e vejam, vejam, ainda tem uns arranhões no rosto, o coitadinho. Don Augusto pigarreia e diz que, naturalmente, trata-se de uma posição que também deve ser considerada com atenção: com toda a atenção, se for o caso. E depois se manifesta o sr. Almada, que em vez de se ofender subitamente começa a rir.

Você fala como a minha filha, diz com uma alegria inusitada. Porque a minha filha, sabe, a minha querida Elizabeth, não tira da cabeça toda essa moda de direitos dos trabalhadores e de assistência aos carentes. Dá para ver que você partilha essas inclinações tão nobres, querido Carlos, e quem sabe foi até um pouco influenciado por essas leituras de filósofos alemães e russos que agora tanto interessam aos jovens. Ah, estamos ficando velhos, Augusto, não acha?, nossos miolos estão secando e não conseguimos mais entender as paixões desses nossos filhos, e eles por sua vez não entendem que o tempo e Deus acabam sempre pondo as coisas nos seus lugares, sempre. Mas têm bom coração, claro que têm, uns corações de primeira. Minha filha é tão bondosa que colabora com os orfanatos e a Sociedade de Beneficência Pública, não faça essa cara, filha, só estou contando a estes senhores a pura verdade. Algumas vezes nós organizamos um lanche lá em casa com amigos da família para tratar de política, e a minha querida Elizabeth aproveita para fazer coletas para os carentes. O senhor deveria trazer algum amigo e vir a um desses encontros, Carlos; não é comum conhecer um jovem tão apaixonado pela justiça social.

Talvez pareça estranho ver o sr. Almada, um inimigo declarado das reivindicações trabalhistas, elogiando as palavras que Carlos acaba de pronunciar. À sua maneira, porém, ele próprio é tão marxista quanto os revolucionários, e portanto não há contradição alguma. Afinal de contas só um verdadeiro materialista sacrificaria suas convicções — que não podem ser medidas nem pesadas, isto é, não são reais — para promover um casamento vantajoso. Por isso, aprovar o discurso de um rapazinho que na verdade despreza o leva à altura do próprio Karl Marx na questão da práxis.

Todos olham para Carlos com expectativa. Seus pais, os Almada, a criada que vem buscar as xícaras. Até a irmã gorda, que não entende uma palavra de espanhol. Mas o olhar mais profundo é o de Elizabeth. De repente Carlos se vira para ela e é nesse momento que seus olhares se cruzam pela primeira vez. Elizabeth, que por algum motivo não parece estar interessada nas cortinas, nem nas esculturas, nem no faqueiro de prata. Elizabeth olhando para ele: só para ele.

Com o maior prazer, claro. E todos sorriem, e comemoram, e dizem já é tarde, como o tempo voa. Obrigada por tudo, foi uma tarde encantadora, dirá Madeleine ao despedir-se.

O problema dele são as mulheres, quer dizer, a ausência de mulheres. Pelo menos na opinião de José, que procura repetir isso sempre que tem oportunidade. Devia esquecer um pouco todas essas fantasias de Georgina e seus versinhos, e pensar mais na própria vida. Em todas essas mulheres em volta, que são lindas, e jovens, e vivem fora dos livros, e mesmo assim, nada. Não fala nelas, muito menos as toca. Sim: esse é o único, o verdadeiro problema, e percebeu isso logo na primeira vez que o visitou no seu quarto durante a longa convalescença e, ao sentar-se na cama, o colchão não respondeu com nenhum som. Mas que porra é essa, Carlota; uma cama que não range é uma cama onde não se fode, e um corpo que não fode só pode pertencer a uma mente enferma. Faça a sua cama gemer, você vai ver como passam logo todos os seus chiliques com essas cartinhas insossas. A minha range como uma locomotiva de carga. Como uma fábrica sabotada pelos luditas. Se já não deixo os criados pregarem o olho quando durmo sozinho, imagine quando estou acompanhado.

Mas é justamente esta a dificuldade; Carlos nunca está acompanhado. A única mulher que se inclina sobre sua cama é a criada, para dobrar os lençóis, e nem nela bota a mão. Isso não é amor, pensa Carlos, mas se não é isso, então o que é. Quantas vezes repetiu a palavra em seus primeiros versos, e mais tarde na boca — nas mãos — de Georgina, e como na verdade a entende pouco até agora. Chega de Georginas, repete José, essa história de meninas suspirando languidamente no jardim e dando o primeiro beijo de olhos fechados é uma coisa ótima; serve para inventar musas e escrever cartas magníficas como essas, mas nós não vivemos dentro de um romance. O que você tem que fazer é ir conosco aos prostíbulos e tentar se divertir um pouco. Garanto que as mulheres de lá não abaixam a vista melancolicamente quando a gente as beija; às vezes não precisa nem de beijo para a coisa esquentar, você me entende.

Mas Carlos não entende. Como pode entender se os seus sonhos nunca vão além da fronteira real das quatro paredes do seu quarto.

Mas agora é diferente. Pelo menos Carlos precisa que seja. Por isso vai à tal reunião e fará o que for necessário para conhecer Elizabeth um pouco melhor. Por que não? Tem algo melhor a fazer? Por acaso está comprometido com alguém? Não: é solteiro, tem vinte anos, nunca vai ao prostíbulo. Não se atreve a encostar um dedo na carne branca das bailarinas no teatro de variedades, mesmo que elas peçam. Então, por que não poderia simplesmente conversar com quem lhe der vontade? Só precisa convencer José a ir também, mas José não quer saber de reuniões políticas nem de convites. Já marcou um compromisso para esta tarde e, além do mais, não tem nada a fazer numa visita pessoal, especialmente na casa dos Almada; você foi convidado, então vá você, porra, até parece que sou seu consorte e tenho que levá-lo a todos os seus compromissos de mocinha. Mas depois Carlos lhe fala das filhas dos Almada, e suas palavras o fazem mudar de opinião. Aplaude com uma gargalhada as piadas sobre Madeleine e com um discreto arquear de sobrancelhas as palavras que usa para descrever a beleza de Elizabeth, e após algum tempo põe a mão no seu ombro e diz, sabe o que mais, Carlota, por mim podemos mandar às favas o clube e Ventura e os prostíbulos de San Ginés, esta tarde deveríamos aceitar o amável convite dessas senhoritas.

O palácio dos Almada é grande demais para disfarçar sua decadência. Em toda parte há recantos vazios que abrigaram, talvez, poltronas Luís xv, um relógio de pêndulo suíço, espelhos com moldura de prata, tapetes persas, uma tela de Pancho Fierro; e agora só resta isto, sua ausência, sombras geométricas ferindo as paredes e o chão. É impossível atravessar os corredores desertos sem pensar nos negociantes e belchiores que regatearam os preços dos objetos durante horas intermináveis; no homem afrouxando a gravatinha-borboleta e dizendo muitas vezes "oh" diante da pressão de falar de dinheiro; nos quinquilheiros com um lápis atrás da orelha que fizeram medições para constatar que o piano realmente não desce, que vai ser preciso desmontar a balaustrada da escada. Mas os anfitriões são tão hospitaleiros e cerimoniosos que quase não dá tempo de olhar em volta. Talvez esperem que sua cortesia, suas xicrinhas de chá ou de chocolate oferecidas a toda hora preencham os vazios deixados pela miséria. E as reverências ficam ainda mais desmesuradas quando descobrem que o acompanhante silencioso de Carlos é ninguém menos que José Gálvez, um Gálvez!, o sobrenome que magnetiza como um ímã todas os olhares e atenções. Só Elizabeth parece imune a essa atração — prazer em conhecê-lo, a mão estendida com frieza, e a reverência. Quando dá boas-vindas a Carlos é outra coisa; de novo um brilho nos olhos que parece prolongar a troca de olhares que começou em sua casa. Carlos não pode evitar que sua mão trema um pouco ao apertar a dela.

No gabinete há dez ou doze convidados. Quase todos são parentes, e na verdade quase todos parecem ser a mesma pessoa, inclinando a cabeça ou estendendo os dorsos das mãos repetidas vezes. Só se destaca uma freira que é amiga de não sei quem e está embuçada em sua touca e com um cestinho onde recolhe promissórias para a construção de um orfanato. Todos fazem muitas perguntas a José — teve a sorte de conhecer em vida seu tio José, o herói da guerra do Pacífico? É verdade esse boato de que escreve poesia? —, e também uma ou outra indagação distraída e protocolar que Carlos tem que responder. No fundo da sala, a imensa Madeleine lhe dedica um sorrisinho que não requer traduções. Mas é ainda mais fácil interpretar os esforços da sra. Almada para colocar Elizabeth ao lado de Carlos, sem falar da coincidência de ser ela própria quem serve os doces e o chocolate, com o olhar baixo e as bochechas levemente coradas.

Depois os convidados sentam em torno da mesa. É a famosa reunião política, que já começou, mas Carlos leva alguns minutos para perceber. Tudo se reduz a uma interlocução, ingênua de modo geral, na qual se condena de forma abstrata o fato de haver crianças passando fome e mulheres morrendo ao dar à luz nos hospitais. Elizabeth também se atreve a participar de vez em quando. Escolhe as palavras com cuidado, olhando de esguelha para o pai e para Carlos, em busca de aprovação. Suas reflexões são muito simples, não dão dor de cabeça a nenhum dos presentes: a fome se combate com alimentos; a miséria, com esmolas; a morte das parturientes, com mais orfanatos. Palavras cheias de boas intenções, que todos ouvem de olho na bandeja de doces e com os lábios besuntados de chocolate. Parece que na mesa há certa simpatia pelos proletários, mas isso não é totalmente correto. Porque o que provoca essa compaixão não é a vida do estivador ou do açougueiro com quem cruzam na rua, mas um ideal de trabalhador que nunca viram, porque de fato não existe. Esfarrapados que ainda assim têm que apresentar as virtudes que se esperam de todo burguês: a prudência, a discrição, as boas maneiras, o recato, a moral sem mácula. Esta é a classe de trabalhadores que querem redimir: milionários que não usam levitas nem cartolas, mas sapatos furados e peitilhos manchados de graxa.

"Em que reunião de merda você me meteu, Carlota", sussurra José puxando-o de lado. "Parecemos um clube de caridade cristã. Pelo menos temos uma vista boa, ainda bem…", acrescenta, acenando em direção a Elizabeth.

"Não aponte."

"Bem, o que acha? Protagonista ou secundária?"

"Fale mais baixo."

"Acho que secundária. Você gosta dela? Por mim eu tentava um lance. Mas não vamos brigar por uma secundária, certo?"

"Cale a boca de uma vez!"

A certa altura o sr. Almada interrompe a conversa para passar a palavra a Carlos. Aqui está um homem, diz, que viu em primeira mão o que aconteceu nos cais de Callao. E então lhe pedem que se levante e que conte, que conte.

Carlos fica em pé lentamente. Pega o guardanapo que está dobrado sobre os joelhos; enxuga com ele o suor das mãos. Não sabe o que dizer. Agora que todos o escutam, que seu discurso sobre a miséria dos estivadores é esperado com curiosidade e simpatia, não tem mais interesse em pronunciá-lo. Estuda de esguelha a reação de Elizabeth: sente o peso do seu olhar, queimando exatamente na bochecha onde está a cicatriz. Percebe pela primeira vez que ela nunca o olha nos olhos ou na boca. De fato é essa costura de carne que observa o tempo todo; que parece estudar com curiosidade e desejo, e até um pouco de orgulho, como uma moça olharia para as medalhas que o namorado usa no dólmã.

Afinal decide falar. Descreve apressadamente a multidão abarrotando o porto, o trem parado a pedradas, os soldados avançando a cavalo. É um relato que deveria emocionar os presentes, mas que por algum motivo não emociona: as palavras saem mortas, como se só servissem para ilustrar a cena de batalha de um quadro. Ele perdeu o ardor do primeiro discurso: não é mais Sandoval nem Marx nem o próprio Kropótkin em pessoa que parecem falar em seu nome. Agora é apenas Carlos, falando pela boca de Carlos. Se alguém se desse ao trabalho de transcrever suas palavras, encontraria um bocado de hesitações, de advérbios, de reticências, exatamente como acontecia nas cartas de Georgina. Mas ninguém se dá a esse trabalho, claro. No máximo o escutam com uma atenção distraída, porque na verdade sua intervenção é mesmo enfadonha. Até o olhar de Elizabeth parece ter esfriado um pouco. Só Madeleine, que não entendeu uma palavra, continua com o mesmo sorriso imperturbável.

É então que acontece. Alguém pergunta a Carlos o que estava fazendo lá, justamente no porto de Callao no dia e na hora da maior greve do século, e por um instante não sabe o que responder. Busca os olhos de José, como se pedisse ajuda. E de repente é o próprio José quem se levanta com um sorriso nos lábios e pede a palavra. Os presentes têm que desculpá-lo, diz com uma voz aprumada, mas o fato é que na verdade tudo foi responsabilidade dele: seu amigo Carlos tem bom coração e o está encobrindo há muito tempo, mas chegou a hora de confessar a verdade. Porque naquela tarde os dois estavam no porto por culpa exclusivamente dele, quantas vezes repetiu isto mais tarde; como não sentir remorsos, em especial depois do que aconteceu. O caso é que ele sempre se preocupou muito com os desfavorecidos, os que passam fome, aqueles a quem falta o pão que Deus quis amassar para todas as suas criaturas. E nesse dia teve a ideia, vejam como às vezes é egoísta, de ir ver se por acaso as entidades patronais chegavam a um acordo com os manifestantes. Às vezes tem caprichos assim, como patrocinar a carreira de um estudante sem bolsa ou doar uma capa de cinquenta soles para que um ceguinho não passe frio. O seu amigo Carlos quis tirar isso da sua cabeça, claro, porque o seu amigo Carlos é um homem muito sensato e prudente, que sempre tenta fazê-lo refletir. Ele adverte, por exemplo, que o estudante pobre de qualquer maneira gasta o dinheiro da matrícula em mulheres e vinhos, ou lembra que não deve desperdiçar cinquenta soles com um cego miserável, que ainda por cima na certa está fingindo e atrás dos óculos escuros tem olhos perfeitamente saudáveis. Ideias assim, que ele não compartilha mas sabe que são ditadas por sua prudência e seu juízo, virtudes que tanto estima no amigo. Pois bem: naquele dia ele lhe deu os mesmos conselhos, sem resultado, e vejam como devia tê-lo escutado, porque afinal não houve acordo e sim uma bela sessão de tiros e estocadas. E quem levou a pior foi exatamente o seu pobre amigo Carlos; o prudente, o sensato Carlos ferido no chão; e por isso as lágrimas fluíam dos seus olhos durante o ataque e ele não quis ou não pôde sair do seu lado, vejam só que outra ideia estúpida, podiam tê-lo matado, mas não mataram; os soldados passando por ali com os sabres em riste e ele chorando o amigo ferido, o povo ferido, o mundo inteiro ferido pelas injustiças e a miséria e a opressão dos poderosos.

José continua falando mais alguns minutos. Fala da sua mão segurando a de Carlos enquanto suturavam a ferida; do arrojo com que enfrentou o sargento que queria prendê-lo, não, senhor, se vocês querem prender este homem terão que me levar primeiro. Mas Carlos não o escuta mais. Está fixado na forma como evolui o rosto dos presentes: os sorrisos, os gestos de surpresa, de admiração, de incerteza. Até as bochechas de cera da freirinha parecem se inflamar com um rubor revolucionário. Mas sobretudo o rosto de Elizabeth, que parou de olhar para ele: que agora só está atenta aos gestos de José, aos olhos de José, à boca de José, essa outra ferida ou cicatriz que se abre e se fecha para construir o que ela tanto deseja ouvir. Ao ver a intensidade desse olhar, Carlos faz um esforço para sorrir. Sorri até que a máscara da boca começa a doer.

Quando José e Carlos se despedem, as duas irmãs saem junto com eles. Aparentemente se habituaram a dar um passeio toda tarde, pouco antes da hora do jantar. O fato é que os quatro seguem pelo mesmo caminho, que coincidência assombrosa, e então José não vacila em oferecer-lhes seu coche. Faz questão: eles podem voltar para casa a pé. Assim não incomodam as senhoritas. E as senhoritas aceitam a galanteria, claro, mas por nada no mundo querem privar os *señoritos* do seu veículo. "Mas tem espaço de sobra!", observa Elizabeth muito séria, com os olhos cravados em José. Não haveria alguma forma de os quatro irem juntos? A voz da moça enfatiza o "juntos", mas não a palavra "quatro". José inclina ligeiramente a cabeça e responde que, nesse caso, podem compartilhar o coche com todo o prazer. Além disso, a tarde está tão bonita... Por acaso não gostariam que eles as acompanhassem no passeio? Se bem que, na mesma hora se corrige envolvendo Carlos com o olhar, talvez não seja adequado solicitar-lhes esse abuso de tempo e de confiança; por certo as senhoritas já tiveram tempo de visitar Lima e conhecer todos os seus pormenores, e não há nada que eles possam fazer para entretê-las.

"Nada disso! Desde que nós chegamos aqui quase não saímos de casa!", mente Elizabeth, talvez esquecendo que cinco minutos antes tinha falado do seu costume de fazer longos passeios.

"*Sorry?*", intervém, sinceramente convencida, a irmã.

Então fica combinado: um passeio em direção a Miraflores, e a praia de Chorrillos, os alcantilados de Barranco, e depois voltar à capital na hora do jantar.

Carlos quase não participa da manobra. Sobe no coche e senta ao lado de Madeleine, cuidando para que seus joelhos não se toquem. Não fala: olha o punho da bengala, sorri com cortesia quando é forçado, dá alguma indicação rápida ao cocheiro através da janela. José, ao contrário, vai apontando para a paisagem e fazendo todo tipo de comentários, que vão do humorístico ao pitoresco. Quando se sente inspirado, ensaia até certos raciocínios filosóficos, que correspondem um pouco ao que vê e um muito a certas leituras que estudou especialmente para a ocasião. Ao ouvi-lo Elizabeth ri, ou se surpreende, ou finge refletir com profundidade, conforme lhe seja mais conveniente. Vez por outra traduz as observações para a irmã, que não parece tão divertida, nem tão assombrada, nem reflexiva. Além disso, a conversa deixou de girar em torno dos trabalhadores e suas misérias. Tampouco se lembram de Carlos, espremido contra as almofadas da cabine, que se distrai enrolando e desenrolando a corrente do relógio. Só a irmã feia, de vez em quando, se vira e sorri para ele.

Quando chegam a Chorrillos já está entardecendo, e os fícus e os salgueiros das alamedas projetam sombras alongadas na estrada. Nos silêncios se ouvem os cavalos escarvando o chão, o rangido das rodas sobre a terra. Vozes que se filtram através das cortininhas. Nos ranchos, nos parques, nos jardins das imensas vilas de recreio se veem guarda-sóis brancos e cartolas pretas pululando em toda parte. Há, talvez, um pouco de vento, e José aproveita para oferecer uma coberta a Elizabeth antes mesmo que chegue a esfriar. Elizabeth aceita. É a forma que ela tem de declarar seu amor: permitir que José cubra suas pernas, a dezoito graus de temperatura.

O coche entra em uns desvios pouco transitados. Vocês têm que ver o mar, diz José, a vista dos alcantilados de Chorrillos. Aposto que não existem costas assim na Filadélfia, continua, e não está errado, pelo menos porque entre a Filadélfia e o mar ficam os estados de Maryland, Delaware e Nova Jersey. Num trecho do caminho parece que a estrada vai se precipitar no oceano, mas sempre, no último momento, na última dobra do terreno, se desvia.

"É tão bonito", diz Elizabeth, que quase nem olha pela janela.

Estão parados no alto de um dos alcantilados. De lá admiram o perfil quebrado das rochas, as escarpas e os precipícios arenosos que vão morrer no mar. Talvez José, apontando para o horizonte, recite uns versos que levou preparados. Elizabeth escuta com enlevo e a partir de então não vê mais o disco do sol afundando na água, só vê o que os versos dizem que é ou deve significar um entardecer.

"*What is this?*"

Ao pé dos alcantilados se divisa uma pequena enseada, emoldurada por promontórios de pedra. E nela se vê algo se mexendo, que a gorda Madeleine aponta: umas manchas escuras e amarelas tremulando na espuma das ondas. Todos protegem os olhos com a mão, porque a luz do entardecer reverbera na água e os cega.

"Parecem patos selvagens", diz Elizabeth.

"Parecem barcos de pescadores", diz José.

Mas depois, pouco a pouco, começa a parecer outra coisa. Por exemplo, mulheres nuas nadando, chapinhando, brincando na água. Mas isso ninguém diz. E quando finalmente se dão conta, José e Carlos afiam um pouco mais o olhar e as garotas se ruborizam e gritam em uníssono.

"*Oh, my God!*"

As duas irmãs também levam a mão à boca e desviam a vista exatamente ao mesmo tempo, como se suas reações fossem sincronizadas por um mecanismo oculto. Afinal, na decência de qualquer senhorita que se preze deve haver uma teatralidade estudada, aprendida em muitas lições da preceptora e sermões do padre. Elizabeth, talvez se deixando levar por um excesso de inspiração, não hesita em interpor imediatamente o seu leque; mas mesmo entre as varetas, através dos filetes e das transparências do papel, é possível captar algo do espetáculo indecoroso.

Nesse momento, o corpo de José parece ser sacudido por uma repentina decisão. Põe a mão em seu ombro, com a determinação de um herói de romance. Diz a ela que não tema. Que com certeza são as prostitutas de Panteoncito, que vêm tomar banho nos alcantilados — e são mesmo: Gálvez conhece muito bem seus rostos e seus nomes. Que não há nada a temer delas, são mulheres desonradas mas quem sabe secretamente dignas em sua miséria — por acaso não são eles, homens e mulheres de posição, de certo modo os culpados pela depravação moral e física daqueles que não têm nada? Que aquilo que estão vendo não é perigoso nem temível: só mulhe-

153

res brincando na água e mostrando a verdade rotunda de seus corpos nus. Que ele está lá para protegê-la daquilo, da verdade.

Diz isso, ou algo parecido, pois lhe fala em sussurros, quase no ouvido. Mas, diga o que diga, parece surtir algum tipo de efeito, e após um momento de hesitação Elizabeth abaixa lentamente o leque. Engole saliva e diz, toda suave, que tudo bem. Que se ele lhe pede, não temerá nada. Que se ele lhe diz, talvez não seja pecado contemplar a beleza inocente de um corpo. Então se debruça na janela e olha as mulheres sem reprovação, sem medo, sem culpa. A coisa é mais ou menos assim: Elizabeth olha as putas, José olha Elizabeth, Carlos olha José; Madeleine olha Carlos.

Enquanto esse olhar se prolonga, Elizabeth se esforça para parecer digna e bonita ao mesmo tempo. E pelo visto consegue, porque José acaba de se inclinar para beijá-la. Ela se entrega docilmente a esse beijo. Com a mesma simplicidade das putas recebendo a última carícia do sol e os salpicos das ondas. Toda ela treme, amolece ao calor desse contato; o corpo de José sobe lentamente sobre o seu — o coche que range, que naufraga —, e um movimento subterrâneo e aquático parece desencadear-se nesse abraço. Como se algo do mar, da beleza provocante das banhistas tivesse se introduzido sob o cobertor quadriculado.

Carlos desvia o olhar; nele também parece haver um não sei quê de senhorita que se escandaliza, que entreabre o leque. E ao fazê-lo encontra os olhos de Madeleine. Da irmã feia, que não está mais olhando para o chão; que olha para ele — a irmã feia, para ele — e também sorri. Talvez espere alguma coisa. Pode ser que também esteja tentando parecer digna e bonita ao mesmo tempo, mas certamente sabe que seria um milagre conseguir o primeiro. De qualquer modo é uma atuação sem público, porque Carlos se remexe, pigarreia; não olha mais para ela. Hesita um pouco. Depois bate no teto com a bengala e grita ao cocheiro que já é tarde; que é hora de voltar para casa.

A partir de então Georgina muda com muita rapidez. Mais rápido até do que se esgota a paciência de José, que após dois ou três encontros com Elizabeth decide que já foi mais do que suficiente. Esses encontros clandestinos não deixam marcas em sua vida, mas sim na de Georgina. José se diverte incorporando em suas cartas os atributos de Elizabeth: sua tagarelice sem substância, seu coquetismo ingênuo, sua credulidade quase enternecedora, sua preocupação com os desfavorecidos. Até um ligeiro toque da sua inclinação natural pela tragédia.

"Por que me faz isso, José. Saiba que se me deixar sou capaz de qualquer coisa... Juro, de qualquer coisa!"

Mas sobretudo consegue introduzir cada vez mais referências à criadinha mestiça que para ele sempre foi Georgina. E os outros fazem mais ou menos o mesmo: temperam as cartas com todas as mulheres que vêm à memória, especialmente aquelas que conhecem melhor. Quando alguém, digamos uma bailarina do teatro de variedades, se senta nos joelhos de Ventura e lhe diz no ouvido alguma frase insinuante, eles a suavizam um pouco e a atribuem a Georgina sem a menor cerimônia. Criadas, prostitutas, cantoras de cabaré, floristas: todas contribuem com seu grãozinho de areia, quer dizer, sua modesta ração de palavras. Uma Georgina que cada vez lembra menos a inocência da prostituta polaca e um pouco mais a pressa da criadinha dos Gálvez apalpando a virilha do *señorito*. Palavras como:

"... *Mas por uma questão de justiça há de saber que também sou impulsiva e impetuosa, e que às vezes sinto em meu peito o fogo de uma paixão desconhecida... Algo assim como uma vontade louca de viver e ser feliz. Um sentimento do qual ninguém sabe nada e que só consigo disfarçar a duras penas. Exceto o senhor, meu amigo...! O Sr., que carta após carta vai despindo todos os meus segredos...!*"

Ou:

"*... Às vezes penso que uma mulher é um pouco como uma flor que brota à espera de algo que desconhece e ao mesmo tempo deseja... deseja tanto!*"

Ou até:

"*... Eu, meu querido Juan Ramón, não sei se é certo ou errado o que digo: só sei que nosso corpo às vezes sente coisas estranhas e belas das quais o espírito nada sabe, e que ignorar essa beleza talvez seja também uma espécie de pecado...*"

Carlos se opõe a transcrever tais caprichos. Não, esta frase não entra na carta, de jeito nenhum; Georgina não é assim, nem por cima do seu cadáver. Mas afinal acaba sempre cedendo. O que pode fazer, se o seu personagem de fato deixou de lhe pertencer; se José está cada dia mais inflexível em suas decisões. Às vezes pensa em Georgina, a verdadeira, como se fosse uma amiga que houvesse morrido, e muitas noites tem vontade de chorar por essa amiga — por essa amiga? —, da mesma forma que anos antes se deixava fustigar por musas que só existiam dentro de livros. Eu já falei que você deve pensar menos e foder um pouquinho mais, diz José, encorajado pelas risadas dos amigos; por exemplo, aquela americaninha gorda, você sabe quem é. Tinha todo o banco de trás para lhe fazer um agradinho e não fez nada; que ingrato, Carlotita, se o mulherio fosse pago a peso, você teria perdido um verdadeiro tesouro.

Ventura e os outros riem. Não estavam lá; não viram a irmã gorda e feia com sua pinta enorme, mas mesmo assim a acham feia e gorda, e riem.

Quando está sozinho, Carlos relê os rascunhos das cartas. Também as respostas de Juan Ramón, que são cada vez mais longas e afetuosas, e pouco a pouco foram se coalhando de confidências íntimas, de minúsculos segredos. Pelo visto o Mestre não se incomoda em absoluto com essa nova Georgina. Pior: pode-se até dizer que a prefere. Um espantalho grotesco cujas palavras têm cheiro de absinto e uísque. E gosto de ópio, sobretudo de ópio, porque agora a maioria dos capítulos de fato se engendra ali, nos fundos de um solar na Calle del Marqués que de dia funciona como loja de espartilhos e de noite como fumadouro clandestino. Foi Ventura quem espalhou o boato de que em Paris o ópio estava tão ligado à poesia como o prazer à cama; que entre os boêmios de Montmartre ninguém se atrevia a escrever um mísero verso sem antes ter respirado ópio através da fumaça densa dos cachimbos e dos narguilés, e depois disso não havia mais como tirar essa ideia da cabeça de José.

Frequentam o estabelecimento duas ou três vezes por semana. É um lugar pequeno e mal ventilado, dirigido por chineses. O espaço é fracionado por divisórias e biombos através dos quais transparecem cenas misteriosas: silhuetas que riem, que dançam, que se entrelaçam em abraços prolongados, que adormecem e se aquietam por muitas horas. Até a fumaça, de tão escura e pesada, parece ter silhueta. Em cada reservado há um cachimbo preparado e várias esteiras e almofadas, onde eles se deitam para fumar até que seus olhos se perdem e o sorriso embota. Às vezes falam das cartas, ou de mulheres, ou recitam seus próprios versos, que soam como uns longos bocejos. Ou não falam nada; simplesmente adormecem enquanto os chineses vão de um reservado ao outro com uns passinhos silenciosos, cobrindo seus corpos com mantas ou peliças de carneiro, repondo o carvão e o ópio dos cachimbos, trazendo tigelas com beberagens duvidosas que os poetas tomam com languidez.

Carlos vai a contragosto. Sente que num lugar como aquele só pode nascer um personagem em sintonia com o ambiente. Ou seja, uma Georgina enfastiada, indolente, que ri por qualquer coisa; que tem um olhar vidrado e vez por outra escolhe palavras inconvenientes. Bobagens que, como a fumaça, demoram muito a se dissipar.

Mas não se trata só de Georgina. Carlos se assusta também com o relaxamento que a droga provoca em seu próprio corpo. Depois de cada tragada é como se a máscara atarraxada no seu rosto, aquela que sempre sabe simular a expressão mais oportuna, pouco a pouco se afrouxasse e derretesse. E ninguém sabe o que pode se ocultar por baixo: ele, certamente, já esqueceu. Por isso tem medo. Às vezes, no mais fundo do seu abatimento, tem a sensação de que uma mulher senta ao seu lado e lhe sussurra algo no ouvido. É, talvez, Georgina, mas uma Georgina verdadeira. Emerge da fumaça com a pureza das primeiras cartas, livre de palavras riscadas, de incoerências, de emendas. Ajoelha-se no tablado e toca em sua cabeça por um instante. Ele tem a impressão de que sorri. E depois mantêm longas conversas que nunca deixam palavras nem lembranças; só um sabor de febre da fumaça, inundando seus pulmões como uma vertigem muito fria e muito lenta; uma espiral que altera e desvanece o contorno das coisas, depois da qual só resta Georgina. Seu olhar, seu sorriso. Seu beijo; o beijo dela. A frieza dos lábios de Georgina contra os seus, seu tato de porcelana.

"*Bebel*", diz ela. "Bebida *fazel* bem", acrescenta, inexplicavelmente. E ele bebe, bebe infinitamente desse beijo, até esvaziar a tigela que alguém está encostando em seus lábios.

Moguer, 8 de maio de 1905

Minha querida amiga:

Será que me permite chamá-la de querida, chamá-la de amiga? Já vai fazer quatro semanas que não recebo notícias. Suas cartas pequeninas e belas devem estar me esperando em segurança na caixa de correio da minha residência em Madri; e sabendo disso se entende ainda menos por que continuo aqui, um mês inteiro consumido na minha casa natal em Moguer, cercado de parentes e lembranças de outros tempos. De odores e luzes tristes, tristíssimas, com as quais já não posso sequer fazer versos; com as quais já não sei fazer mais nada.

Falava-me a Srta. em sua última carta das suas próprias mágoas, que também têm o semblante dos seus seres queridos e o palco de sua própria casa. Uma casa que eu imagino semelhante às das estampas, com paredes caiadas e palmeiras, com batentes retos, e um poço com roldana, e fachadas de arquitetura severa. Tudo pedra e rigor, como a educação desses seus pais que sem dúvida gostam da Srta. mas que, talvez por amá-la demais, a fazem, pobrezinha, infeliz. Falava-me a Srta. das entranhas desse piano onde esconde os seus segredos, entre outros estas humildes cartas minhas. Desse peito seu, pequenino e frágil, que parece ficar ainda menor, se isso é possível, quando seu pai se aproxima. Como não haveria de entendê-la, eu que aqui entre estas paredes sinto transitar para cima e para baixo o fantasma do meu. Seus olhos mortos que agora tudo veem, e para os quais de nada adiantam chaves nem gavetas. Suas palavras gastas renovando as velhas acusações de sempre, por que abandonar os estudos de direito, e o capricho da pintura, e depois o capricho ainda maior dos versos, assim dizia meu pai. Assim diz ele agora, com a voz mais alta e mais segura, em meus ouvidos, a toda hora. E aqui, naquela que foi sua casa, se ouve ainda mais alto, mais claro.

E depois as vozes dos outros, dos vivos, dos familiares que ficamos aqui, que não paramos de falar de dinheiro e de rendas. Como se meu pai fosse só isso, as dívidas que deixou e que nós dividimos como se divide entre vários o peso de um ataúde muito incômodo e muito preto. Palavras como essas envilecem, deixam uma espécie de sujeira nas coisas; pois fica-se com a boca manchada falando de cobres, de partilhas, de heranças. Estamos nos tornando puro níquel e metal, rígidos e frios como o cantar de uma moeda. Temo, só por mencionar o assunto, estar manchando esta carta também.

Pede-me a Srta. que lhe conte o que faço e o que escrevo. Mas faço e escrevo tão pouco! A Srta., em contrapartida, faz tantas coisas, conta-me de tantas viagens e encontros com amigas e passeios por essa rua que chamam de Jirón de la Unión, que me dá um pouco de vergonha a indolência com que vejo passar — e morrer; porque tudo morre — as horas. Nada de extraordinário para contar, exceto que às vezes sou feliz e às vezes desventurado. Tudo o que se passa transcorre de fato dentro da minha cabeça, ou, se preferir, dentro do recinto da minha própria alma. (Aliás, a Srta. não me deu sua opinião sobre o pequeno poema que lhe enviei a respeito da alma das coisas.) O que eu faço, quer saber? Temo decepcioná-la: caminho, nada mais. Agora nas paragens de Moguer, e antes pelas ruas frias de Madri. Caminho como um sonâmbulo, vivo esquecendo o chapéu e a bengala em toda parte. Passeio pelo Retiro, que é um parque imenso que certamente lhe agradaria, Georgina. Uma área verde de Madri onde caberia toda Moguer, com suas casinhas e seu rio, com seus campos de cultivo, tão amarelos e tão tristes. Há também um lago singrado por patos e barcos, e ao seu lado um baleiro que eu fico olhando por um bom tempo. Um velho que vende seus cones de biscoito e seus doces, fazendo uma roletinha girar. Algumas vezes o cliente ganha, outras vezes perde — será que em Lima existem baleiros como este?; sabe do que estou falando? —, mas o velho sempre sorri. Nada parece ter importância para ele além de ver a roleta girar, pegar e entregar seus cones de biscoito. E eu queria ser um pouco como ele; ter um espírito de cachorro ou de criança. De estátua que recebe com o mesmo sorriso o sol e a chuva, que não se atormenta, não entende, nem sofre, simplesmente fica em seu canto de sempre e continua sendo o que é, o que nunca poderá deixar de ser.

E algumas vezes, por que não contar-lhe, querida Georgina — concordamos que me era permitida esta licença: o querida, o amiga —, eu imagino que a Srta. passeia comigo. Para mim seria um belíssimo consolo, uma luz clareando entre tantas nuvens imensas. Porque enquanto passeio por lá vou amadurecendo por dentro a resposta que darei à Srta. ao regressar. Digamos que minhas cartas são pensadas passo a passo, que as escrevo com os pés, e às vezes sem bengala nem chapéu — se eu lhe dissesse em quantos lugares os esqueço, não acreditaria. Caminho até dentro do meu próprio quarto, de um lado para outro, como uma fera aprisionada que fosse, porém, mansa e triste; meço as dimensões da minha jaula enquanto espero uma carta, uma rubrica familiar, os carimbos e lacres de certo país longínquo. Uma cela quadrada de seis passos de lado, com cama e bacia incluídas; total vinte e quatro, e volta a começar. Se eu tivesse dado todos esses passos em seu rumo — e se pudesse andar por cima do oceano, o que já é bastante imaginação —, aonde acha que teria chegado? Meus cálculos, e a ajuda de um certo atlas com que me distraio na cama, me permitem estimar que estaria mais ou menos no mar dos sargaços. Esse pélago de água onde o oceano subitamente se faz terra imóvel, varadouro onde não se vai nem se vem. Como a minha alma! Um mar que na verdade não figura em meu atlas e que não sei se é invenção ou lenda, mas que existe pelo menos em nossas consciências, o que é tanto como se existisse de verdade.

Eu queria chegar até a Srta., até o Peru, que também existe mas poderia não existir; ou melhor, que fosse a Srta. quem caminhasse de braços dados comigo pelas avenidas de quietude e crepúsculo de Madri. Talvez gostasse de passear comigo; e quem sabe também quisesse parar um pouquinho e saborear alguns doces. Porque eu lhe daria um, Georgina, eu lhe daria cem; pressinto que a sorte nos sorriria durante um, dez, cinquenta giros da roleta. Que iríamos poder comer até nos fartar, e rir, e que o baleiro também riria. Se eu tivesse uma fotografia sua, Georgina, nem que fosse uma só, saberia que rosto dar a esses passeios que a Srta. e eu damos todas as manhãs, que aliás em Lima são noites. Será que em breve me deixará saber como sorriem os anjos? Conhecerei esse semblante que é o avesso do meu ser, que está nas antípodas da minha alma? Não me dirá, ao menos, se gosta desses doces que lhe dou em nossos passeios...?

"Sabe? Estou achando sua prima muito mudada de um tempo para cá. Creio que gostava mais dela antes."

"Acho que eu também", responde afinal Carlos, sem olhar para ele.

O bacharel deixa cair a última carta em cima da pilha.

"Enfim! Ainda bem que o poeta espanhol não tem a mesma opinião…"

"O que quer dizer?"

Ele aponta para o monte de envelopes.

"Basta ler as últimas cartas, amigo. Eu diria que ele está começando a se apaixonar. Devem faltar talvez uma carta ou duas, acho. Sorte para sua prima e para vocês, e azar para mim! Depois do casamento não vão mais precisar de mim, naturalmente. Pena que só é costume escrever cartas para conquistar mulheres, não para mantê-las…"

O rosto de Carlos fica sombrio.

"O senhor acha?"

"Que não escrevem cartas para conservar mulheres?"

"Não: que vai haver casamento."

"Rapaz, eu diria que sim. Quando um homem e uma mulher fazem o que estes dois… a coisa acaba em casamento, claro. A não ser que sua prima nos dê mais uma surpresa e agora seja ela quem recusa o compromisso…"

"Mas os dois nem se conheceram!", replica Carlos, quase gritando.

O bacharel bebe seu copo de pisco até o fim. Enxuga a umidade dos lábios com o punho da camisa.

"Bem, e daí? Isso não foi empecilho até agora, creio eu. Por outro lado, o poeta espanhol me parece transtornado o suficiente para vir aqui conhecê-la... Não concorda? Veja, veja esta fotografia. E este retrato do tal Juan Ramón. A mesma expressão de cadáver desses poetas românticos que se dão um tiro diante do túmulo da amada. Não negue. E além do mais, você não disse que ele já passou por três sanatórios e não sei quantos amores infelizes?"

"Foram só dois."

"Dá no mesmo! Ouça o que estou dizendo, são vinte e tantos anos de experiência. Ele vai aparecer aqui, já estou quase vendo a cena. É o tipo de apaixonado que não mede as consequências. E sua prima toda feliz, sem dúvida, portanto não há razão para se preocupar, não é mesmo?"

Carlos não responde. Nem sequer levanta o olhar. Está com os olhos fixos nas próprias mãos, como se não as reconhecesse.

"Vamos, vamos, não fique assim de cara amarrada! Até parece que não se alegra pela sua prima. Além do mais, não combinamos que a regra número um era nunca nadar contra a maré do amor? Pois vamos beber por eles, e não se fala mais no assunto. Como vê, já estou até quebrando meu juramento de nunca misturar álcool e trabalho, e faço isso só por eles, ou seja, por você."

Estala os dedos:

"Jorge! Traga mais dois copos para o meu compadre e para mim, porque há muito o que comemorar."

"Qual é a boa notícia?", pergunta o garçom ainda na cozinha.

"Uns amigos, vão se casar."

"Mas rapaz! Isso pede pelo menos uns uísques. Deixem, podem deixar. Oferta da casa, senão fico aborrecido."

Pega a garrafa e enche dois copinhos até a borda. "Aos noivos!", clama o bacharel.

Carlos vacila uns instantes. Olha fixamente para o copo que Cristóbal segura no ar. Afinal levanta o seu.

"Aos noivos", responde.

Está sonhando, e em poucos instantes esse sonho vai se transformar em pesadelo, mas ele ainda não sabe. Por enquanto está ocupado em descobrir o que Román e ele estão fazendo no meio da selva. Quer lhe perguntar onde se meteu durante todo esse tempo, mas por outro lado não é necessário, porque têm dez anos outra vez, e também bigode, e os manuais de direito romano sob o braço. E no rosto de Román persiste a mesma expressão áspera, a mesma distância altiva.

Estão atravessando a vegetação há horas, abrindo trilhas no matagal que não parecem levar a lugar algum, até que por fim encontram seu pai. Sentado na poltrona do escritório. Tem algo na mão. Ou melhor, não tem nada, nem mãos sequer; no momento só veem seu rosto, um rosto imenso e desfigurado por uma expressão de severidade. Tinham quebrado uma janela com uma bola de borracha, a culpa é de Román, ou talvez sua, tanto faz; o caso é que a janela está quebrada e o conserto custou dois soles. Diz a eles: "Vocês me fizeram pagar dois soles, seus desgraçados". Mais catorze soles quando, sem querer ou querendo — isto nunca ficou claro —, usaram o tapete persa do salão para lavar e enxugar os mastins da casa. E depois a história da caixinha de música que quebraram numa brincadeira e depois enterraram no pátio; custava trinta dólares, pela pedraria e as incrustações de madrepérola; mas saiu ainda mais caro para o criado em quem recaiu a suspeita de roubo. E agora don Augusto os repreende por tudo isso. Tem algo na mão, de novo. Mas eles ainda não estão olhando para isso: olham para aquela boca, abrindo e fechando na contagem das suas travessuras. "Dois soles pela janela", diz. "Catorze pelo tapete manchado de lama", diz. "Trinta dólares pela caixinha de música", diz. "Mais quatrocentos dólares pela inocência daquela vadia estrangeira." E depois, levantando a pelanca palpitante que tem na mão, com os dedos pingando sangue, acrescenta: "E agora me digam, seus sanguessugas, digam quanto vai me custar o coração de um poeta".

Passa a tarde resolvendo algum assunto, e quando afinal chega ao clube descobre que já acabaram de escrever a carta.

"Como você estava demorando…", desculpa-se José.

Márquez e Ventura estão ao seu lado, absortos numa partida de bilhar que parece não ter fim. Carlos deseja que alguém, não importa quem, manifeste algum interesse pelo motivo da sua demora. Mas ninguém tira os olhos da mesa. Só Márquez parece expressar alguma alegria: finalmente temos duplas, diz, já podemos começar uma partida de duplas.

"Onde está o rascunho?"

José amaldiçoa uma carambola de três tabelas que falhou e depois tira um papel do bolso sem olhar.

"Não é rascunho."

"O quê?"

"Não é um rascunho. É a carta definitiva."

"Definitiva?"

"Só falta você passar a limpo."

Carlos demora a entender o alcance dessas palavras. Desaba numa das poltronas com o papel na mão, enquanto os outros continuam cantando bolas — laranja cinco na tabela esquerda — e discutindo a conveniência de tal ou qual tacada de efeito. O que chama sua atenção em primeiro lugar é a caligrafia. Alguém, certamente José, tentou imitar a letra de Carlos com bastante sucesso, como num caderninho de exercícios escolares. Arredondada, suave, inofensiva. Só persiste um detalhe de virilidade nas arestas das maiúsculas, e um leve tremor na execução dos traços. Lê com crescente preocupação aquelas letras afetadas. Uma vez. Duas vezes.

"O que é isto?", pergunta afinal.

"O rascunho", diz Ventura, esclarecendo o óbvio.

"Não é o rascunho. É a carta definitiva. Só falta passar a limpo."

E Márquez:

"Então vamos ou não vamos jogar uma partida?"

Carlos não consegue tirar os olhos do papel. Um garçom vem perguntar o que o *señorito* deseja tomar, e o *señorito* quase nem escuta. Tudo à sua volta parece imóvel, com exceção da disputa no bilhar, cujo estrépito de madeiras, de marfins se entrechocando parece não ter descanso. Quem escreveu essa carta não é, não pode ser Georgina. De repente sua voz está cheia de estridências, de impropriedades, de vulgaridades; é uma *tapada* que de repente fica nua e começa a falar de amor e sentimentos com a mesma facilidade com que antes dissertava sobre os noturnos de Chopin. É como se a criada indígena de Gálvez tivesse se apoderado pouco a pouco do personagem sem deixar rastros da sua discrição, do seu recato. Não parece mais a polaca. Parece, antes, a filha dos Almada; está de novo no coche com José, debaixo das cobertas. Os dois riem, e ele só pode observá-los em silêncio, ouvir o estalar dos seus lábios na escuridão. Um nó na garganta.

"Eu não posso transcrever isto."

"Por que não?"

"Porque é muito…"

Demora a encontrar a palavra.

"Muito o quê?"

"Muito… atrevido."

Ventura dá uma risada.

"Atrevido! Que palavra fina. Você quer dizer que ficou um pouquinho sapeca, a nossa senhorita Georgina."

Carlos não se vira para olhá-lo. Continua fixado nos olhos de José, que por sua vez estão totalmente concentrados na bola branca.

"Georgina não é assim… Você sabe."

José encolhe os ombros.

"Os personagens mudam."

Carlos engole saliva.

"Acabei de conversar com o bacharel justamente sobre isso…"

"Deixe-me adivinhar. Ele não acha uma boa ideia que Georgina mude."

"Diz que está achando Georgina muito estranha ultimamente. Que desse jeito o romance vai acabar em casamento, e então não vamos poder mais…"

"Quero que se foda esse bacharel", interrompe Ventura.

Começam a rir. José também, mas sua risada é tranquila, apenas insinuada nos dentes; um sorriso de poderoso, que se esboça de bem longe. Só Carlos continua sério.

"E se ele tiver razão? E se Juan Ramón quiser se casar?"

Os olhos de José cintilam. Interrompe um movimento recém-iniciado do taco.

"Nós já pensamos nisso. Conte a ele, Ventura."

Ventura também bebeu demais. Faz gestos pomposos para enfeitar as palavras, e em cada movimento derrama um pouco do uísque do seu copo.

"Veja bem… veja bem. O romance tem dois finais possíveis: um pio e outro devasso…"

"Fale do devasso", diz José com impaciência.

"Pois no devasso o pai a obriga a se casar com um conde ou um duque… Mas ela não está apaixonada, claro! É um homem velho e feio, e todos os seus pensamentos estão em Juan Ramón! Então a correspondência precisa continuar às escondidas do marido. Não esqueça que agora Georgina é um pouquinho levada. Um amor secreto! Têm até um criado que os ajuda e tudo o mais. Bem. O caso é que os anos passam e…"

"Não, definitivamente o pio é melhor", interrompe José. "Conte primeiro o final pio."

"Bem… faz jus ao nome. Vira freira a nossa Georgina. Mas mesmo através dos muros do convento encontra um jeito de continuar mandando recadinhos para Juan Ramón, sempre na batalha entre o amor a Deus e as tentações da carne…"

"Mas o que estão dizendo", interrompe Carlos. "Georgina não tem vocação. Você sabe disso. Nós a fizemos assim. Juntos."

Ventura se adianta outra vez.

"Certo, e daí? Vamos fazer com que tenha. Quem pode fazer isso melhor que nós?"

José intervém com delicadeza.

"Não se preocupe, Carlota. Sei que não a pintamos muito religiosa, mas já está tudo planejado. Georgina vai descobrir Deus no capítulo vinte e nove: a morte da mãe. Um drama e tanto, a tuberculose!"

"Mas nós já matamos a mãe dela!"

Ficam em silêncio por uns instantes. José mantém o copo parado a caminho dos lábios.

"Porra, Ventura, é verdade. Não pensamos nisso."

"Uma tia?"

"Uma tia funciona bem."

"Morre a tia, então..."

"A morte da querida tia Rosinda! Um drama e tanto, o capítulo vinte e nove!"

Por uns momentos Carlos sente que a realidade se desvanece; que o céu cambaleia sob os seus pés.

"Então jogamos a dupla ou não?", pergunta Márquez, dando-lhe o taco.

"Mas José... Não está vendo que assim vamos estragar o romance? Tudo o que nós construímos..."

José volta a se concentrar na partida.

"Você se preocupa demais, Carlota. Não estamos estragando nada. Mas acontece que você não entende certas coisas. Tudo o que você escrevia era muito bom, muito bonito, muito discreto, mas agora temos que dar um pouco mais de gás à paixão, entende? Sem tanto melindre. Algo tipo *O morro dos ventos uivantes.*"

Um silêncio. E depois uma dureza nova na voz, no olhar de Carlos.

"Já disse que não me chame de Carlota."

"É brincadeira, rapaz. Então diga, o que deveríamos fazer, na sua opinião? Contar-lhe a verdade?"

"Não... sei lá. Quem sabe poderíamos fazê-los continuar a relação... como amigos."

"Amigos! Sim; com certeza Juan Ramón ficaria muito agradecido. Diria: obrigado por me abrir os olhos e ainda por cima estragar o meu romance. É o que ele diria." José deixa o taco sobre a mesa. Pela primeira vez lhe dedica toda a sua atenção. "Escute. Imagine que *María* termina com o protagonista sem ânimo de empreender a viagem porque no fim a moça vai morrer de qualquer maneira. Imagine que Anna Kariênina afinal não se joga embaixo do trem ou que *Madame Bovary* acaba antes que Emma se apaixone por Rodolph. Faz algum sentido? Que tipo de romances seriam, hein?"

"Mas isto aqui não é um romance", responde Carlos com um fio de voz. "Quer dizer... quer dizer, não de todo. É um romance, concordo, mas também é a vida de um homem..."

"Não me venha com essa! A ideia foi sua! Você sempre quis que eu reconhecesse, não? Pois bem, então faço a sua vontade, diante de todos estes senhores: foi sua a ideia. E foi uma boa ideia, mais que boa, foi a melhor ideia que você já teve. E agora quer abandonar..."

"Eu não disse que quero abandonar. Só digo que não posso participar disso...", diz apontando o papel.

Ventura perde a paciência.

"Mas afinal, ou você está dentro ou está fora!"

José faz um gesto conciliador.

"Não ligue para ele: o Ventura é um pouquinho brusco... mas, à sua maneira, não deixa de ter razão. De certo modo é isso mesmo, quero dizer. Você teve um papel muito relevante em...", sorri, "... bem, digamos, numa etapa da vida de Georgina. Todos nós estamos muito agradecidos. Mas agora essa vida tem que continuar. Georgina está mais crescida, digamos. E se você não quer continuar..."

"Claro que eu quero continuar! São vocês que..."

Perde a voz. Pensa no espelho do seu quarto: nos exercícios que faz toda manhã diante dele, ensaiando diferentes expressões. Quer recompor um semblante digno, seja do que for: de ceticismo, de repulsa, de indiferença. Mas não consegue. Tem vontade de chorar. Talvez já esteja chorando: precisaria do espelho para saber. Pensa que todos olham para ele, mas na verdade está enganado. Voltaram a se concentrar na partida, estão conversando longamente sobre uma posição complicada.

O rascunho — a carta — escapa da sua mão e acaba no chão. Carlos nem sente. Mas segundos depois José o apanha. E o devolve a ele, junto com um copo de uísque cheio até o topo. Sorri.

"Vamos, Carlota. Beba uma dose. Vamos jogar uma partida e esquecer o assunto. Você é bom para a linguagem das mulheres, reconheço; muito melhor que nós nessas coisas de reticências e exclamações. Quando copiar a carta, pode corrigir esse tipo de detalhe. Sempre que quiser. Mas a partir de agora deixe o resto conosco, está bem? Temos que dar um pouco de paixão a Georgina. Um pouco de safadeza. E convenhamos que para você agir com malícia é como ir para a cama com as americaninhas, Carlota..."

O que acontece então é uma surpresa até para Carlos. Primeiro sente que toda a sua energia se concentra na mão direita. Em seu punho direito. Um punho que se dirige contra o rosto de José: Carlos se dá conta disso um instante depois de iniciar o movimento. Mas não chega a atingi-lo: é uma explosão de ira que só chega à metade. O punho é rápido, mas não o suficiente para superar a sua velocíssima consciência. A reação quase instantânea do seu medo, da sua covardia. Então o que começou como um soco acaba se transformando no percurso em alguma outra coisa, algo como um safanão, um tabefe de mocinha, que se desvia para jogar no chão o copo que José lhe oferece e lhe arrancar o papel das mãos.

O que vem depois é outro gesto ridículo: toda a energia da sua raiva concentrada em rasgar muitas vezes, em pedaços quase minúsculos, o já pequeno papel da carta.

São movimentos tão absurdos, tão indecisos entre uma carícia e uma agressão, um acidente e um ato deliberado, que José demora bastante a reagir.

"Mas que merda você está fazendo? Agora vamos ter que repetir tudo!"

"Que se foda a carta! E vocês também!"

Toda manhã Carlos ensaia dezenas de expressões no espelho: caras de surpresa, de piedade, de apaixonado, de indiferença, de aprovação. Principalmente de aprovação. Talvez nunca tenha treinado uma expressão de desagrado, e por isso parece difícil levá-lo a sério. Ou talvez o problema não seja a sua representação, perfeita como sempre, mas tudo o que os outros julgam saber sobre ele. Da mesma forma que uma criança fica engraçada exatamente quando consegue imitar com perfeição os hábitos dos adultos, os gritos e as blasfêmias parecem inocentes, quase íntimos, na boca de Carlos. Por isso, após alguns segundos de estupor, seus amigos reagem da única forma possível: rindo.

"Por favor não me bata, madame!"

"Tapa de amor não dói, senhorita!"

"Vamos, Carlota! Transcreva a carta de uma vez, não encha mais o saco!"

Carlos está fora de si.

"Escrevam vocês! Quero ver como vão fazer... Quero ver como vão continuar sem mim o seu romance de merda."

Os outros continuam rindo. Carlos está com os olhos arregalados, e de alguma forma isso parece engraçado. Só Ventura ficou sério de repente. Aponta o dedo em sua direção.

"Se não copiar logo a carta vamos quebrar a sua cara!"

"Deixe disso", diz José abaixando a mão de Ventura. Depois se agacha para apanhar os pedacinhos de papel. "Além do mais, não precisamos dele. Estão vendo? Se eu me esforçar, consigo imitar bastante bem sua letra de menina piegas. Viu, Carlota? Meu pulso ainda treme um pouco, mas a sua caligrafia de puta faz uma falta danada para terminar o romance. Então não seja chato e sente-se de uma vez."

"Pois enfiem esse romance no cu!"

José ri mais alto.

"No cu? Ah, surgiu o índio. Já estava demorando, com esse sangue nobre que você tem. O que vai nos fazer agora? Baixar o cacete para lhe trazermos a borracha?"

Nas mesas próximas, os homens que estão lendo o jornal ou fumando um charuto ou jogando bilhar se viram para eles. Um dos garçons os olha severamente do balcão. Às gargalhadas, os poetas pobres improvisam outras tantas coisas que Carlota poderia fazer: chorar; puxar-lhes o cabelo; desmaiar; escrever ao namorado para vir defendê-la. Ou até mesmo deixar de lado essas cartinhas e vir jogar uma partida, porra — quem sugere é Márquez —, coisa que ele já vinha dizendo desde o começo e não lhe davam ouvidos.

Mas a única atitude de Carlos é chamar o menino de recados e pedir-lhe que traga seu capote e o chapéu.

"Isso, é melhor ir dar um passeio. E quando estiver com a cabeça no lugar, volte."

"Não vou voltar!"

Seus movimentos tentam simular segurança, mas as mãos tremem, e em determinado momento seu chapéu cai rolando pelo chão.

"Quanto a isso veremos, mademoiselle."

O garçom aproveita a pausa para vir dizer em tom solene que aquela balbúrdia não é coisa de pessoas decentes; que os sócios do clube têm o direito de desfrutar uma noitada em paz, e que as questões pessoais — diz isso olhando para o papel rasgado; o copo de uísque quebrado no chão — se resolvem na rua; observação claramente desnecessária, porque Carlos acabou de sair. O barulho da porta batendo faz as garrafas do bar estremecerem.

José termina a bebida e joga uma moeda no tampo da mesa.

"Pronto, rapaz, pronto! Nós também já vamos!"

E depois, olhando para a porta.

"Ele vai voltar", repete.

Mas Carlos cumpre a palavra. Pelo menos no restante do capítulo.

Nessa noite percorre todos os bordéis da cidade, sem pensar em nada. À sua volta vê putas que esperam, putas que fumam, putas que falam aos berros com os cafetões, putas que conversam ou riem ou choram — uma, moída de pancadas num lixão do Callejón del Romero; putas que jogam beijos no ar, putas que suspiram, putas que olhando bem se revelam putos, putas que regateiam, putas que com um assobio se levam para a cama ou para os paralelepípedos do chão; putas com quarto ou sem quarto, com madame ou sem madame, com dentes ou já sem eles. Às vezes o interpelam quando passa. Chamam-no de senhor ou de excelência — mesmo na escuridão veem o brilho da corrente de ouro do seu relógio — e lhe oferecem a melhor noite da sua vida. Carlos se desculpa inclinando o chapéu e troca de calçada.

Não sabe o que está procurando. Vai bebendo no gargalo de uma garrafa de uísque que comprou em algum lugar, e os goles constantes tornam essa incerteza um pouco mais suportável. É um percurso longo, de Tajamarca a Huarapo e de lá ao Panteoncito, Barranquita, Acequia Alta, Monserrate. Em algum momento se assusta com um pensamento, doloroso como um bofetão: em lugar algum, nem mesmo aqui, jamais poderá encontrar Georgina. Depois continua bebendo e também se esquece disso. A meia-noite o surpreende num dos prostíbulos de Panteoncito, completamente embriagado e sentado num sofá enquanto a madame vai buscar as garotas.

Essas garotas também vão para a cama com os clientes por dinheiro, mas chamá-las de putas talvez seja um exagero. Pelo menos é o que pensa Carlos quando as vê descendo a escada, com seus vestidos longos e suas luvas de pelica. Putas são as outras, as mulheres sórdidas que viu se oferecendo na rua, que lotam as penitenciárias na véspera de eleições presidenciais e se entregam por uns poucos níqueis atrás dos urtigais de Colchoneros. Estas, em contrapartida, com suas fantasias de senhoritas de classe, parecem damas miraflorenses surpreendidas em um dos seus jantares de gala. E a madame — mas talvez chamá-la de madame seja exagero — vai apresentando uma por uma com um entusiasmo fingido.

"... Esta é Cora, jovem herdeira das incas, neta do neto da neta do próprio Atahualpa..."

"... Essa que piscou o olho é Catalina, mais russa que o tsar e tão afetuosa que poderia derreter as geleiras da Sibéria..."

"... Aí está nossa querida Mimí. Corre em suas veias o sangue luxurioso dos franceses..."

Cada uma das garotas tem atrás de si algo como um epíteto homérico — Cayetana, de dulcíssimos beijos; Teresita, tímida de dia e puro fogo à noite — e antes de escolher Carlos ri pensando nisso, em Homero e *A Ilíada*; não tem graça, mas mesmo assim ri da sua piada para literatos bêbados.

A escolhida também tem um nome, mas a essa altura Carlos já esqueceu. Desde que a conheceu no hall já passou uma eternidade, quase dez minutos, e o último gole de uísque dissipou as palavras da madame, deixando-as muito distantes. Recorda vagamente as garotas, muitas delas ainda meninas, à espera da sua escolha olhando-o com algo que podia ser desejo ou esperança ou tédio. Quem diabos escolheu? Antonia, a noviça cheia de apetites carnais? Ou talvez Marieta, de imaginação acesa? Sabe-se lá, e quem se importa.

Já no quarto descobre que ela nem é bonita. Como pode ser, se não é protagonista de nenhum romance. Tem a beleza discreta dos personagens secundários, feitos para agradar durante um capítulo e depois desaparecer sem deixar marcas. Ela, talvez consciente do seu modesto papel de figurante no romance de Georgina, nem abre a boca. Limita-se a ficar sentada na beira da cama, tentando compor um sorriso e esperando.

Dentro do quarto não acontece nada. Quer dizer, à sua maneira ocorrem muitas coisas. Ele tira o casaco. Toma a bebida. Murmura umas palavras — ela, expectante, responde com outras palavras, ou talvez só com um sorriso. Finge um súbito interesse pelo mecanismo do trinco da janela. Olha o relógio. Acende um cigarro. Apaga. Nada, enfim, que justifique os cinco soles que mais tarde irá pagar à madame. Em determinado momento, ante esse nada que está ocorrendo, a garota se anima a tomar a iniciativa. O resultado é uma cena carregada de estranha tristeza, carícias desajeitadas, a cama que range, mãos tocando em lugares que não, de jeito nenhum. Os corpos semidespidos, que de repente param. Um pedido de desculpas.

"Sinto muito", diz ele.

"O *señorito* não tem que pedir desculpas por coisa alguma", diz ela.

Há um relógio de corda em algum lugar que, com seu ruído de pêndulo e engrenagens, torna os silêncios mais graves.

"Bebi demais."

"Então o *señorito* precisa descansar."

"Mas de qualquer maneira lhe pago. Claro que vou pagar. Pago a noite inteira..."

"O *señorito* não deve se preocupar com isso agora..."

Carlos se mexe na cama. Deveria dizer alguma coisa, mas não sabe o quê. Ou no mínimo preencher o silêncio acendendo um cigarro, mas o bolso do paletó está longe demais. Ela sorri.

"Não quer me contar por que está preocupado?"

Carlos abre a boca e depois volta a fechar. Antonia, ou María, ou Jimena conta até dez. Quando termina de contar avança a mão e acaricia suas costas. Lentamente. É sua forma de dizer-lhe que está preparada para a segunda coisa que melhor sabe fazer no mundo: escutar. Não é que se interesse muito pelo que Carlos possa contar, claro, mas de alguma forma considera que faz parte do seu trabalho. Afinal de contas estamos em 1905, ainda não existem psicólogos. Os sacerdotes em seus confessionários e as putas em seus bordéis são os únicos encarregados de aliviar a consciência dos homens. E ela reúne toda a experiência da sua profissão para formular uma única pergunta:

"O senhor não tem disposição porque está se lembrando de outra mulher, não é mesmo?"

Carlos se volta um instante para fitar a boca que disse estas palavras. Sua voz é muito doce; muito mais doce que a de qualquer psicanalista. Mas depois, como ele demora a responder, a moça acaba se desculpando. Perdoe, diz. Perdoe a minha rudeza. O *señorito* não tem por que me responder. Porém o *señorito* está bêbado e quer responder, e após alguns segundos o faz, cautelosa, lentamente, escolhendo com cuidado as palavras.

Diz:

"Não."

E depois:

"Não sei."

E por último:

"Acho que sim."

Não sabe por que respondeu assim. Sente uma grande tristeza e ao mesmo tempo um minúsculo consolo: o toque da mão dela no seu corpo. E, talvez porque tudo continua em silêncio e ele sente que algo mais deve ser dito, acrescenta: ela ama outro. Um homem chamado Juan Ramón, diz. Um homem chamado José, corrige-se. Ou talvez nenhum dos dois, sei lá: é uma história complicada, diz afinal.

Mas a garota não acha complicada aquela história. Todos os problemas dos ricos lhe parecem o mesmo problema insosso e sem núcleo. Um tapinha no ombro.

"Entendo", diz, mas na verdade não entende.

E depois, como o *señorito* pagou pela noite inteira, sopram a chama do candeeiro e fingem dormir, mas no meio da escuridão os dois ficam de olhos abertos.

É a primeira vez que um cliente a rejeita, e pensa nisso até o amanhecer. Nisso e em Cayetana, a puta cuzquenha. Os clientes mais velhos dizem que um dia foi muito bonita, mas hoje Cayetana é uma mulherona triste e maltratada pela idade que areia panelas e limpa quartos porque ninguém mais quer ficar com ela. Só alguns velhos, e o *señorito* Hunter, que é muito jovem porém cego, e para ele tanto faz copular com um corpo ou com outro. E agora se pergunta quando terá sido a primeira vez que um cliente não quis levar Cayetana para a cama, e quanto tempo outros demoraram para seguir o exemplo. Quando ela começou a ficar velha; a arrumar as camas que as outras desarrumariam no dia seguinte. E depois pensa em si mesma. Em seus vinte e cinco anos, nos seios que pouco a pouco vão deixar de ser tão firmes — mas não pode ser isso, de modo algum, porque o *señorito* nem chegou a vê-los —, na feia pinta peluda que tem no pescoço e que não deixou que o médico de Madame Lenotre extraísse, que estúpida, e afinal imagina o jovem porém cego *señorito* Hunter dentro de poucos anos, talvez menos do que parece agora; o *señorito* Hunter um pouquinho menos jovem mas igualmente cego, percorrendo seu corpo com as mãos trêmulas e sussurrando em seu ouvido: "Eu também, querida, eu também fiquei só". Um tremor.

Quanto ao que pensa Carlos, é melhor não dizer nada.

Lima, 19 de junho de 1905

Queridíssimo amigo:

O Sr. há de desculpar-me por estas linhas, e também pela minha caligrafia... Ah, estou furiosa! Treme, como pode ver, até a mão que empunha a pena e traça estas letras. Já sei; os manuais dirão que uma senhorita deve ser cautelosa e prudente, nunca expressar emoções intensas ou excessivas. Mas eu digo que existem momentos em que não se pode colocar mordaças nem travas na alma. Não concorda? E esta noite me sinto de tal modo zangada que a cartilha de urbanidade de Saturnino Calleja certamente não aprovaria, mas que espero que o Sr., meu querido amigo, possa me desculpar. Só o Sr., que é fiel confidente de todos os meus pensamentos, mesmo destes que são contrários a todo e qualquer protocolo...!

Foi minha amiga Carlota quem me pôs neste estado. Já lhe falei dela alguma vez? Somos unidas, é verdade, por uma amizade antiga... mas ao mesmo tempo são tantas as diferenças que nos separam! Esta tarde cometi o erro de partilhar com ela o segredo destas cartas. Se o Sr. visse como me olhou, como ficou escandalizada! Acha pouco adequadas estas missivas tão longas, tão frequentes, tão pessoais, que trocamos. Com um desconhecido!, imagine só o drama. Que eu me permita remeter-lhe estas cartinhas que vão além de um mero cumprimento: seis páginas no mesmo envelope, seis envelopes no mesmo navio, e ainda por cima que lhe fale de tantas coisas íntimas... Por ela nós ficaríamos tagarelando a respeito do tempo. Das chuvas que caíram na sua Madri e do calor estival que torrou os cultivos da minha Lima querida, ou se a mãe do Sr. está bem ou não. Ou melhor: jamais teríamos trocado nenhuma carta, porque eu não tinha nenhum motivo para lhe pedir um livro e o Sr. menos ainda para enviar. Ela quase me chamou de sem-vergonha! Mas diga-me, por favor, que o Sr. treme de fúria como eu. Ou será que pensa da mesma forma? Acha, como ela, que eu sou uma jovem caprichosa e malcriada, uma desbocada cujos atrevimentos ofendem ou quando muito divertem? Ah, não seja cruel! Olhe que me daria um grande desgosto, mas muito grande, ouvir essas palavras da sua boca; da sua mão e da sua pena, entenda-se...

Não: sei que o Sr. tem a mesma opinião que eu. Que o Sr. também pensa que numa conversa entre dois espíritos não deve haver beleguins nem carcereiros, nem outros protocolos além daqueles que suas consciências imponham. Por mais que os catecismos de comportamento digam no capítulo correspondente que uma senhorita "tem o dever de entregar suas cartas aos pais com toda a confiança" e suas respostas "têm que manifestar com clareza a que se propôs, sem rodeios que as tornem difusas". Mas, ai! E se eu me propus exatamente a isto, deixar que tudo seja um imenso rodeio e que essas palavras desnecessárias sejam, de alguma forma, a língua da minha alma? Diga, por favor, que me compreende. Que quer, como eu, continuar escrevendo-as; falar-lhe esta noite, falar-lhe amanhã, falar-lhe sempre.

Mas vamos esquecer minha amiga e seus catecismos e tratar-nos, por favor, como costumávamos fazer. Deixe eu lhe contar mais algumas coisas; tantas coisas, que bem gostaria que esta carta não terminasse nunca...

Por fim o momento de falar da história do rato filantrópico, que ninguém contou e ninguém jamais contará se não remediarmos o problema agora. Um rato parecido com tantos outros, *Rattus norvegicus*, que já percorreu inúmeras vezes a rota Buenos Aires-La Coruña no mesmo transatlântico, embora não saiba que existem La Coruña ou Buenos Aires; é até razoável pensar que não acredita em outro mundo para além do porão do seu navio. O universo tem cem metros de comprimento e dezoito de boca e nele transcorre sua diminuta vida de rato, uma noite perpétua mobiliada de tonéis e caixas e sacos de aniagem. Como tantos funcionários postais, ele encontrou a forma de viver graças ao correio transatlântico: faz ninho no calor das sacas de correspondência, rói a massa deliciosa dos lacres, alimenta-se das cartas que atravessam o oceano de quatro em quatro semanas. Tem uma fraqueza especial pelo conteúdo de envelopes timbrados com cabeçalhos oficiais, umas páginas datilografadas que começam sempre com as mesmas palavras: *O Governo da Argentina lamenta comunicar-lhe*. De maneira que seu estômago minúsculo pouco a pouco vai se enchendo de notícias tristes que jamais serão lidas, e em certo sentido é lá que merecem estar, porque para que uma mãe precisa saber que seu filho emigrante foi levado pela tuberculose; por que não deixá-la envelhecer pensando que o sangue do seu sangue encontrou nas Américas a fortuna com que tantos sonham. Há coisas que é melhor saber pela metade, ou saber de outro modo, ou não saber em absoluto, e se José e Carlos estivessem escrevendo um romance fantástico, se acreditassem que o sobrenatural pode se infiltrar num relato geralmente realista, então poderíamos dizer que o rato tem a mesma opinião que nós. Que de uma forma obscura aprendeu a distinguir as cartas tristes ou desnecessárias; aquelas que nunca deveriam ter sido escritas nem muito menos enviadas. Mas aceitar isso corresponderia a outro gênero, um gênero no qual os autores não estão dispostos a naufragar, e já dissemos que seu romance é, ou aspira a ser, um romance realista; às vezes comédia, às vezes história de amor, às vezes até tragédia, mas no final das contas realista. Eles só querem contar os amores de Georgina Hübner e Juan Ramón Jiménez, e não a vida de um rato que lê, e julga, e sente piedade pelos homens. Isso é impossível, ou, pior, estragaria o seu relato.

Convenhamos então que o rato devora cartas só porque tem fome. Convenhamos também que se prefere as cartas tristes é por alguma razão que desconhecemos — talvez simplesmente porque sejam mais numerosas que as boas notícias; talvez prefira as folhas carregadas de tinta, e todo mundo sabe que a felicidade não precisa de muitas palavras. Ele se alimenta de notícias que fazem mal a quem as recebe, e hoje chegou a vez da vigésima quinta carta que Georgina escreve a Juan Ramón. Antes perdoou a primeira mensagem que um emigrado envia para a família — como é grande Buenos Aires, mãe, a senhora ficaria espantada; maior que Santander, Torrelavega e Laredo juntos — e roeu até os selos a notícia de uma filha feia que parecia milagrosamente casada e afinal não se casa. Agora para diante da carta de Georgina. Fareja o envelope com seu focinho guloso. Prepara-se para a primeira mordida com os diminutos beiços retraídos, talvez embriagado pelo cheiro de perfume do papel vergê. Dá a impressão — mas como dizer isso; conste que é apenas maneira de falar — que ele entende o conteúdo venenoso do envelope; que sabe que, para Juan Ramón, até então Georgina era apenas uma das pequenas satisfações do dia a dia, não mais importante que uma tarde ensolarada ou a visita inesperada de um amigo, e agora este punhado de palavras está a ponto de mudar tudo. Se Juan Ramón ler mais uma carta não terá saída, por fim estará completamente apaixonado por Georgina, fazendo dela a musa de olhar melancólico e véus vaporosos que conduz seus poemas, e então o que começou como comédia — dois poetas brincando de ser pobres e também de ser uma mulher — terminará como tragédia — um homem tentando fazer amor com um fantasma. Tudo depende de ele devorar ou não devorar a carta, mas é óbvio que afinal não o faz, porque se a carta desaparecer também termina o seu romance, e ainda tem que continuar por muitas páginas.

Então a partir de agora a obra se transforma em tragédia, não há outra opção, e isso por culpa exclusiva do rato. A carta vai chegar, e o poeta apaixonado há de querer viajar ao Peru para comprometer--se com Georgina, e então vamos ver como se arranjam os poetas pobres, esses garotos de bigodes ralos que até um ano antes urinavam pisco de cócoras. Mas tragédia mesmo é a do próprio rato que nunca terá tempo de roer o envelope, um marinheiro que desce em busca de certa carga e vê com o rabo do olho um movimento na saca de correio, a vassoura esgrimida no ar, a corrida desesperada, os gritos, pisadas, palavrões, pancadas; a fenda segura que não é alcançada a tempo, a pancada da vassoura na carne minúscula. Uma, duas, três vezes. E depois da morte a ascensão aos céus, o rato içado pelo rabo escada acima e, com os olhos ainda trêmulos pela agonia, vê esse outro mundo de cuja existência nunca suspeitou; a coberta ignorada do navio e sobre ela o céu azul no nada, no meio do caminho entre La Coruña e Buenos Aires.

Isso foi a vida, tem tempo de pensar enquanto é jogado pela amurada, e isto, talvez diga enquanto afunda na água, isto aqui deve ser a morte.

III. UMA TRAGÉDIA

A partir de então Carlos volta ao prostíbulo todo fim de semana. A primeira a ficar surpresa é a moça, que a essa altura não esperava continuar no romance.

Desde o último capítulo ela mesma parece ter passado por algumas mudanças. Continua como personagem secundário, é verdade, mas ao seu modo está obtendo discretamente um papel mais importante. Parece até um pouco mais bonita e, portanto, um pouco menos inexplicável que ele queira vê-la de novo. Na verdade talvez sua vida insignificante mereça algumas linhas: quem sabe uma página inteira.

Mas Carlos não lerá nenhuma das palavras que compõem esse humilde retrato. Nunca conhecerá seu quarto no terraço: a cama que divide com Mimí e Cayetana. Não as verá dormindo abraçadas nem brigando pelo frasco grande de perfume. Às vezes riem juntas, lembrando determinado velho ou determinada pica torta, e dessas risadas tampouco chegará a saber nada. Debaixo do colchão ela esconde talvez uma fotografia de mulher, um papel cheio de remendos e colas, como se alguém a tivesse despedaçado com raiva e mais tarde se esforçado para recompor os pedacinhos. O mesmo armário para as três, e lá dentro seu único vestido de sair, com cheiro forte de naftalina porque faz tempo que nenhum cliente a leva para passear. Nem Carlos. Em frente às grades da janela, uma cadeira para sentar. Uma cadeira de onde olhar longamente para esse exterior que lembra pouco. E no quarto de Madame Lenotre, a razão que explica a necessidade da grade; um livro de contas em que se certifica que somando os gastos de manutenção, lavanderia e perfumaria, sem esquecer o custo de dois abortos e a extração de um molar, a garota ainda deve à casa um total de trezentos e quarenta e cinco soles.

Uma página. Por enquanto é mais que suficiente. Porque nem sua cama desconjuntada nem o caderno de dívidas, nem a foto restaurada, tampouco as grades, jamais serão importantes o suficiente para aparecer no romance de Georgina.

Não se atreve nem a encostar a mão. Pelo menos é o que ela diz, e essa revelação fascina as garotas. Já passaram pelo bordel clientes afeitos a todo tipo de perversões e caprichos, mas esse, um homem que paga cinco soles pela noite toda a troco de nada, é sem dúvida o mais extravagante de todos.

Toda vez que o veem ali sentado no hall, passando impacientemente o chapéu de uma mão para outra, as garotas riem. E o chamam de "o pasmado". Chegou seu noivo, o pasmado, dizem, e ela sorri ou se aborrece, dependendo do estado de ânimo. Na maior parte das vezes se aborrece. Até parece que está começando a se afeiçoar. Ou talvez o que realmente lhe interessa são suas gorjetas generosas. O fato é que as manda calarem a boca, com energia, enquanto arruma o cabelo ou ajeita os brincos, e então as garotas riem mais alto ainda, sem que as advertências da madame — cuidado, suas doidas, que ele vai ouvir — adiantem para coisa alguma:

"Será que ele está fazendo a corte para se casar com você?"

"Já foi apresentada aos pais?"

"Lembre-se de nós quando for uma dama de nariz empinado!"

Como cliente ele é muito fácil de satisfazer. Não é necessário verificar se tem as coxas ulceradas de sífilis nem lhe ensaboar o peru na pia. Nada de fingir suspiros ou de chamá-lo de "meu rei" ou "meu garanhão", nem de gritar as palavras ridículas que tanto excitam os clientes. Basta deitar-se ao seu lado e falar se o *señorito* quiser falar ou simplesmente ficar calada se, como acontece algumas vezes, o *señorito* preferir passar a noite fumando e olhando para o teto. Vez por outra lhe pergunta sobre sua vida e então ela dá de ombros e fala da sua cama dividida, do armário trancado, das dívidas que não param de crescer, das grades. Outras vezes é Carlos quem tira o charuto da boca e deixa escapar algum pensamento ou algum episódio sem importância.

"Hoje fui fazer um exame."

"Ontem visitei o porto. Os estivadores voltaram a ganhar a mesma coisa, mas agora ninguém mais está protestando."

"Esta manhã encontrei Ventura, ele me perguntou se sabia algo de José e eu disse que não sabia nada; aparentemente, há várias semanas ninguém sabe dele."

Depois apaga o charuto e nisso deixa a frase pela metade, como se a fizesse desvanecer. De algum modo tais confissões parecem ligadas ao fato de fumar esses charutos e depois apagá-los, torcendo-os com fúria contra o metal do cinzeiro.

Uma noite lhe diz que é poeta. Olha para ela com solenidade enquanto fala, como se quisesse medir o impacto que a notícia deveria provocar. Ela demora um pouco a responder. Não sabe muita coisa sobre os poetas, só sabe que são homens muito pobres, quase mendigos, e acabam morrendo de tuberculose. E Carlos, sempre tão saudável e tão bem-vestido, não parece estar em nenhum dos dois casos. Talvez esteja um pouco magro, mas isso certamente não tem importância. Então sorri, e até assente com um entusiasmo fingido quando ele pergunta se, por acaso, não gostaria de ouvir um dos seus poemas. Carlos tira imediatamente do bolso uma folha que lê durante muito tempo, com uma voz que não parece dele. No começo ela interrompe para perguntar o significado de certas palavras. Depois não diz nada. Deixa que "guipura", "camafeu" ou "ebúrnea" soem esterilmente, sem abrir a boca. Quando termina, Carlos lhe pergunta se gostou e ela na mesma hora diz que sim, fazendo um esforço para sorrir. E prossegue, na mesma frase: Mas o *señorito* está cada dia mais magro, devia comer um pouco mais e se fortalecer; não esqueça que já começou outra epidemia de tuberculose em Panteoncito.

Outras vezes ele não fala nem olha para o teto, e suas noites favoritas são essas. As noites em que se deita ao seu lado e finge prestar atenção em diversas coisas miúdas mas na verdade olha para ela, só para ela. É um olhar novo; um olhar que parece pertencer àquele outro mundo que ela espia através das grades, e que por um instante a faz sentir-se menos puta. Intui que de algum modo não é para ela que olha, não é nela que toca; que o que procura em seu corpo é certamente a sombra ou a memória de outra mulher. Mas ainda assim é lisonjeiro, e ela quer que a sensação dure. Que se prolongue a noite toda, se for possível.

Também falam sobre o amor. Naquele quarto com cheiro de carmim e de perfume. Deitados nas camas onde tantos homens dormiram longe das esposas. Falam sobre o amor, ou melhor, é Carlos quem fala, sempre ante o olhar atento dela. É seu público. Cinco soles por noite, e a sessão começa. Fala como um bêbado de amores tempestuosos, de obstáculos impossíveis, de cartas, de rivais, de poemas sem autor, de perdas, principalmente de perdas que não se podem reparar. Acende e apaga charutos, usando umas palavras estranhas. Palavras que, como sua voz ao ler os versos, tampouco parecem ser dele. Dá a impressão de que as tirou de um dos seus poemas, ou melhor, do argumento de um romance de folhetim. É verdade que a moça é analfabeta e nunca leu um livro, mas está acostumada a ouvir Mimí lendo em voz alta, e a deixar-se abraçar com exaltação quando o príncipe finalmente consegue achar a princesa. Portanto sabe bem do que fala. Tal como os personagens desses romances, Carlos espera que o amor lhe proporcione tudo o que seu dinheiro não pode obter, e ela intui que seu sofrimento é consequência dessa convicção. Aliás, a literatura, e talvez até o amor, sempre lhe pareceu um luxo perigoso. Pensa na própria Mimí, cuja paixão pelos folhetins de algum modo também lhe sai caro: dez centavos por semana para comprar o número seguinte de *O príncipe e a odalisca dos mares do Sul*, que Madame Lenotre religiosamente registra em sua caderneta na coluna do "Débito".

Algumas vezes também se refere a Georgina. Na verdade é de Georgina que ele parece estar falando o tempo todo, mesmo quando não chega a mencioná-la. A garota não sabe muita coisa sobre ela. Mas a imagina branca, e muito séria, e sobretudo muito entediada, abanando-se languidamente em seu jardim e sempre bebendo a mesma e interminável limonada. Um pouco enferma, também; quase um cadáver. Não sabe por quê, mas costuma sentir um ligeiro mal-estar no peito nas noites em que Carlos fala muito dela. É uma pontada de ciúmes, mas ela não sabe. Na verdade, não faz muita ideia do que significa essa palavra ciúmes, pois nunca teve nada e portanto não tem medo de perder nada.

Acha mais verossímil pensar que é só fome.

Certas noites se permite fazer perguntas ao *señorito*. Ela se sente bem em seu papel de personagem secundário que faz os protagonistas pensarem e refletirem sobre si mesmos. São perguntas às vezes indiscretas, que solta com uma inocência que desperta ternura. Depois de cada pergunta sempre acrescenta: o *señorito* não tem por que responder. Mas o *señorito* não se importa em fazê-lo. Um dia chega a sentir que havia intimidade suficiente entre eles para lhe falar da prostituta polaca. Talvez respondendo a uma pergunta sobre sua iniciação sexual, ou sobre sua adolescência, ou sobre seu primeiro amor. Ou talvez nem sequer respondendo a alguma pergunta; simplesmente começa a falar dela e pronto. Essa história a moça ouve com mais interesse, e por um instante volta a sentir a mesma pontada. Principalmente quando ouve o preço. Quatrocentos dólares! Usa as mãos para contar quantos soles é aquilo, quantas noites com ela são necessárias para pagar uma única noite com a polaca. Mas não tem dedos ágeis, e afinal desiste. Conclui que são muitas, muitíssimas noites. Mais noites do que tem um ano. Talvez mais noites do que tem uma vida.

Quer saber se ele foi para a cama com a polaca. Se também olhava para essa mulher, aquela menina, como olha para ela agora. Mas não se atreve a perguntar. Carlos não esclarece nada, a história termina, e ela acaba concluindo em silêncio que na certa foram para a cama. Pensa, e sorri. Que se o *señorito* não toca nela é justamente porque significa algo para ele, e a polaca não passava de uma puta comum, uma bonequinha de quatrocentos dólares para trepar em cima sem pensar em nada. Que a despiu na cama ou no chão e talvez a tenha machucado, porque afinal estava pouco se importando. Que certamente aprendeu em cima dela, em baixo dela, ao lado dela, entrando e saindo dela tudo o que um homem precisa saber sobre uma mulher. Que no decorrer de uma noite a fez chorar mais do que tinha chorado durante o mês de travessia do Atlântico.

E tem que reconhecer que essas imagens patéticas e cruéis lhe agradam. As lágrimas da polaca a confortam porque está com ciúmes — a pontada da fome, outra vez; porque sua virgindade peruana nunca valeu quatrocentos dólares, nem sequer um dólar inteiro, e portanto há uma certa justiça universal nessa tristeza, nessa dor da europeia branquinha que nas noites seguintes deve ter sentido como seu corpo a cada dia valia um pouquinho menos, cem dólares, vinte dólares, vinte soles, um sol, um níquel, por fim; apenas um níquel de merda para jogá-la no chão e lhe fazer mais uma vez o mesmo de sempre.

Passa o tempo. José não aparece em lugar nenhum. Não vai às aulas na Universidade; não é mais visto sequer fumando no banco do pátio. Todos dizem que está escrevendo um romance. Carlos não sabe se é o mesmo romance ou se ele começou a escrever outro diferente, mas o fato é que dá a impressão de estar muito ocupado; não sai mais, e Ventura e seus amigos andam dizendo que parece mudado. Por instantes Carlos sente que sim, que o que ele está escrevendo é a história de amor entre Juan Ramón e Georgina, e até diria que está escrevendo sua própria vida, e também a de todos. A vida de toda Lima. O mundo inteiro entre as suas páginas.

Carlos volta a frequentar a faculdade. Agora que José não está por perto, vai sempre que pode. Quase não se lembrava mais do cheiro de madeira e giz das salas. De como é alto o estrado onde sobem tantos professores medíocres. Quase não se lembrava tampouco dos nomes dos colegas, sem falar da lei de habeas corpus ou de certas sutilezas do código civil napoleônico. Mas não é difícil. Algumas horas de estudo por dia — agora que tem tanto tempo livre —, e aprende tudo, um pouquinho tarde mas afinal a tempo para os exames. Porque pode ser que não escreva romances, tampouco cartas, mas pelo menos isto ele sabe fazer: passar nos exames. É o que pensa enquanto escreve as respostas e olha de relance para a carteira vazia de José.

Seus pais estão contentes e até se animam a dizê-lo. Afinal de contas o tal José não era uma boa influência. A história desse Juan Jiménez, uma simples mania idiota. Estão orgulhosos de ver que pouco a pouco, decepção após decepção, Carlos está virando um homem de verdade. De fato dorme algumas noites fora de casa e isso não está certo, claro, mas quem pode culpá-lo: ele é jovem, é primavera, e isso é melhor que ficar de namorico com uma garota decente, dessas tão decentes que engravidam mas não abortam. É, sem dúvida, um bom filho. Alguém que vai cuidar do patrimônio da família quando eles morrerem.

Sandoval também parece estar muito satisfeito. Agora vem visitá-lo frequentemente, trazendo novos livros e projetos que Carlos recebe em silêncio. Certa noite insiste em levá-lo a uma reunião política, em certo apartamento da Calle Amargura. Um encontro cujos participantes dão por secreto, com senha e contrassenha e tudo, mas que só é secreto na medida em que ninguém, nem mesmo a polícia, se interessa por ele. A maior parte dos presentes é de socialistas italianos e anarquistas espanhóis, que dizem estar por trás de todos os atentados na Europa. Confessavam essas coisas no mesmo tom que José usava para declarar que havia dormido com as mulheres mais bonitas do Peru. Carlos não entende metade das palavras estranhas que eles usam. Mas em certo momento da noite Sandoval explica que toda ideologia, e também a nossa consciência, é apenas reflexo da realidade material, e essa frase sim, fica gravada em sua mente. Pensa, não sabe por quê, em Georgina. Nos quinze meses da correspondência. Nas noites em que foi dormir com a sensação de que ela estava escrevendo e respirando em algum lugar de Lima. E quando pensa nessas coisas se pergunta se ela é uma dessas falsas consciências a que se referem Sandoval e seus amigos, ou se também existem ideias reais em algum lugar, tão verdadeiras como a luta de classes ou a produção anual de aço.

Certas tardes seus passos o levam ao sótão, sem necessidade. Tem um diálogo banal com o zelador e depois sobe a escada devagar, segurando-se no corrimão de degrau em degrau. Carlos gosta de estudar entre os móveis aos pedaços e os sacos de aniagem. Repete em voz alta as partes do discurso retórico — *inventio, dispositio, elocutio* — e as penas que a lei prevê para o delito de troca de identidade — três anos de prisão. No mesmo lugar onde um dia declamaram versos de Baudelaire, de Yeats, de Mallarmé. E nos intervalos das lições pensa em muitas coisas. Pensa no bacharel, que evita há tantas semanas; faz um monte de rodeios para não passar pela Plaza Mayor e dar com ele debaixo das arcadas, e então dizer-lhe, dizer o quê. Pensa em Ventura e seus amigos, que cada vez frequentam menos o clube e seus bilhares. Tão sumidos como o próprio José, e as cartas que este sem dúvida continua escrevendo e ele nunca mais lerá, capítulos em branco do romance que uma vez lhe pertenceu.

Muitas vezes pensa: eu também sou personagem desse romance. Nas páginas que escreve, José está documentando tudo: até suas visitas constantes a essa puta com quem não fornica. Pergunta-se se existe em algum lugar uma explicação para certas coisas, quem sabe um capítulo, uma página, nem que seja uma linha que diga por que precisa dormir toda noite ao lado de uma puta. Pelo menos queria saber. Teve tempo para ensaiar muitas explicações, não em frente ao espelho mas na solidão poeirenta do sótão. Que lhe evoca Georgina. Que ela lhe evoca a prostituta polaca. Que necessita de alguém que acredite em Georgina. Que se sente só. Chegou a pensar que talvez seu pai tivesse razão, e tanta poesia havia acabado por afeminá-lo; quantas vezes ele o repreendeu na infância ao surpreendê-lo com um livro de versos, você vai ver, dizia, com esse vício das metáforas vai acabar virando um invertido. E ali está ele, agora, sem conseguir se excitar com uma mulher bonita, dando-lhe razão com dez anos de atraso.

Também sonha com o romance de José. Sonha que está preso entre suas páginas, obrigado a fazer o que o narrador disser que faça. Este é o seu pior pesadelo: ser maricas no romance de José. Descobrir que é só porque o narrador quer que seja.

Os presentes do *señorito*, sempre tão extravagantes e ao mesmo tempo tão bonitos. Como no dia em que aparece cheio de pacotes e tambores de papelão e lhe pede que os abra, olhe e me diga se gostou, se são do seu tamanho. Dá pena rasgar os embrulhos das caixas e cortar os laços de fita, tão lindos, mas afinal se decide, e dos pacotes abertos vai tirando com assombro anáguas e chapéus, sutiãs e saias, véus de cetim e sapatos e vestidos de noite. Tecidos de gaze tão fina que é como segurar o ar, como haver costurado no nada. Diz que é roupa usada da sua mãe e das suas irmãs, e ela tem que fingir que acredita, porque os objetos cheiram a novo e é evidente que ninguém teve tempo de puir as barras dos vestidos. Roupa da mãe e das irmãs, claro, mas no fundo da última caixa encontra o recibo da compra com uma quantia tão imensa, tão monstruosa, que ela não chega sequer a compreender.

A partir de agora ser feliz vai significar isto. Acabou de decidir. Quando ouvir a palavra felicidade — claro que ali é impossível ouvi-la com muita frequência —, verá a si mesma pendurando os vestidos nos cabides. Deixando o dedo transparecer através da musselina. Encontrando, e não entendendo, o valor pago.

"Gostou?", pergunta o *señorito* sem demonstrar alegria, mas com algo assim como uma dolorosa esperança.

"Mas são... são para mim?"

"Para você, se gostar."

Não é roupa de puta. Isso é a primeira coisa que pensa. Não é roupa de puta, e sim das senhoritas que vê através das grades passando em seus coches de cavalos. Uma visão fugaz, que dura o tempo exato de começar a invejá-las e vê-las desaparecer, e depois não saber mais o que fazer com essa lembrança.

"Impossível não gostar..."

"Por que não prova?"

Isso mesmo, por que não? Quer fazê-lo agora mesmo, e começa a se despir imediatamente, para baixo a saia, a liga e as anáguas, para um lado os sapatos, o sutiã. As peças voam pelo quarto, com uma fúria cega que a pura alegria lhe dá. Age com tanta rapidez que já está quase nua quando Carlos consegue desviar a vista e sugerir-lhe que talvez seja melhor usar o biombo. Fala isso com muitas hesitações, e ainda sem olhar, e ela se lembra pela primeira vez do tabiquezinho que está atrás da porta. Uma moldura de flores desbotadas e textura meio apergaminhada, que nenhum cliente solicitou até agora. Mas tampouco lhe deram roupas e sapatos, nem lhe leram poemas de madrugada, então por que motivo Carlos, que é especial, não pode pedir. O biombo, por que não. Ela se cobre como pode com a roupa que ainda não tirou e escorrega para trás do biombo, ruborizada e silenciosa.

Enquanto termina de se trocar pensa no embaraço de Carlos; encontra duas ou três explicações diferentes; afinal conclui que não entende de modo algum. Porque ela não tem vergonha do seu corpo, nunca teve, e mostrá-lo aos clientes sempre lhe pareceu uma coisa natural, da mesma maneira que ninguém se escandaliza com a nudez de uma criança. No entanto, Carlos a olhou de um jeito que tem algo de cliente, sim, mas também um não sei quê de pregador, de gendarme condenando a porta do bordel, de senhorona velha se benzendo ao vê-la passar pela rua. Demora um pouco a olhar-se, já completamente nua atrás do refúgio do biombo, e sob a luz das velas esse corpo lhe parece inofensivo. Mas depois, de repente, lhe vem uma sensação desconhecida. Uma sombra de pudor, como se não fosse mais ela quem estivesse olhando; como se Carlos lhe houvesse emprestado seus olhos e através deles sentisse uma curiosidade desconhecida pela forma arredondada dos peitos e pela curva do quadril, e nesse sentimento houvesse medo, mas também desejo e culpa e excitação e esperança. Fecha os olhos. Depois, com uma repentina brutalidade, começa a se vestir.

A primeira caixa contém um vestido branco que vai até as pontas dos sapatos, com um chapeuzinho, luvas e umas ligas combinando. E quando sai do biombo está transformada num personagem de Sorolla, que passando de uma tela para outra tivesse ido parar num bordel de Toulouse-Lautrec. Claro que ela não sabe quem é Sorolla nem Lautrec, mas uma coisa julga que sabe: que, ao vê-la aparecer, Carlos sente estar contemplando a imagem imóvel de um quadro. Nesse olhar reconhece medo, mas também desejo e culpa e excitação e esperança. Sorri, nervosa, com as mãos nas costas — será que já está parecendo uma senhorita? Não se reconhecerá a puta no seu rosto? —, mas Carlos não lhe devolve o sorriso. Só lhe dá um guarda-sol, também branco, e lhe pede para abri-lo. Ela demora um pouco a se decidir.

"Não será de mau agouro...?"

"Isso é com guarda-chuva."

Certo, um guarda-sol não é um guarda-chuva, embora se pareçam. Um guarda-sol não serve para proteger da chuva e sim para dar sombra — e para que o *señorito* quer que o abra à luz do candeeiro —, mas de todo modo o apanha e anda com uns passinhos curtos da cama até o armário e do armário à janela. Passos que parecem de uma senhora com um cachorrinho. O que diria sua mãe se a visse agora, como uma verdadeira dama? E o que diria Carlos, se em vez de olhar para ela boquiaberto se atrevesse a dizer alguma coisa? Não importa. Está feliz porque o *señorito* não para de olhá-la; porque nunca a olhou com tanta atenção como agora.

Há muitas outras combinações de roupas, e noite após noite ele vai pedindo que as prove todas. Talvez esteja buscando o vestido que lhe caia melhor, aquele que vai estrear no primeiro passeio dos dois pelas ruas de Lima — senão, para que lhe daria de presente roupas tão luxuosas —, mas o tempo passa e ela não recebe nenhum convite. A roupa fica ali, abarrotando um dos armários de Madame Lenotre, pronta para ser usada a qualquer momento. Porque certas noites o *señorito* tem o capricho de vê-la com este ou aquele vestido, e então ela tem que vesti-lo e depois andar pelo quarto, ou sentar-se na beira da cama, ou fingir que está fazendo alguma coisa, enquanto ele fuma num canto do aposento e a observa através da fumaça. A moça acha estranho, claro, mas ao mesmo tempo facílimo de aceitar, porque tudo vem de um mesmo mundo alienado e bonito, onde os corpos nus causam vergonha, as putas são tratadas como senhoritas e os homens não fornicam com essas senhoritas, preferem ler poemas para elas.

Alguns modelos são divertidos. Há, por exemplo, uma saia e um manto antiquados, que parecem cuspidos do armário de uma vovó, e o *señorito* sempre lhe pede que o vista. Cada ideia, ele ali sentado e ela com o manto cobrindo a cabeça, só com um olho descoberto. Um olho que fora do seu rosto poderia ser de uma virgem, ou de uma puta, ou de um homem. Atrás do manto ela ri em silêncio, porque é engraçado, claro, mas o *señorito* continua sério.

Ou a noite em que veste um conjunto que parece pertencer a uma criança — um vestido de verão abotoado, saia azul comprida, com uma calça cor-de-rosa por baixo; até uns lacinhos para enfeitar as tranças que não tem — e quando o *señorito* a vê sair do biombo parece pasmado; como tinham razão as garotas quando cantarolavam, o pasmado, o pasmado, chegou seu noivo, o pasmado. E esse pasmado — que não é seu noivo — se aproxima lentamente, como se a estivesse reconhecendo, e estende a mão para acariciar-lhe o rosto. O *señorito*, tocando nela. É então que murmura uma frase estranha, que parece vir de muito longe.

"*Che is to morro...*"

E a princípio ela não dá importância à coisa, porque na certa é mais uma dessas palavras incompreensíveis que o *señorito* gosta de usar nos seus poemas. Guipura, camafeu, ebúrnea, e agora, por que não, *che is to morro*. Mas depois pensa que talvez signifique outra coisa; que talvez seja como quando o príncipe resgata a odalisca dos mares do Sul e antes de beijá-la diz que a ama mais que à própria vida, e ela não fala seu idioma mas mesmo assim entende, porque essas coisas se sabem. Imagina isto ao vestir seu vestido de menina: Carlos dizendo em persa eu te amo; te levarei comigo; eu tampouco te esquecerei, nunca.

"*Chcę iść do domu*", murmura ela, tentando imitar o melhor possível os sons bonitos que acaba de ouvir.

Carlos demora um pouco a reagir. Pisca e depois a olha nos olhos, entre surpreso e satisfeito. De repente parece estar muito contente. Faz o esforço de repetir pacientemente a frase, sem apagar por completo o sorriso.

"*Che is to morro.*"

"*Che is do domo.*"

E ele, mais devagar:

"*Che-is-to-morro.*"

"*Che is to morro.*"

Começa a rir:

"Melhor."

A partir de agora ser feliz vai significar isto. Acabou de decidir. Estar perto do *señorito*, e vê-lo rir, e repetir juntos che is to morro até o amanhecer.

Alguém grita seu nome. Está atravessando o Jirón de la Unión, e no meio dos transeuntes demora um pouco para reconhecê-lo. Afinal o vê sair de uma taverna próxima, com um passo vacilante e a cara corada de álcool. O bacharel Cristóbal.

"Ora, ora. Quem aparece por aqui. O priminho prestativo."

Diz isso. E depois:

"Tanto tempo sem me visitar. Achei que você estava morto, amigo."

"Não, não estava morto", responde Carlos, como se fosse necessário esclarecer. "É que ultimamente ando muito ocupado."

E isso sem dúvida é verdade. Está há quase três meses evitando passar pela Plaza Mayor exatamente para não ter que encontrá-lo, e essa cautela o obrigou a dar muitas voltas complicadas e exaustivas nas quais consumiu muito tempo. Portanto é verdade que teve bastante trabalho.

Está com um livro embaixo do braço, e Cristóbal o puxa com brutalidade.

"Vamos ver essas leituras… Ah! *Introdução ao direito canônico*. Muito bem, muito bem. Por um instante pensei que se tratava de uma história romântica. Fiquei preocupado por você; mas com este tipo de livros não há perigo…"

"Não, não é uma história romântica", responde Carlos, reafirmando o evidente.

Mas o bacharel quer falar sobre isto: sobre histórias românticas. Quer saber o que aconteceu com a priminha. Se afinal caçou o poeta espanhol. E antes de mais nada, conclui com um sorriso, o que ele fez de errado para perder seu melhor cliente. Carlos se esforça para sorrir também. O senhor não fez nada errado, responde, não se preocupe com isso; o caso é que nos últimos meses sua relação com a prima esfriou um pouco.

Faz uma pausa, pigarreia. Está procurando um pretexto para se despedir e continuar andando, mas o bacharel não lhe dá tempo. Está com o cenho franzido.

"Então estão brigados."

"Algo assim."

"E você, naturalmente, não sabe como andam as coisas entre ela e o poeta. Se a relação continua ou não."

"É, não sei."

Cristóbal havia começado a desembrulhar um havana. Olha atentamente o movimento dos próprios dedos, como se de repente o processo fosse uma tarefa muito difícil, ou como se estivesse refletindo.

"Muito bem. Não vamos nos preocupar com ela. Na certa já encontrou alguém para ajudá-la, não acha? Aquele seu amigo, por exemplo, o tal que não gosta dela…"

Carlos não sabe o que dizer.

"É… imagino que sim… E agora com licença, senhor bacharel, senão vou chegar tarde a uma aula na Universidade…"

Cristóbal põe a mão em seu ombro com afabilidade.

"Que pena! Pensei que iríamos conversar um pouco… Mas não quero que se atrase, claro. Você precisa vir me visitar um dia desses. Está abandonando o seu amigo. Venha tomar uns piscos, vamos conversar sobre o amor, com certeza."

"Sem dúvida, senhor bacharel. Mas a bem da verdade, agora…"

"E sobre as *tapadas*, claro. Ainda tenho tantas coisas a lhe contar sobre isso! Com algumas delas você ficaria bastante surpreso, creio eu. Por exemplo, já lhe expliquei por que queriam proibir a saia e o manto na época do vice-reinado?"

Carlos tenta se safar timidamente, mas a mão do bacharel aperta seu ombro com firmeza.

"Para evitar que as casadas flertassem?"

Fala como se estivesse respondendo às perguntas de um professor na sala de aula.

"Sim! Agora lembrei que já disse isso... Mas havia outra razão que me esqueci de mencionar..."

"Qual", pergunta Carlos. Assim, sem interrogação, sem curiosidade alguma. Só olhando para o final da rua onde deseja sumir.

"Queriam proibir a saia e o manto, veja só que coisa, porque parece que alguns rapazes também começaram a usar... O que acha?"

"Rapazes?"

"Sim, os rapazes... os veados, digamos. Imagine: umas bichinhas que antes de saírem de casa se fantasiavam de moçoilas bonitas para ganhar beijos de uns galãs pelo caminho... Não é de morrer de rir?"

A expressão de Carlos fica gélida, mas o bacharel continua falando. Sorri de um jeito estranho; a espécie de sorriso que só pode pertencer a um lunático ou um clarividente.

"Homens fantasiados de mulheres!" Aperta com mais força o ombro de Carlos. "O que acha? Não me diga que não dá para escrever um romance... Conte isso à sua Georgina quando estiver com ela, o que certamente não há de demorar. Mas, acima de tudo, felicite-a pela caligrafia que tem, tão de boneca..."

Só então afrouxa o braço, sem parar de sorrir. Antes de ir embora lhe dá dois tapinhas condescendentes no ombro. É um gesto seco, familiar, que Carlos reconhece logo. O som da mão de um homem contra o ombro de uma criança.

É uma cama estreita, na qual com muita disposição e um pouco de miséria cabem as três sem se atrapalhar. Felizmente quase nunca vão dormir à mesma hora. Cayetana o faz muito cedo, logo depois de meia-noite, quando fica evidente que o cego Hunter não virá e os velhos tampouco, ou que vieram mas naquela noite podiam permitir-se outra coisa.

Mimí se deita por volta das quatro da madrugada, e a essa altura já atendeu três ou quatro clientes. É rápida. Conhece todos os truques para fazer os homens acabarem rápido e também as palavras exatas que mais tarde deve dizer a eles, já descadeirados na cama, para que se lembrem dos filhos ou das esposas e queiram voltar logo para casa. Truques de puta em 1905, que certamente não são muito diferentes dos truques de puta de cem anos mais tarde.

Mas ela só vai dormir ao amanhecer. Pelo menos nos dias em que Carlos a visita. Sobe os degraus do terraço com os sapatos na mão e esfrega a maquiagem dos lábios em frente à lua partida do espelho. A essa altura já entra um pouco de luz pelas frestas do teto, e ela começa a tirar a roupa sem acender o candeeiro. Cayetana entreabre os olhos e assiste em silêncio à juventude do seu corpo, ao calor desnudo da pele azulada pelo amanhecer. Depois tenta dormir de novo. Às vezes não consegue.

Ultimamente a cama parece mais estreita, e o contato com a pele das garotas mais incômodo. Mimí e Cayetana ocupam o colchão todo, e para conseguir um espaço ela tem que batalhar um pouco. Toda noite é igual. Antes não se importava, mas agora, não sabe por quê, se importa. Até o sótão parece menor. E depois, as grades, nas quais nunca tinha pensado antes. Sente falta de ar, como um pássaro arfando dentro de um punho fechado. Detesta que Mimí ronque ou

Cayetana se levante cedo para preparar o café das garotas. Detesta, sobretudo, que Cayetana sonhe tanto e tão mal, e se contorça, e dê pontapés, e às vezes grite. Mais tarde dirá que voltou a sonhar com o cego.

Como custa a dormir, ela se espreme num lado da cama — às vezes Mimí e Cayetana lutam para estender os braços — e tenta pensar em coisas alegres. Pensa por exemplo nas festas da Semana Santa, quando os gendarmes vêm fechar as portas do bordel — "Porque se vocês, putas, ofendem Papai do Céu todos os dias, o que dirá na semana em que o crucificam" — e então ela e o resto das garotas podem passar sete dias fazendo o que querem. Pensa nos dias sem clientes em que ficam jogando bingo até altas horas e Mimí tem que ajudá-la a preencher os cartões. Nas tardes de calor em que Madame Lenotre aceita levá-las para passear numa baía de Barranco, a mais de duas milhas da praia onde os ricos tomam seus banhos — não podem correr o risco de encontrar algum velho conhecido em companhia da esposa e dos filhos —, e todas acabam se entregando nuas ao mar, rindo e chapinhando. Pensa em coisas assim, imagens cheias de sol e de sestas e de caroços de feijão cobrindo os cartões do bingo, e com um pouco de sorte adormece.

Mas em outras noites não consegue evitar. As lembranças felizes se desvanecem de repente, e então acaba se lembrando da caderneta de Madame Lenotre. Atrás das pálpebras fechadas chega quase a sentir as folhas do caderno virando, cheias de números e dívidas que não entende. Pergunta a si mesma quanto tempo vai levar para pagar tudo e ficar livre, e pensa que talvez um ou dois anos mais. Sorte que não sabe ler e muito menos fazer contas. Se soubesse riscar somas e subtrações básicas, descobriria que sua dívida já chega a trezentos e sessenta e dois soles e que para saldá-la necessitaria exatamente sete anos e cento e quarenta e oito dias, à razão de três clientes satisfeitos por noite. Isso sem contar as refeições, a roupa ou a visita anual do médico que procura e encontra sintomas de sífilis nas garotas.

Nove anos e dois meses, descontando as Semanas Santas e outras festas religiosas.

Treze anos e sete meses, se também comer e beber.

Dezessete e meio se ceder ao capricho do espermicida.

Vinte e um anos se decidir adoecer pelo menos uma ou duas vezes.

Trinta e nove se usar sabão todas as manhãs.

Quarenta e cinco se ficar grávida pelo menos mais uma vez.

Cento e catorze se Mimí finalmente conseguir lhe ensinar a ler e ela também se habituar a comprar o fascículo semanal de *O príncipe e a odalisca dos mares do Sul*.

Mas por sorte não sabe fazer contas. Por isso pode continuar sorrindo e fechar os olhos tranquila, ignorando que cada dia que vive e respira fica devendo mais uma moeda à casa. Certas noites se sente tão contente, apesar da cama estreita e das grades, que acaba pensando no que não se deve pensar. Pensa no cabo de prata da bengala do *señorito* Carlos. Imagina se daria para pagar as suas dívidas, caso o *señorito* quisesse gastá-lo com ela. O que faria se fosse livre. E por fim, antes de dormir — mas reconhecer isto lhe dá um pouco de vergonha —, fecha os olhos novamente e, em vez da caderneta de dívidas, vê agora o *señorito* de turbante, que engraçado, o *señorito* Carlos usando um turbante em vez de chapéu e sabre em lugar de bengala, atravessando os insondáveis mares do Sul e depois adentrando de espada em punho no harém do palácio. O *señorito* fazendo de tudo para conseguir dar com ela e levá-la consigo. Longe do malvado sultão; para longe de Madame Lenotre.

Acontece numa noite do verão.

Carlos tinha previsto para esta cena, a cena do arrependimento e do perdão, circunstâncias diferentes. Seria na mansão dos seus pais. Lá fora estaria chovendo muito, e sob a cortina de água José bateria com a aldrava e esperaria. A governanta olharia seus sapatos sujos de lama por uns instantes e depois o faria entrar pela porta de serviço. Depois mandariam chamar Carlos. Mas ele não desceria imediatamente. Em sua fantasia havia algum motivo para a demora que não tinha a ver com arrogância nem com crueldade. Conforme o dia em que imaginava, o pretexto mudava. Os outros ingredientes da cena permaneciam iguais: a noite, a chuva, os sapatos enlameados, o ar de desprezo da criada. Via-se com tanta clareza descendo a escada que podia reconhecer até o terno que estava usando e o título do livro que tinha na mão direita. E ao pular o último degrau — mas antes o fizera esperar por um tempo imenso — via José em pé na sala de visitas, molhado até os ossos. José olhando para ele com olhos suplicantes e depois começando a falar.

O que dizia?

Essa parte nunca se concretizava. Mesmo nos seus devaneios era inverossímil demais imaginar José pedindo desculpas.

A realidade parece não ser tão generosa. É noite, sim, mas ele não está na mansão dos seus pais; está lendo no sótão, e portanto não há criada nem porta de serviço. Tampouco chove, é claro. Na verdade, faz uma noite muito agradável para caminhar. E além disso José não precisa esperar nem um minuto lá fora. Basta o zelador abrir e ele subir a escada, como tantas vezes, para depois bater na porta.

Só o próprio José se apresenta tal como ele tinha imaginado. Titubeia, não parece seguro de estar fazendo o que corresponde ao seu personagem. Pensa, talvez, que o neto de José Gálvez Egúsquiza não deveria ter que se desculpar coisa nenhuma. Quem sabe tem até o mau gosto de lembrar o passado dos Rodríguez e compará-lo com sua própria genealogia ilustre, e por isso a cena da humilhação lhe parece um pouco mais grotesca. Não importa. O fato é que não tem escolha. Traz nas mãos o maço de cartas que o obrigam a estar lá, apesar de todo o sangue derramado pelos Gálvez em honra da pátria.

Com voz trêmula, ensaia diferentes começos.

Diz:

"Você tinha razão. O que fizemos com você foi uma canalhice que não dá para admitir."

E depois:

"Aconteceu uma coisa terrível e preciso que me ajude; Georgina e eu precisamos da sua ajuda…"

E mais tarde:

"Senti sua falta…"

Não há chuva, não há criada, não há mansão dos seus pais. Não há tampouco o que se pode chamar de desculpas autênticas. Mas Carlos não pede tanto. Não precisa nem esperar que o outro termine seu discurso. Aquelas frases desconexas e mutiladas pela vergonha. Simplesmente se aproxima de José e o enlaça em seus braços; chama-o de irmão e diz que também sentiu falta dele. Que sente falta dos dois.

Não está fazendo frio, mas de qualquer forma acendem o braseiro, talvez porque não pareça concebível ouvir uma boa história se não for ao calor do fogo. E a história de fato é boa, mas também muito longa e um tanto confusa. Ou então é José quem não sabe contar; ou não a entende direito e por isso se dispersa nos detalhes, confunde a ordem das cartas e mistura o que vem antes e o que vem depois. Enquanto fala, seu rosto parece incendiado pelo brilho das chamas. As luzes oscilantes jogam sombras em suas feições e em suas palavras.

No começo tudo foi muito fácil. Diz isso. E dá motivos para acreditar, porque ao falar dessa época, das primeiras semanas após a deserção de Carlos, seu discurso também parece mais solto, menos mecânico. As cartas que escreveram na época eram muito divertidas, ou então tão sérias que Ventura e ele não podiam deixar de rir. Portanto riram muito e aproveitaram para escrever um pouco, no fumadouro, nos bilhares, no clube da União, nos degraus das rinhas de galo, nos bordéis de Monserrate. Tinham muitas ideias, algumas contraditórias e atrevidas, outras decididamente ridículas, mas acabaram passando todas, umas antes, outras depois, para o papel. E parecia que Juan Ramón também apreciava essa Georgina um pouco amalucada, insiste José, porque suas respostas eram cada vez mais longas, e à sua maneira também contraditórias, e atrevidas, e ridículas.

Mas o poema, onde estava o poema? Naqueles meses ele ainda tremia de emoção ao abrir cada envelope. A esperança ia se congelando lentamente, enquanto procurava lá dentro a dedicatória que não estava; só mais uma carta insossa para acrescentar à coleção — trinta e duas —, um cartão-postal com o lago do Retiro ao fundo; às vezes uns versos inspirados em outra mulher. Poemas dedicados a Blanca Hernández-Pinzón, a Jeanne Roussie, a Francine, mas nenhum a ele, quer dizer, a ela. Claro que isso não interessava a Ventura nem a nenhum dos seus amigos. Afinal eles não são escritores; não leem poemas. Talvez até já estivessem começando a se cansar daquela brincadeira que não é brincadeira. Preferiam fumar, e beber, e foder, em lugar daquele jogo tedioso em que já não importava mais se você ganhava ou perdia, se Georgina era assim ou assado. Se Juan Ramón escreve ou não escreve o poema. Mas claro que importa, diz José, o que mais pode importar, além de escrever de algum modo um poema que nos torne imortais, um lembrete de que vivemos; uma posteridade feita de versos ou de cartas, tanto faz, mas de todo modo um poema.

O que havia com Georgina Hübner que não conseguia conquistar o Mestre? Sentia vontade de perguntar a ele. Escrever uma carta chamando o poeta de ingrato, chamando de imbecil. Mas o que fazia era exatamente o contrário. As cartinhas de Georgina ficavam cada vez mais apaixonadas, mais ternas; toda a sua raiva transformada em adjetivos, em frases truncadas que eram como suspiros, em íntimas seduções. E também em muitos advérbios e muitas reticências, porque as lições de Carlos não haviam sido em vão.

Talvez tenha ultrapassado certos limites: isso José está disposto a reconhecer. Era possuído por uma espécie de febre, um desejo irrefreável de fazer Juan Ramón finalmente se apaixonar. Por ele, por ela. Um sentimento semelhante à paixão com que havia assediado, primeiro a criadinha dos Gálvez, e mais tarde dezenas de damas de companhia, senhoritas em sua festa de debutantes, atrizes de variedades, colegiais do Sagrado Corazón, costureirinhas. E ele sempre conseguia o que queria: Carlos tinha certeza. Por acaso nunca lhe havia acontecido isso, hein? Também não sentia às vezes que seu desejo de suscitar a paixão de Juan Ramón se parecia suspeitamente com o desejo de conquistar uma mulher, de conquistar todas?

Carlos ouve sem um sinal de assentimento, sem um olhar. Seus olhos parecem grudados nas brasas da estufa. Parece que está ouvindo uma história, ouvindo de fato, com muita atenção, mas que essa história é contada pelo fogo. E José — o fogo — às vezes se interrompe, faz longas pausas que pretendem talvez ser dramáticas.

Ou talvez não: quem sabe José precise de fato dessas tréguas para saber o que quer dizer, porque o romance começou a se complicar. Pelo menos é o que afirma José. Na verdade acontece exatamente o contrário, de repente a história que conta fica mais simples — desaparecem certos personagens; são esclarecidas as tramas; a história de amor se precipita no final —, mas ao contá-la José emprega esta palavra grave, complicação. De repente chegam oito cartas, escritas em dias sucessivos e reunidas no porão do mesmo navio, e essas cartas parecem mudar tudo.

Na primeira, Juan Ramón fala pela primeira vez de amores passados; cita até nomes próprios, certas despedidas lúgubres, beijos que deixaram de machucar, sentimentos considerados imortais e, veja só, senhorita, murcham tão rápido como florescem. A segunda fala dos limites — imprecisos — da amizade e do amor. A terceira, sobre as dimensões — finitas — do oceano Atlântico: de como às vezes a imagina percorrendo as seis mil milhas no mesmo transatlântico que leva as cartas; ela, sua querida amiga, despachando as malas pela passarela de um navio; firmando o chapéu e beliscando uma prega da saia enquanto desembarca num porto qualquer da Espanha. A quarta trata da solidão: sua necessidade de ficar sozinho, seu medo de ficar sozinho, sua impossibilidade de ficar sozinho. Na quinta nega os argumentos da segunda: a fronteira entre o amor e a amizade não é imprecisa e sim francamente imaginária, uma utopia, um limite que se decide entre dois, que se inventa e que muitas vezes se retifica, se esquece, se apaga, se sonha, porque na cartografia dos sentimentos — ele usa exatamente essas palavras — não existem rios nem cordilheiras que sirvam como referência; hoje uma emoção pode caber na palma da mão e amanhã ser vastíssima como um continente. A sexta fala de novo sobre o oceano: de como certo marinheiro de Palos de la Frontera lhe disse uma vez que a primeira viagem em alto-mar amplia o espírito e altera o olhar das pessoas. A sétima não fala de nada, é pequena, cheia de rodeios e pretende dissertar sobre temas corriqueiros, sem conseguir. E finalmente a oitava, que de algum modo reúne todas as anteriores. Seis folhas, com caligrafia nervosa e até borrões de tinta, em que fala da possibilidade de uma viagem, da necessidade de uma viagem; nestas últimas semanas — veja que ideia — andou planejando uma série de conferências e leituras de poesia pela América e pelo Peru, o que acha do projeto, srta. Georgina; atravessar os limites — finitos — do oceano para ler poesia e ao mesmo tempo descobrir as fronteiras — imprecisas — da amizade e do amor, porque ultimamente não pensa em mais nada, só nela. Sente vergonha de confessar, mas na verdade não há motivo para isso; por que há de tremer um homem só por ser verdadeiro, por dar voz a determinados sonhos, por explicar tudo o que pode sentir por uma mulher cujo rosto nem sequer conhece — por que continua me negando essa fotografia, Georgina? E, antes de mais nada, por que ficar ruborizado por dizer que em certas noites chega a conceber a ridícula esperança — ridícula? — de que talvez, com o tempo, com paciência, ela acabe lhe correspondendo; uma emoção pode caber hoje na palma da mão e amanhã ser vastíssima como um continente; imagine, eu em Lima dando-lhe a mão e falando de tantas coisas, o que me diz disso, Georgina querida, o que me responde.

Parece mentira, mas dizia isso a carta do Mestre; diz isso José agora.

Faz outra pausa. Dá um gole na moringa de pisco. Tal como os rascunhos de suas cartas, as palavras de José parecem estar cheias de trechos riscados, de silêncios. Buracos pelos quais se desfolham, página por página, capítulos inteiros; retalhos de algo que nunca contará a Carlos, talvez porque não importa mais. E a pausa é tão longa que, quando volta a falar, um ou dois desses capítulos já voaram. Entretanto José ficou sozinho em seu próprio romance. Houve algo assim como uma dissolução de sociedade; separação de bens como estudaram na aula de direito do trabalho. Depois dessa divisão, Ventura e seus amigos ficaram com o fumadouro, as rinhas de galo, o clube, os bilhares, os prostíbulos da Acequia Alta e os de Monserrate. Sobraram para José as cartas e seu problema: a questão de como responder a Juan Ramón. Ele continua escrevendo e eles continuam rindo, mais ou menos o mesmo, nos mesmos lugares, sem poemas nem compromissos nem desenlace de romances.

A princípio pensou nas alternativas que havia planejado com Ventura: o final pio e o final devasso. Uma Georgina casada ou uma Georgina freira, para fazer o Mestre desistir de seus planos de embarcar. Mas já era tarde para incorporar ao romance uma vocação religiosa, e mais tarde ainda para improvisar um casamento. Portanto, nem convento nem altar, por culpa exclusivamente de Juan Ramón, que havia precipitado muito o desenlace. "As grandes obras da literatura", dizia um conselho do professor Schneider, "nunca cedem à tentação dos finais inesperados ou artificiosos." Por acaso Carlos não se lembrava desse conselho? Será que era lógico que um dos protagonistas, depois de quarenta e uma cartas, depois de quase dezoito meses e nenhum poema, simplesmente se dispusesse a cruzar o Atlântico? Mas nem sequer tinha visto uma fotografia dela! "Pergunta-me o Sr. se me aborreci porque me pediu um retrato? Não! Não me julgue tão pequena de espírito. Espere, o retrato já irá, mas antes é justo que o Sr. me mande o seu." Alguma mulher bonita perderia a oportunidade de mostrar seu rosto? Georgina podia ser gorda, ou feia, ou corcunda, ou ter marcas de varíola — como se coadunam mal, o amor e a varíola. Ou, é mais provável, tratava-se apenas de uma mulher comum, idêntica a tantas espanholas que passam toda manhã sob a varanda do poeta. Este tipo de heroísmo cego, atravessar meio mundo para abrir as cortinas de um sonho, só se vê hoje em dia em folhetins e romances baratos, não me diga que não, Carlos. E como ele ia saber, como alguém poderia supor que logo o Mestre seria um péssimo protagonista?

Então só restava uma opção: um final que não termina, que é praticamente como uma pausa ou uma página em branco. Georgina, doente. Teria coragem Juan Ramón de embarcar num transatlântico se sua amada estivesse longe de Lima, internada numa casa de repouso e cercada pelos familiares? José considerou que não, e impôs uma febre à sua Georgina que a adormeceu durante dias, como assim dias, durante semanas inteiras!, algo do tipo: "quando recebi suas últimas cartas ainda não estava totalmente recuperada de uma enfermidade que me deixou de cama por várias semanas", dizia o bilhete. E depois um pingo de drama, porque sua família, assustada, pensando que ela ia morrer, levou-a para uma casa de repouso em Barranco, e depois para outra em La Punta; entenda, adie essa viagem de que me fala, seja bom, não lhe digo que sim nem que não, mas o médico repete que nada de surpresas nem de emoções fortes, e esses sentimentos de que o Sr. me fala são grandes demais neste momento para caber num corpo fraco como o meu; porque de vez em quando uma tossezinha seca ainda rasga o meu peito.

E esse pedido deveria bastar, mas não basta, porque Juan Ramón está tão inflamado que não ouve os argumentos, talvez a carta lhe dê medo; talvez tenha entendido que se tratava de tuberculose — como ele seria ignóbil a ponto de fazer sua protagonista adoecer nada menos que de tuberculose? — ou, pior, quem sabe se lembrou do argumento de *María,* de Jorge Isaacs, e pensou que sua amada também estava morrendo inexoravelmente, que não havia tempo a perder. O caso é que respondeu ontem mesmo, tremo só de lembrar, Carlos, só uma folha e nela uns rabiscos desesperados, "para que esperar mais", diz a carta, "tomarei o primeiro navio, o mais rápido, que me leve logo para o seu lado. A srta. me dirá tudo pessoalmente, os dois sentados em frente ao mar ou no aroma de seu jardim com pássaros e luas". Com pássaros e luas! Entende, Carlos? Nada mais, nada menos que pássaros e luas, como se fosse um diálogo de folhetim em fascículos; um episódio do príncipe e da rameira dos mares de não sei onde, todo esse lixo que só interessa às criadas e às costureiras. E o que vou fazer agora, o que vamos fazer, eu não dormi a noite toda, quem pode garantir que esse imbecil já não embarcou, atracou em Callao, e agora mesmo está rondando a porta de Georgina, a porta da minha casa; você tem que me ajudar, Carlos, só você pode arranjar um final feliz para este romance.

O fogo está se apagando, e Carlos tem que se levantar várias vezes para alimentá-lo. Não há mais papéis, faz tempo que não escreve cartas nem poemas, então acaba vasculhando a montanha de sucata que se acumula nos cantos. Seleciona pacientemente panos poeirentos, partes quebradas de móveis, sacos de aniagem. Tábuas que desprega com esforço.

José faz menção de levantar-se.

"Eu ajudo…"

"Não precisa."

Carlos vai introduzindo os farrapos e pedaços de madeira na janelinha da estufa. José o observa em silêncio. Parece distinguir um brio, uma determinação nova em seus movimentos. Aliás, toda a cena parece ter saído das suas fantasias de artistas num terraço em Montmartre: *clochards* se aquecendo com os papéis dos seus poemas, e quando estes acabam desmantelam peça por peça as paredes, o teto e até o piso de seu sótão para acabar vendo sua estufa arder assim, sob o céu implacável de Paris. Mas hoje José não tem tempo para pensar nisso. Só repete várias vezes as mesmas palavras: Carlos, por que não senta de uma vez; quando vai me responder.

E após alguns minutos ele finalmente senta. Parece que vai dizer alguma coisa, mas afinal não diz nada. José espera, paciente; pelo menos quer esperar e quer ser paciente. Mas não consegue. Tinha se proposto contar até cinquenta antes de falar, dar cinquenta oportunidades a Carlos de falar primeiro, mas antes de chegar a vinte já está fazendo a pergunta.

"Você vai me ajudar?"

Carlos o encara por um breve instante. Encolhe os ombros.

"Você devia pedir conselhos ao bacharel. Eu não tenho mais nada a ver com isso."

Não há o menor rancor em sua voz: só o tom neutro que se usa para repetir uma verdade que não admite discussão. José protesta energicamente. Claro que não, o que você está dizendo, será que não ouviu nada, hein? Tenta pedir perdão, diz que sem ele não teriam chegado até ali; que sem ele tampouco poderiam sair daquela situação; que o romance também é dele, que sempre foi, como pode duvidar. Tem um brilho de desespero nos olhos quando diz isso; quando tenta dizer essas coisas.

"Além do mais já falei com o bacharel. Hoje mesmo, de manhã. Fui vê-lo na praça e lhe contei tudo. Que Georgina não era prima de ninguém, que a coisa começou como brincadeira e depois perdemos o controle, que não havia maldade. Enfim, deixei-o a par de tudo. Sabe o que me respondeu? Que já sabia, desde o começo. Que raposa! Mas eu não caio nessa, sei que conseguimos enganá-lo também, como a todo mundo, por mais que agora queira bancar o adivinho. E depois, toda essa questão da ética que ele tanto repete. Será possível que tenha quebrado as suas famosas regras alimentando um romance se realmente sabia que era uma farsa? Tive que perguntar-lhe, é claro."

Carlos permanece imóvel, mas seu olhar ficou mais atento.

"E o que ele respondeu?"

"A primeira ideia que lhe passou pela cabeça. Que eu não me esquecesse que a primeira regra, a mais importante, a única a que se submetiam todas as demais, era nunca nadar contra a maré do amor. Mas amor de quem?, perguntei. E ele ria, claro, o que mais podia dizer. Eu não caio nessa, não caio…"

Quanto a conselhos, o bacharel também não disse grande coisa. Só riu novamente, comentando que essa Georgina parecia malvadinha, muito malvadinha; que aquela tosse com calafrios no peito não faz nada bem nesta época do ano; podia até morrer. Não seria uma libertação?, acrescentou piscando um olho. E por isso José precisa agora de Carlos, imagine só, até o seu amigo falador se rendeu e não sabe mais como sair do atoleiro, mas sei que você é diferente, tenho certeza de que vai descobrir um jeito. E dizendo isso lhe entrega o maço de cartas com cara de súplica. Está tudo aqui, acrescenta, os últimos capítulos do nosso romance.

Nosso romance: diz isso.

Carlos hesita um pouco. Afinal pega as cartas. Sopesa com cautela o volume, grande mas ainda assim surpreendentemente leve. É um gesto mecânico em que não há impaciência, mas tampouco alegria, nem curiosidade, nem tristeza. Não encontra palavras adequadas para responder a José, o que significa, parafraseando o bacharel, que não sabe o que pensar, nem como deveria se sentir. Esperou tantas vezes por este momento — as desculpas de José; a volta de Georgina — e agora que tem entre os dedos um pedaço de desejo realizado, já não sabe o que fazer com ele. José humilhado; José suplicando que o ajude, que salve o romance; José necessitando dele pela primeira vez na vida, mas por algum motivo essa humilhação, essa súplica e essa necessidade não lhe provocam nenhuma emoção. Não é isso o que de fato quer, o que está buscando há tanto tempo, mas então o que pode ser. Só sabe que ao receber o pacote de cartas tem a sensação de que lá dentro há algo muito íntimo e por outro lado absolutamente alheio. Que é a coisa mais importante que fez na vida e ao mesmo tempo um absurdo, uma estrepolia, uma brincadeira de mau gosto que desandou. Por um instante é dominado pelo rompante de jogar todos esses papéis, um por um, pela janelinha onde as chamas crepitam. Adeus Georgina, pensa, e esse pensamento é libertador e terrível ao mesmo tempo.

Mas não joga. Em vez disso deixa seus olhos escorregarem pelos traços trêmulos, pela caligrafia do excelente impostor que é José. Até que para numa passagem da última carta de Georgina.

Quando recebi sua última carta, ainda não estava totalmente recuperada de uma enfermidade que me deixou de cama por várias semanas. Minha família, assustada, levou-me a Barranco, um balneário pitoresco, e depois a um sanatório em La Punta, lugar de veraneio também, muito solitário e muito triste.

"O sanatório de Santa Águeda", diz Carlos de repente, com uma energia inusitada.

Talvez pelo longo tempo que estava sem falar, essas palavras sobressaltam José. Tem a impressão de que sua voz está excepcionalmente grave, como se pertencesse a outra pessoa. Demora uns instantes para perguntar.

"Santa o quê?"

"O sanatório que Georgina menciona, em La Punta", repete sem fixar a vista em nada, como se argumentasse consigo mesmo. "Acho que se refere ao sanatório de Santa Águeda."

José pisca, confuso.

"Bem... não sei. Na verdade só disse por dizer. Não tinha certeza de que houvesse algum..."

"É um sanatório de tuberculosos."

"Tuberculosos", repete distraído, talvez pensando em outra coisa.

Carlos não olha as cartas inteiras. Lê com negligência algumas frases escolhidas ao acaso, que por um arbítrio misterioso parecem estranhamente ligadas. O maço de cartas com certeza passa de duzentas páginas. Suponhamos, para dizer um número, que tem exatamente duzentas e oitenta e nove. Carlos começa a ler precisamente por essa página — "Tomarei o primeiro navio", disse o poeta — e daí passa à duzentos e oitenta e oito, à duzentos e oitenta e sete, à duzentos e oitenta e seis. Lê outro romance, um romance desconhecido no qual as respostas antecedem as perguntas; no qual se enviam cartas inúteis ao passado e a terna amizade do começo vai se fossilizando em fórmulas cada vez mais protocolares — querido amigo, estimado Juan Ramón, meu prezado senhor — até que seus personagens decidem ignorar-se por completo, nunca mais voltar a se falar. Começar no auge de uma paixão que se apaga como nunca acontece nos livros: devagar. Sabe perfeitamente o que vai encontrar nessas primeiras páginas que são também as últimas: uma Georgina falsa, um pouco grosseira, enternecedoramente vulgar, com a boca cheia de palavras impróprias, maneiras toscas e um jeito de costureira, que pouco a pouco irá recuperando os traços da sua pureza original. E no começo ele se deleita com suas vulgaridades, a rudeza dessa estranha, como quem censura os caprichos de uma criança que depois, algumas cartas mais tarde, serão corrigidos. Quem é que diz isto e aquilo, para que diabos uma carta tão estúpida, em que estava pensando José quando pôs nos seus lábios esta frase, e esta, e aquela outra. Sua imaginação vai eliminando essas palavras, essas expressões, essas brincadeiras, e é como se ao fazê-lo tirasse a maquiagem de uma estátua de mármore.

E embaixo deveria estar Georgina. Mas de repente acontece que não está, que do outro lado dessa maquiagem não há nada.

Entretanto, talvez não seja justo dizer que isso acontece de repente. Porque é uma descoberta repentina que ao mesmo tempo demora muito a tornar-se certeza; uma surpresa lenta e fria que dura minutos, e neles dúzias de páginas, cartas que se sucedem em suas mãos uma atrás da outra, cada vez com mais rapidez. Remonta primeiro à página duzentos e quarenta, mais ou menos o momento em que começa a tragédia, e depois até a greve, e depois ainda mais atrás, quase até seu nascimento, e mesmo assim nada. Georgina já não parece Georgina e sim uma mulher qualquer, uma desconhecida, um fantoche ridículo. Um Frankenstein confeccionado a partir de vísceras e apêndices extraídos de diferentes sepulturas, frases de *Madame Bovary*, de *Anna Kariênina*, de *As relações perigosas*; até mesmo certos modismos que leu no último romance de Galdós; mas nem sinal da verdadeira Georgina. Porventura algum dia ela existiu? À sua volta Carlos só vê despojos sem vida. É como o dia em que o médico e seu pai e até os criados começaram a ralhar quando se dirigia a Román, e o mandaram repetir uma vez, cem vezes, que aquele amiguinho não existia, que não era um menino rebelde, que foi ele mesmo quem jogou o galheteiro de prata; que nessa cadeira, nessa *chaise longue*, nesse jardim, havia apenas ar. Até que ele, de tanto ouvi-lo, também começou a vê-lo, o ar, entenda-se, viu o ar, e nele os chicotes, e as padiolas, e os rifles, e os cadáveres cheios de moscas, e tantos meninos de verdade com olhos amarelos e ventres inchados, como se a fome os tivesse emprenhado. É a única coisa que vê agora, o ar, ou seja, as palavras, e talvez por isso de repente se lembra de Sandoval, é necessário descer à realidade dos fatos, à materialidade das coisas, porque toda ideologia é apenas uma falsa consciência que não é compatível com as condições materiais de existência; é o que repete agora e o que pensa, e de repente Georgina passa a ser apenas aquilo que tem nas mãos, um papel amassado, palavras escolhidas de determinada maneira, um certo direcionamento a esses temas e lugares-comuns, uma manchinha de café num rascunho que usaram como descanso de copos, uma forma de subir os eles e os tês como se quisessem sair da página, isto é, chegar ao céu.

Carlos se pergunta pelo romance que antes vislumbrava vividamente em cada carta, como que projetado na penumbra leitosa do cinema. Uma garota balançando um guarda-sol de um ombro para outro; um caramanchão melancólico onde alguém sussurra ou chora; a treliça de um confessionário, as grades de uma janela e os barrotes de um jardim com trilhas de cascalho e preceptoras; outra gaiola e nela um periquito ao qual dar lentamente, bicada a bicada, sua ração de alpiste; um missal apertado com devoção contra o peito, para ocultar melhor o pacotinho de cartas que contém. Não vê nenhuma das imagens que antes acompanhavam tantas palavras. Nem sombra da verdadeira Georgina, se é que alguma vez existiu: só o rosto de todas as georginas grotescas e impostoras que estão em toda parte. Vê os vestidos caros que usa a vagabundinha da Calle del Panteoncito, umas fantasias que nunca vão conseguir apagar quão puta ela é. Vê a prostituta polaca quando não é mais menina nem tem mais seu vestido de verão nem seus lacinhos cor-de-rosa nem sua cama com dossel, a prostituta polaca que não tem sequer mais dentes; só tem um cantinho num depósito de lixo onde se deixa usar por um cobre ou uns goles de vinho, uma boca desdentada que sussurra "cheistormoro" no ouvido dos clientes altos e baixos, jovens e velhos, gordos e esbeltos, "cheistormoro" que talvez signifique "acabe de uma vez, moço", ou "está me machucando", ou talvez "queria estar morta". E também vê a si mesmo deitado languidamente na sua cama, beijando com paciência, com uma entrega total e patética, o dorso da própria mão. De olhos fechados. E então não tem mais vontade de censurar José, nem pena de Juan Ramón, nem saudade de Georgina, e sim vergonha de si mesmo, e uma espécie de nojo. Vem à sua mente um sonho que teve muitas vezes e sempre esquece ao acordar; uma fantasia em que vê uma mulher bonita recostada em seu divã, com a majestade de uma odalisca de Fortuny ou uma gravura de Doré. Seu corpo voluptuoso e branco, como que saído de uma tela, cada vez parece mais real, mais próximo, insuportavelmente próximo, como se em vez de olhos tivesse lentes de microscópio que alguém estivesse ajustando; ou como se fosse ela, a mulher formosa, que ficasse imensa até abranger tudo. Um peito gigantesco de repente, a aréola do mamilo transformada numa urticária roxa, numa acne repulsiva, pelos espessos como bosques crescendo na carne e rugas profundas como vales, e até dentro dela a vertigem de tantas secreções, viscosidades, vísceras, bactérias, rumores digestivos e fecais, menstruações, palpitações quentes, células que se replicam e morrem e se replicam de novo. Desses pesadelos acorda sempre meio febril, cozido em seu próprio suor, tremendo de medo por causa dessa beleza terrível e imensa.

Quase com o mesmo desespero, afasta de si o maço de cartas. Sente uma repugnância profunda, um não sei quê que não sabe transmitir com palavras — mas o bacharel diz que se não há palavras esse não sei quê não é nada — e finalmente entende, ou pelo menos pensa que entende. Vontade de que tudo termine, de gritar que Georgina morra.

Pensa: Georgina tem que morrer.

Diz, na verdade, em voz alta.

"Temos que matá-la."

E José se vira para olhá-lo e ri. Um riso prolongado, excessivo, que se interrompe exatamente quando ele começa a compreender.

"Matar quem?"

José tenta protestar, dizer alguma coisa, mas Carlos se adianta mais uma vez. Sua voz não parece a sua voz e de fato não é mais sua voz. Parece a de José, mas na verdade tampouco é a voz de José. Parece e é a voz autoritária de Román: uma voz que exige obediência e faz José calar-se imediatamente. Román dizendo que é preciso matar os amigos imaginários tem lá sua graça, ou melhor, não tem nenhuma: o que tem é razão.

Tem razão?

Parece muito seguro de si mesmo. Como se Román lhe houvesse emprestado não somente a voz mas também um pouco do seu aprumo, da determinação com que fazia uma travessura ou determinava as regras de um jogo. Enquanto fala, só um pequeno gesto revela a emoção que sente: a forma como seus dedos brincam com as bordas do pacote de cartas. E é como se com isso pudesse avançar e retroceder no tempo à vontade; remontar a seu romance e selecionar as cenas e os exemplos mais apropriados para respaldar suas palavras. Diz: não era justamente você quem afirmava que tudo isso era só literatura. Que citava Aristóteles e falava de verossimilhança. Que repetia que o nosso final precisava de um efeito dramático, porque os melhores romances de amor terminam em tragédia. Que uma mulher teve que morrer para Petrarca escrever um grande poema, e Dante, uma menina, e Catulo, um rapaz. Você não dizia isso, José. Pois aí tem a sua tragédia, sua Anna Kariênina pulando para baixo do trem, sua María com cãibras de epilepsia, sua Fortunata sangrada, sua Emma Bovary engolindo até o último floco de arsênico. Porque Georgina está tísica, não sabia? Tem duas cavernas nos pulmões do tamanho de um punho. Caso contrário, como se explica que seja tão pálida, e que saia tão pouco, e que a criada a repreenda quando passa as noites no jardim vendo as traças queimando — lembra, José? E, sobretudo, a doença surpreendente que você escolheu para ela; as tosses que rasgam o peito e as internações urgentes no sanatório de Santa Águeda. "Eu não disse que era de Santa Águeda!", chega a protestar José. Isso agora é o de menos, continua Carlos, o que interessa é que em La Punta só há um sanatório e que esse sanatório é de tuberculosos; Juan Ramón pode verificar se quiser. Você queria a minha ajuda, e esta é a única ajuda que posso dar: sou apenas um leitor do seu romance, e como tal sei que a história tem que acabar com Georgina morta e com Juan Ramón chorando-a.

Terá razão?

José bufa. Certo, diz; é possível que Carlos tenha razão, pelo menos em parte do que disse; pode até aceitar que em tudo. Ultimamente o romance se precipitou rumo a um final trágico, talvez por sua culpa. Mas com certeza ainda podem fazer alguma coisa; por acaso não somos nós os autores, vamos pôr mãos à obra, porra, quem além de nós pode escrever um final alternativo. Um final em que Georgina não morra, e ainda assim haja um pretexto para que Juan Ramón não entre no navio e, em troca, escreva o poema.

Ao ouvir isso, Carlos sorri com uma expressão nova. Tantas vezes a ensaiou no espelho, e finalmente pode empregá-la com alguém: uma expressão de superioridade, de desprezo. Claro, você pode fazer isso se quiser, responde. Salve-a na última página, como nesses romances baratos que sempre terminam com um indulto imprevisto da Coroa. Ou a descoberta de um tesouro. Ou uma carga de cavalaria contra a retaguarda do inimigo, dirigida por um general que nem tinha sido mencionado. Isso se chamava *deus ex machina*, não é? Pois então: faça um *deus ex machina*, se é isso que quer, e dane-se o romance, e também o poema. Porque você por acaso se esqueceu do poema? Aquele que o Mestre escreverá se Georgina sobreviver, hein? Uns versinhos em que ninguém prestará muita atenção, já estou até vendo; um lamento frívolo por mais uma garotinha que vira noviça ou se casa. Pior: a descoberta de dois imbecis que se fazem passar por uma mulher. E por que se conformar com isso se poderia ter um poema que doesse como um grito verdadeiro, um pranto inconsolável e definitivo; a elegia pela amada que morre, que se extingue justamente na véspera do encontro, talvez porque uma flor tão bela não podia mesmo durar muito. Mas se isso não o convence, problema seu. Se o que prefere é um romancezinho sentimental, desses que se vendem por um níquel a libra, então já sabe o que tem que escrever. Ou pode até cruzar os braços e deixar Juan Ramón vir para cá: que Georgina e ele se casem e tenham filhos de papel. No fundo, está pouco ligando.

Carlos faz uma pausa; acende um charuto. Suas mãos tremem, mas dessa vez não se trata de inquietação nem de medo. Sente uma excitação selvagem; uma euforia cheia de raiva que o obriga a levantar-se e quase o fez cuspir as últimas palavras. É uma emoção nova, pelo menos é o que parece no começo, mas aos poucos vai percebendo que subsiste nela um gosto familiar. Já sentiu uma vez algo semelhante: acaba de se lembrar. Foi há oito anos, na cama da prostituta polaca. Porque para ser sincero consigo mesmo tem que reconhecer que não sentiu somente culpa e tristeza, embora seja essa a lembrança que prevaleceu ao longo de todos esses anos. Ao acordar e ver os lençóis salpicados de sangue, também sentiu, lembra agora, um prazer mais primitivo que no momento não foi capaz de entender. Uma espécie de excitação que tinha algo do frenesi com que seu pai chicoteava os índios, e talvez também do gozo que ele mesmo desfrutou em segredo, enquanto transpassava o corpo daquela menina repetidas vezes. Os gritos dela como uma anestesia doce em seu ouvido, como um termômetro que medisse seu valor, sua força. A certeza de que apesar de tudo ele também sabia machucar. De que podia dominar e destruir outro ser humano e depois simplesmente ir embora, como se aquilo nunca tivesse acontecido. E agora se sente arrebatado pela mesma exaltação, por um júbilo furioso que quer destruir tudo, como se o sangue daquele lençol não pertencesse na verdade à prostituta polaca e sim a Georgina, a tuberculosa; os esputos vermelhos que vai continuar tossindo até o último estertor, só porque ele assim o deseja.

José vacila. Demora a tomar a decisão de falar. À luz do braseiro, seu rosto está cheio de oscilações, de sombras escuras e claridades vermelhas que vão e vêm. Mas Carlos não precisa ouvir o que ele está para dizer. Sabe que aquela demora é uma miragem;

que a decisão de fato já está tomada, do mesmo modo que Román sempre sabia que o amigo Carlos ia acabar cumprindo todos os seus desejos. Não pode ser diferente. Então dá outra tragada, e enquanto fuma esse charuto parece prever todos os acontecimentos que se seguirão: seu pai subornando o cônsul, ou o próprio embaixador do Peru em Madri — digam-me, sanguessugas, quanto vai me custar o coração de um poeta; se for preciso, falsificando o atestado de óbito de Georgina, assim como antes inventou os dossiês de tantos antepassados ilustres. A morte de Georgina contada no espaço de um telegrama, porque suas últimas palavras não hão de viajar no porão de um navio, mas num telegrama diplomático. Dez palavras, para ser exatos, o máximo permitido em mensagens urgentes, e José e ele rabiscando e amassando muitas folhas até encontrá-las; dez palavras que poderiam ser, por exemplo, estas: comunique ao poeta Juan Ramón Jiménez que Georgina Hübner está morta — "São onze", dirá o telegrafista, e Carlos, depois de pensar um pouco: "Então risque o poeta". E o telegrama, sem a palavra "poeta", viajando através do oceano enquanto Georgina morre num hospital de tuberculosos; ou melhor, Georgina morrendo enquanto sonha em seu delírio com um telegrama que viaja através do oceano; as freiras que circulam com suas toucas brancas e suas bandejas cirúrgicas e suas compressas frias; pulsos elétricos fazendo vibrar milhares de milhas de cabo submarino, invisíveis como um sonho; Georgina acorda, com cãibras provocadas pelos estertores e, atrás dos seus olhos, um telegrama que atravessa dorsais oceânicas e destroços de navios, bosques de algas e planícies de lodo, taludes e abismos por um instante iluminados pela lucidez da febre; seu pesadelo fazendo girar a bobina do telégrafo, e o rolo com tinta, e a fita de papel que vai se enchendo de palavras, de silêncios; de traços e pontos que são como uma respiração que se corta. A mão da freira que avança para fechar-lhe as pálpebras, e com ela a tira de papel nas mãos do telegrafista, nas mãos do menino de recados, nas mãos do zelador, do criado, de Juan Ramón, afinal; suas mãos desenrolando outra vez o telegrama, com o pulso primeiro firme e depois trêmulo.

Batem na porta. São seis da madrugada, e as pancadas tão fortes que parecem querer derrubar a casa. Outra vez os gendarmes, pensa Madame Lenotre, enquanto desce as escadas e tenta prender a touca. Já se passaram quatro anos, mas como esquecer; um esquadrão de beleguins batendo forte na porta para capturar um dos clientes, que aliás era um homem diminuto, quase um anão. E o prenderam na hora, ainda de pau duro e fazendo cara de santinho. Ao vê-lo tão carente, tão miúdo, tão meio criança nas mãos de tantos homens, algumas garotas choraram. Afinal alguém explicou que ele tinha fugido da Penitenciária Central, e que antes dessa noite havia degolado e esquartejado quatro mulheres em outros tantos bordéis. A garota que o atendia ficou paralisada na cama quando soube, e as outras em volta não paravam de fazer-lhe perguntas. Queriam saber como era ele. Como podiam diferenciar um cliente normal de um transviado, de um louco. Ela, ainda com os olhos fixos e a boca fossilizada, respondeu que era simplesmente mais um homem. Nem mais delicado nem mais grosseiro, nem mais falador nem mais calado que o resto dos clientes que atendia, à razão de duas dúzias por semana.

Mas esta noite não há foragidos na casa; nem sequer clientes há mais. O último saiu há pelo menos duas horas, e Lenotre disse às garotas que podiam ir se deitar pois certamente não viria mais ninguém. Portanto, não há homens nem garotas para atendê-los, e quando abre a porta da rua, do outro lado tampouco há guardas. Só o *señorito* Carlos, bêbado, segurando-se com desespero na aldrava para não cair ao chão. É difícil acreditar que esse menino tão bem--educado, tão sério, tenha podido fazer um escarcéu daqueles. E no entanto ali está ele de queixo erguido e olhar desafiante. Uma determinação nova na voz e nos gestos; uma gravidade profunda que não pode vir só da bebedeira, vem de outro lugar, de outra pessoa. Sim, é exatamente isto que Lenotre se surpreende pensando por um instante: que o *señorito* Rodríguez se transformou em outro homem. E esse desconhecido precisa ver a garota, e diz isso em altos brados. Sabe que são seis da madrugada e que a casa está fechada, mas precisa vê-la sem mais demora; lamenta muito mas tem que ser justamente agora. O dinheiro dele é tão bom como o de qualquer outro, e enquanto diz isso vai tirando do bolso uns bolos de notas que parecem cascas de frutas. Envoltórios que não envolvem nada e se esparramam primeiro na mão ossuda de Lenotre e depois pelo tapete.

A garota está dormindo profundamente, e tudo o que acontece a partir de então parece um prolongamento desse sonho. Lenotre batendo palmas ao lado da cama, gritando que o *señorito* está aqui, que *señorito*?, mas quem pode ser, o *señorito* é o *señorito*, o pasmado, o da virgindade, o filho do magnata da seringa. Parece que está meio aéreo, diz que tem urgência de ver você e trouxe um monte de dinheiro; vista um desses vestidos que ele tanto aprecia e faça o que pedir. Ela se levanta dando um pulo; quase passa por cima do corpo de Cayetana. Vai correndo olhar-se na lua quebrada do espelho. Por que ele estará com tanta pressa? Seu desespero, sua urgência só podem significar uma coisa. Só uma? Ela acha que sim e, enquanto se maquia e se veste às pressas, propõe um pacto a Papai do Céu: se ele estiver esperando nos reservados do térreo e não nos do segundo andar, então é porque vem lhe dizer aquilo que tanto deseja ouvir. É um pacto justo, e o sela com um beijo no punho, à falta de crucifixo. Enquanto desce a escada tem a impressão de que tudo à sua volta é irreal, os degraus atapetados, as naturezas-mortas nas paredes, a claridade esmaecida que começa a entrar pelas janelas e dá à casa a atmosfera de um sonho. Não, não é um sonho, é antes um trecho daqueles romances que Mimí sempre lê. E ela é a protagonista, claro, parece uma senhorita de verdade com o vestido branco e o chapéu e as luvas combinando. A roupa favorita dele. Também abriu o guarda-sol e o leva no ombro. Nisto, pelo menos, não é mais supersticiosa: como poderia ser, se ultimamente só lhe acontecem coisas boas mesmo que abra guarda-chuvas que não são guarda-chuvas dentro de casa.

Não, não é supersticiosa. Mas não há ninguém nos reservados do segundo andar e, vendo isso, sorri. Então desce até o térreo. Empurra a única porta aberta. E do outro lado está o *señorito*, que de repente deixa o chapéu cair no chão e se joga sobre ela. É um gesto tão imprevisto que fecha os olhos sem querer, como se fossem esbofeteá-la. Mas não é uma bofetada. É um beijo desesperado, um beijo com gosto de álcool e febre e sangue. Ela demora a reagir. Será que esse gesto vale mais que as palavras que o *señorito* não diz? Papai do Céu está cumprindo a sua parte do trato? Não sabe. Só sente que seu corpo relaxa quando ele começa a se esfregar no corpo dela, a buscar as alças do sutiã com um desespero furioso. Pela primeira vez as mãos do *señorito* não tremem. Na verdade está com o pulso bem firme enquanto a pega nos braços e depois a joga sobre a cama. Um pouco brusco, talvez. O príncipe jamais faria assim, mas ela tampouco é uma odalisca dos mares do Sul, é só uma das putas de Panteoncito.

Pensa isto, sou uma das putas de Panteoncito, e a palavra não sai da sua cabeça. Puta, enquanto o *señorito* rasga as costuras do seu vestido. Puta quando levanta sua saia até cobrir-lhe o rosto. Ela, puta, de pernas abertas porque o peso do seu corpo a força. Tem que lavar o pau dos clientes na pia, são as normas da casa, mas antes de ter tempo de dizer isso já o sente lá dentro, abrindo passagem numa investida raivosa. Se pudesse mexer as mãos, mas não pode, porque o *señorito* as prende com força. Se pudesse falar, mas tenta e o *señorito* — o *señorito*? — lhe grita que se cale, que cale a boca de uma vez, sua puta. Ela, puta. Se pudesse ver, mas não, só consegue sentir a gaze branca do vestido cobrindo seu rosto, o sufoco úmido da própria respiração. Do outro lado lhe chega o resfolegar animalesco de Carlos, feito de respiração quente e grunhidos roucos, de arquejos patéticos. Se pelo menos doesse um pouco, mas nem sequer isso. Simplesmente o sente mexer-se dentro dela, e isso talvez seja o mais ridículo, o mais terrível de tudo. Apenas mais um cliente, que murmura as mesmas blasfêmias no seu ouvido, que a esmaga com o corpo e afunda os dedos em sua carne. Será mesmo o *señorito*? Poderia ser qualquer um. Porque é tão repulsivo quanto os outros, seus movimentos produzem as mesmas náuseas, a mesma necessidade de voar para bem longe com o pensamento. E voar para onde, pois não há mais outro lugar: ele não a espera num palácio distante com o turbante e os versos bonitos, mas aqui mesmo, apertando seus pulsos até machucar.

Parou de tentar libertar-se, de querer destapar o rosto. Não há nada a dizer, nada a fazer. Sabe que a maneira de acabar o quanto antes é ficar bem quieta. E como não há mais um príncipe em quem pensar, de repente se vê pensando no resto das coisas. Pensa nas grades. Pensa na cama que compartilha com Mimí e Cayetana, e no caderno de dívidas de Madame Lenotre, e no retrato recomposto que guarda embaixo do enxergão. E então percebe pela primeira vez que não vai sair daquela casa, que nunca mais terminará de pagar suas dívidas; que jamais voltará a ver sua mãe como era naquela fotografia. Tem vontade de gritar muito alto. Pôr a boca bem perto desse corpo que se agita dentro dela e gritar seu próprio nome; gritá-lo bem alto para que esse desconhecido o saiba, para que não se esqueça mais. E dizer que ela também existe, que está ali, agora. Mas no último instante sua voz se congela antes de sair. A respiração do homem de repente se acelera, fica rouca, entrecortada; afinal é ele quem grita. E ela, com a boca aberta ainda, se resigna a murmurar as únicas palavras que os homens querem ouvir dos seus lábios.

"Assim, meu homem."

"Assim, meu garanhão."

"Assim, mais rápido; mais forte; mais fundo; assim. Assim."

IV. UM POEMA

O romance termina exatamente onde seus autores o interrompem, ou seja, numa noite do final de 1905. Pelo menos é o que eles pensarão durante os quinze anos seguintes: que escreveram uma tragédia e que essa tragédia acaba com Georgina morrendo. Estão errados, mas isso não é coisa de se estranhar, porque nunca foram grandes escritores e talvez nem sequer bons leitores. Não entenderam que ainda falta uma coisa, um epílogo que chega fora de hora, quando já não se espera mais. E depois, nada.

É 1920. Até recentemente, o mundo parecia uma tragédia digna das páginas do seu romance. À morte de Georgina vem se somar a do arquiduque Fernando, e com ela os quinze milhões de vítimas da Grande Guerra; o massacre das revoluções de fevereiro e de outubro; a gripe espanhola e seus setenta milhões de pestilentos; a execução do tsar Nicolau, e da tsarina, e dos cinco filhos, e os quatro servos. Mas nos últimos tempos algo parece ter mudado. Não há mais gripe, não há mais guerra, não há mais revolução nem contrarrevolução. Há até quem garanta que a jovem princesa Anastássia ainda está viva, oculta em algum ponto da Rússia. Não se trata de que agora Georgina vá ressuscitar também; a essa altura, Georgina está tão morta como o Império Austro-Húngaro, por exemplo. Mas pelo menos tudo isso é um sintoma de que nenhuma catástrofe é definitiva: de que até nas maiores tragédias há espaço para a piedade ou a esperança.

Se o final do seu romance não é uma tragédia, então o que é?

O final é um poema. Mas é também uma conversa; um reencontro num café da Calle Belaochaga. Um café que quinze anos antes não existia. Porque Lima mudou muito nesse intervalo, e José e Carlos mudaram junto com ela. Estão mais gordos, mais velhos, mais bem-vestidos. O tempo de alguma forma os igualou, e agora seria bastante difícil distingui-los. Na verdade: os dois não se distinguem em absoluto. Sentaram-se num reservado do café protegidos por sorrisos idênticos, e é impossível saber quem pergunta ao outro por seus negócios; quem responde que vão indo, como sempre, vão indo.

Ou talvez seja até possível distingui-los, mas o problema é que a resposta não tem mais importância. José e Carlos não só se parecem, mas se transformaram, de fato, na mesma pessoa.

Mas não falam, não sorriem com naturalidade. Tratam-se com a rapidez meio atropelada de pessoas que não se veem com muita frequência. Como se essa conversa não fosse resultado de um encontro ditado pela amizade ou pelo acaso, mas uma reunião marcada com dificuldade, depois de um prolongadíssimo silêncio. Talvez seja exatamente isto que está acontecendo: eles se afastaram há quinze anos e estão há quase nove sem se ver. E agora têm que resumir esses anos um para o outro em alguns minutos, em algumas linhas. As respostas são tão previsíveis quanto as perguntas. Os dois se casaram. Os dois têm filhos. Pela forma como se referem a si mesmos, pela forma como se descrevem em poucas frases, parece que estão falando das mesmas pessoas. Que se casaram com a mesma mulher e criaram os mesmos filhos. Não se trata disso, é claro: cada um tem sua própria família, com seus próprios anseios, seus próprios segredos e misérias, mas isso, naturalmente, eles não vão dizer. Porque os burgueses não são burgueses só pelo que contam, mas principalmente pelo que omitem. Pela vasta extensão de si mesmos que aprenderam a encobrir atrás de um discreto, decoroso silêncio.

Parece, na verdade, que até agora não falaram de coisa alguma. Que tudo o que merece ser dito, tudo o que desejam ouvir um do outro, foi coberto por esse mesmo véu. E assim continuam durante os minutos seguintes, quando começam a perguntar sem muita curiosidade sobre as pessoas que conheceram quinze anos antes. Como dois velhos amigos tentando pôr a conversa em dia. Ou como dois escritores medíocres, que não encontram melhor maneira de falar dos personagens secundários do seu romance pela última vez. O que foi feito de Sandoval?, pergunta um, e o outro responde que durante alguns anos abriu e fechou jornais, convocou e desconvocou greves, e agora é candidato sem muitas esperanças a deputado nas cortes. Afinal essa bobagem da jornada de trabalho de oito horas vingou, e acaba de ser aprovada no parlamento; quem diria. E os seus professores? A maioria aposentados ou mortos. E o bacharel? Quem vai saber. Minha única certeza é que ele não vem mais escrever na praça; que cada dia há menos pessoas que precisam que lhes escrevam as cartas, e menos ainda as que se apaixonam. Porque envelhecer significa justamente isto: ter cada vez menos apaixonados em volta.

E o que houve com os outros poetas pobres? De todos eles se sabe alguma coisa; e essa coisa, boa. Além disso, não precisam mais fingir que são pobres; basta agora fingir que são felizes. Seus pais? O saldo é desigual; um morreu, o outro sobrevive. Pelas mães nem perguntam: nunca foram importantes no seu romance. Falam, por fim, bastante tempo de negócios, das companhias que dirigem, como se à sua maneira também fossem personagens. Só que não são secundários. De uns tempos para cá os escritórios, as transferências bancárias, as ações, os acordos fechados em banquetes e cabarés, as viagens ao seringal parecem preencher, protagonizar tudo.

Depois, subitamente, a conversa esmorece. O que há entre eles é uma relação paralítica, quase morta, que precisam sustentar com muitas perguntas e respostas, goles infinitos em suas xícaras de café e tragadas nos cigarros, com sorrisos hirtos que começam a doer no rosto. Tomam o café. Têm que decidir se pedem alguma outra coisa ou aproveitam o pretexto das xícaras vazias para se separar. Chegam até a iniciar esse gesto, uma despedida, mas um deles não se levanta da cadeira. Precisa antes fazer outra coisa: tirar do bolso um livrinho de poemas. Para concluir o romance ele ainda tem que fazer isto: abrir o livro de poemas e deixá-lo sobre a mesa.

"É um presente", diz, com um esboço de sorriso.

E não precisa dizer mais nada. Quem diz o resto, num grito silencioso, é o título do livro.

Labirinto.

Juan Ramón Jiménez.

Pega o livro com cautela, sem fazer perguntas. E enquanto vai virando as páginas, o outro recita sem a menor convicção umas explicações que não interessam mais. Que foi publicado na Espanha em 1913. Que ainda não haviam chegado exemplares ao Peru, por culpa da Grande Guerra. Que foi muito difícil, não faz nem ideia, encontrá-lo.

De repente, o remoinho das páginas se detém.

O título é "Carta a Georgina Hübner no céu de Lima". Um longo poema que ocupa três páginas, mas ele só consegue ler o título. Capta todo o resto no mesmo instante, com a simplicidade com que se contempla uma paisagem. Primeiro o título e depois também o final, porque na última estrofe há uns pontos de interrogação que o atraem instintivamente; uma pergunta retórica — retórica? — que lê uma, duas, três vezes.

Então fixa a vista no espaço em branco que vem atrás do último verso. É um lugar vazio que ele, contudo, olha demoradamente, como se ali estivesse cifrado algo mais importante que o próprio poema; um silêncio que de certo modo seria a resposta à pergunta que não consegue mais tirar da cabeça. Depois afasta o livro com a mão, devagar.

"Não vai ler?", pergunta o outro. Dá um sorriso forçado, com uma cumplicidade que não existe mais.

Não: não vai ler. Há várias coisas que percebe ao mesmo tempo, e uma delas é esta. Não o lerá, nunca. Também sabe, ou acha que sabe, que certamente são versos muito bonitos; quem sabe os melhores que Juan Ramón escreveu. E pior: sabe que esse poema que não pertence a eles, esse poema que nunca vai ler, também é melhor que eles mesmos. Que vale mais que suas esposas e seus filhos, mais que suas fábricas, que o acordo de comercialização do nitrato do Chile, que suas residências de veraneio, suas amantes, seu passado e seu futuro. Percebe tudo isso ao mesmo tempo, ao pôr os olhos na última estrofe.

Não sabe o que dizer. Mas tem que dizer alguma coisa, mesmo que seja imprópria; mesmo que nunca possa ser algo bonito como o que Juan Ramón escreveu em seu poema. Por exemplo, dizer ao seu amigo — seu amigo? — que com o passar do tempo esqueceu quase por completo as mulheres que eles seduziram naquela época, os jogos com que se divertiam, os poemas que escreveram ou leram juntos, ou a voz do seu pai morto, e no entanto recorda com absoluta precisão o rosto de Georgina. Mas não pode dizer-lhe isto, porque de certo modo seria como recomeçar o romance, e ele só quer concluir de uma vez. Fechar o livro. Chegar finalmente à última página, e depois continuar vivendo.

Para isso só falta escrever o final, uma resposta à pergunta que o Mestre formula em seu poema. E ele decide fazê-lo justamente ali, naquele espaço em branco; no meio daquele silêncio onde falta um nome. Então arma sua caneta-tinteiro e escreve, logo abaixo do último verso: Carlos Rodríguez. Uma rubrica lenta e dura, que arranha o papel como se, em vez de rabiscar uma assinatura, estivesse esculpindo um epitáfio. E apesar de tudo José demora a entender, e tem que repetir a explicação uma, duas vezes, interrompendo o gesto de entregar-lhe a caneta, devolver-lhe o livro: é a nossa vida, diz, isto foi o melhor que nós fizemos, o melhor que poderíamos ter feito, e portanto agora vamos assinar. Parece uma piada, e ao ouvir isso José ri. Mas não é piada, é o final do seu romance, ou seja, algo muito sério, e quando entende isso seu rosto fica grave e concentrado. Ele também demora muito a estampar sua rubrica. E se preocupa em fazer a boa assinatura: a dos cheques e dos contratos oficiais.

Depois irão pagar a conta e caminhar juntos três ou quatro quarteirões, até a esquina onde seus caminhos se separam. Antes de se despedir talvez falem de outra coisa. Pode ser que tentem amenizar o tom dramático da despedida, a solenidade dos seus nomes entrelaçados na página do livro de poemas. É o que farão pelo resto das suas vidas: fingir que o final ainda não chegou de todo, que ainda há muitas coisas a esperar, que o que vem depois desse poema e desse romance tem alguma importância. Mas farão tudo isso sozinhos, novamente sozinhos. Porque quando o último capítulo terminar, nunca mais voltarão a se ver. O final, portanto, é este: um poema, duas rubricas, uma despedida.

Separam-se na esquina da San Lázaro, exatamente no lugar onde um dia existiu o sótão. Como todas as coincidências, isso carece de significado, mas no caminho de volta para casa Carlos se entretém ensaiando diferentes explicações.

É um edifício novo de tijolos, com grades recém-pintadas e cabos elétricos presos nas paredes. Ele para e olha um ponto específico dessa fachada. Um lugar onde não há nada para se olhar, e que fica mais ou menos entre o terceiro e o quarto andar. Sua memória tem que reconstruir o resto com dificuldade: um desvão em ruínas, um teto com as telhas quebradas, uma janela. Dois jovens acotovelados no alto. E pensa que, se seus olhos míopes tivessem de novo vinte anos, poderia distinguir os chapéus e as gravatas-borboletas de outra época e até os bigodes ridículos; e que se não fosse pelos carros e pelas buzinas, chegaria até a entender as palavras que esses homens trocam.

"E aquele sujeito?"

"Quem?"

"O gordo... esse que está nos olhando. Que parou no meio da rua e está com um livro debaixo do braço."

"Ah...! Sim... parece um milionário gordo tirado de um romance de Dickens, não é?"

"Parece mais um burguês entediado que está indo assistir a um sainete de Echegaray."

"Ou um rentista avarento de Dostoiévski, com os endereços de todos os inquilinos que vai despejar naquele livrinho."

Um silêncio.

"Que nada! Observe direito. Olhando melhor, tenho a impressão de que não passa de um personagem secundário..."

E lá do fundo da calçada, o burguês, o rentista, o personagem secundário lhes devolve o olhar e sorri.

CARTA A GEORGINA HÜBNER
NO CÉU DE LIMA

Juan Ramón Jiménez

O cônsul do Peru me diz: "Georgina Hübner morreu…".

… Morreste! Por quê? Como? Que dia?
Qual ouro, ao despedir-se de minha vida, um ocaso,
ia tocar na maravilha de tuas mãos
cruzadas docemente sobre o peito parado,
como dois lírios malva de amor e sentimento?

… Tuas costas já sentiram o caixão branco,
tuas coxas já estão fechadas para sempre,
no tenro verdor da tua fossa recente
o sol poente inflamará os beija-flores…
Já está mais fria e solitária La Punta
do que quando a viste, fugindo da tumba,
naquelas tardes em que tua ilusão me disse:
"E eu pensei tanto em ti, meu amigo…!".

E eu, Georgina, em ti? Não sei como eras,
morena?, casta?, triste? Só sei que o meu pesar
parece uma mulher, como tu, que está sentada,
chorando, soluçando, ao lado da minha alma!
Sei que meu pesar tem aquela letra suave
que vinha, num voo, através dos mares,
chamar-me de "amigo"… ou algo mais… não sei… algo
que sentia teu coração de vinte anos!

Tu me escreveste: "Meu primo me trouxe o seu livro".
Lembra? — e eu, pálido: "Mas... então tens um primo?".

Quis entrar em tua vida e oferecer-te minha mão
nobre como uma chama, Georgina... Em todo navio
que partia, saiu meu coração louco em tua busca...
Eu esperava encontrar-te, pensativa, em La Punta,
com um livro na mão, como me dizias,
sonhando, entre as flores, encantar-me a vida...!

Agora, o navio em que irei buscar-te, uma tarde,
não sairá deste porto, nem singrará os mares,
irá pelo infinito, com a proa para cima,
procurando, como um anjo, uma ilha celeste...
Ah, Georgina, Georgina! Que coisas...! Meus livros
deves ter no céu, e por certo já leste
alguns versos a Deus... Tu pisarás o Poente
em que meus pensamentos dramáticos morrem...
De lá saberás que isso não vale nada,
que, exceto o amor, tudo são palavras...

O amor!, o amor! Tu sentiste em tuas noites
o encanto distante de minhas vozes ardentes,
quando eu, nas estrelas, na sombra, na brisa,
soluçando em direção ao Sul, te chamava: Georgina?
Será que uma onda, talvez, do ar que transportava
o perfume inefável de minhas vagas nostalgias
passou junto ao teu ouvido? Será que soubeste de mim
os sonhos da estância, os beijos do jardim?

Como se quebra o melhor da nossa vida!
Vivemos... para quê? Para olhar os dias
de tonalidade fúnebre, sem céu nos remansos...,
para ter a cabeça entre as mãos!,
para chorar, para desejar o que está longe,
para nunca passar da soleira do sonho,

ah, Georgina, Georgina!, para que tu morras
uma tarde, uma noite… e sem que eu saiba!

O cônsul do Peru me diz: "Georgina Hübner morreu…"
Morreste. Estás, sem alma, em Lima,
abrindo rosas brancas debaixo da terra.

E se em lugar algum nossos braços se encontram,
que criança idiota, filha do ódio e da dor,
fez o mundo, brincando com bolhas de sabão?

ESTA OBRA FOI COMPOSTA PELA ABREU'S SYSTEM EM ADOBE GARAMOND
E IMPRESSA EM OFSETE PELA LIS GRÁFICA SOBRE PAPEL PÓLEN SOFT DA SUZANO
PAPEL E CELULOSE PARA A EDITORA SCHWARCZ EM MAIO DE 2016